普天之下・盡是好書

普天出版家族
Popular Press Family

凌雲 A-Plus Creative Company 文創

和《盜墓筆記》一樣精采，比恐怖電影還要驚悚
通吃小墨墨 著
活祭前傳
噬魂
全集
神鬼爭鋒・神鬼莫測
兩千年前的兵馬俑文物裡竟然出土一把現代手槍！
一塊詭異莫名的石頭竟然會吞噬人類的靈魂！考古過程中不斷出現靈異事件、殭屍事件，
這些讓人頭皮發麻的現象究竟是怎麼回事？如何從科學角度合理解釋這一切？
一次次離奇恐怖的陰變事件，引來各方身懷特殊異能的神秘人物明爭暗鬥，中國法術正面決戰日本妖術，
任天行、完顏長風、悅月、古晶等人要如何瓦解九菊派的險惡陰謀？

【出版序】

看過《盜墓筆記》，一定要看《活祭》系列

兩千年前的兵馬俑文物裡竟然出土一把現代手槍！一塊詭異莫名的石頭竟然會吞噬人類的靈魂！考古過程中不斷出現靈異事件、殭屍事件，究竟是怎麼回事？如何從科學角度合理解釋這一切？

獵奇是人類的天性，只要能滿足人類這種好奇天性的產品，就一定能火紅。書籍也是如此，盜墓文學在華文世界颳起超強旋風，就是很好的例子。盜墓小說中的優秀作品《盜墓筆記》、《鬼吹燈》、《守陵人》……等書，不斷製造新奇的鬼怪、驚險的歷程、勁爆的情節，不僅獲得大批喜歡神秘、驚悚元素的讀者青睞，旋風還吹向電影、電視等平台。

就在盜墓小說如火如荼延燒之時，一位打著「考古驚悚小說家」旗號的網路作家「通吃小墨墨」卻公開撰文批判，奚落那些以盜墓爲題材的小說內容庸俗至極，沒有任何文

學價值，就連故事劇情都是邊編邊寫的，「就像芙蓉姐姐不知廉恥的天天擺出一身肥肉，強姦眾人眼球，成爲了眾人無所事事之時唾罵、發洩的對象。唾罵之後，漸漸的，就會風光不再」。

這篇文章火力四射，文字辛辣，極盡批鬥之能事，把一堆盜墓小說作家罵得比狗血淋頭還要慘，通吃小墨墨並且標榜自己是「盜墓小說的終結者」，將用驚悚鉅作《活祭》中的科學推理故事「截斷不入流的盜墓小說」。

通吃小墨墨不但揚言要「終結盜墓小說」，還大張旗鼓，公開向知名作家南派三叔嗆聲，調侃他寫的《盜墓筆記》是剛及格的小學生作文。接著，兩人不斷同台較勁，一時之間，《活祭》PK《盜墓筆記》的戲碼鬧得沸沸揚揚。

透過大罵南派三叔和《盜墓筆記》，果然使《活祭》迅速闖出名號，吸引大批讀者一觀究竟，銷售量迭創佳績，直逼《盜墓筆記》。

儘管有人認爲這種花招太庸俗，通吃小墨墨和南派三叔兩人唱雙簧，簡直把影藝圈炒作八卦新聞那套移植到圖書產業，不過，也有人認爲這種綜藝化的行銷手法相當高明，只要能捧紅眞正具有才華的作家，又有什麼不可以？

通吃小墨墨是誰，竟然敢單槍匹馬拼鬥群雄，還不時把南派三叔當箭靶？

罵人是需要本錢的，不然只會讓人看笑話；想力戰群雄也需要高超的能耐，花拳繡腿是上不了檯面的。無疑的，通吃小墨墨具備了罵人與力戰群雄的本事，同時也是實力派的超人氣網路作家，擅長寫考古驚悚小說。

通吃小墨墨，原名黃曉鋒，出生於美麗又神秘的廣西自治區柳州市，以故事精彩、想像力奇譎和知識領域廣闊的寫作風格，受到網友瘋狂追捧。

《活祭》的場景設定在神秘的湘西，各式各樣的殭屍則是不可或缺的配角，連西洋的吸血鬼都趕來湊熱鬧；內容講述湘西出土轟動世界的寶物舍利子和玉玲瓏之後，各種恐怖、匪夷所思的事情接踵而來。

在一個神秘怪異的「死屍客棧」裡，「刀鋒戰警」任天行發現了三十四具古代乾屍，誰知運往軍區後，乾屍在神秘簫聲召喚下，竟然全部甦醒，成爲瘋狂的殺人機器，一夜之間，軍區成了人間煉獄，三千多條冤魂含恨不散。

腥風血雨之中，暗藏著龐大的陰謀與錯綜複雜的勾鬥。紅毛殭屍、五彩斑斕屍、五行人、吸血鬼、狐妖、雪女……各種鬼怪都在湘西驚現，這裡儼然成爲一個集聚恐怖、殺戮、未知的異度空間。

一幕幕靈異事件，一幕幕道家法術決戰東洋邪術，伴隨著驚險刺激的場面，日本九菊派組織的絕密陰謀——活祭計劃漸漸浮出水面。舍利子和玉玲瓏這兩樣寶物到底隱藏了什麼驚天秘密？千年狐妖和神秘雪女又爲何重現人間？「活祭」又是怎樣讓人毛骨悚然的恐怖計劃？

《活祭》的劇情曲折離奇，而且恐怖詭異，懸念不斷，高潮迭起，讓人體驗到毛骨悚然、頭皮發麻的感覺。整部小說中西合璧，故事精采絕倫，比電影還要驚悚刺激。

至於本書《活祭前傳．噬魂》則是《活祭》的前奏曲，敘述一群身懷超能力的「第五種人」，驚險萬分的降妖伏魔歷程。

兩千年前的兵馬俑文物裡竟然出土一把現代手槍！一塊詭異莫名的石頭竟然會吞噬人類的靈魂！考古過程中不斷出現靈異事件、殭屍事件，究竟是怎麼回事？如何從科學角度合理解釋這一切？

一次次離奇恐怖的陰變事件，引來各方身懷特殊異能的神秘人物明爭暗鬥，中國法術正面決戰日本妖術，任天行、完顏長風、悅月、古晶……等人要如何瓦解九菊派的險惡陰謀？

想知道答案，就趕緊翻開《活祭前傳．噬魂》一窺究竟吧！

噬魂

噬魂

第1章

清明前夜

救護車的副駕駛座上多了一個人影，兩隻黑手控制著司機。車子像瘋了一樣，不但沒有減速，還加大了速度衝來。王婷婷臉色一白，顯然已經來不及閃避。

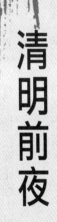

每一個都市都有這麼一類人，操控著各種各樣的神秘力量。在西方，他們被稱作巫師、驅魔人，在東方則有術士、法師、道士、居士等不同稱號。其中，只有極少數人有資格被稱爲「守夜人」，看守整個都市。

今天是清明節前夕。對於其他人來說，清明節就是祭祖的節日，但對於完顏長風和他的搭檔古晶，這一天的夜，卻是一年裡最重要、最關鍵的時刻。

凌晨一點多，往常的日子，這是一天裡最安靜的時候。起碼，在號稱全國最亂都市的廣州，這個時間是最安靜的。

一個二十多歲的年輕人，正帶著被街燈拉得長長的影子，漫無目的地在街道上走著。然而仔細去看，他眼裡隱隱閃著精光，一隻手插在褲兜裡，另一隻手的手指偷偷捏出奇怪的手勢。

這個手勢保持了好一段時間，突然，無名指動了一下。

他立刻停住腳步，掐起手掐算了幾下，跟著指頭的震動方向，嘴角露出一絲笑容，邁開大步狂奔起來。

「古老，我們等的黑魔終於出現了！」他對拿出手機道。

「長風，別讓那邪門畜生逃了，免得有人遭殃！」

「碰上我，算它倒楣！也就只有你老眼昏花，上次居然讓它從眼皮底下跑掉。如果不行，趕緊退休吧！」

「不行?!」一老頭咆哮的聲音從手機那頭吼起，不滿道：「我今晚一個人在白雲山和公墓收了一百多個遊魂野鬼！你小子，年輕力壯還偷閒！」

「哈哈哈！」年輕人大笑一陣，跟著扯開嗓子喝道：「奉敕下王，紫微大帝顯神靈，急急如律令！」

「截住它了，等我好消息！」

一路尾隨著黑影，他來到一個建築工地前的拐角，由於速度太快，差點撞上路人。

「趕著投胎啊！」一嬌聲對這年輕人喝罵了一句，那是一個女孩，雙手還攙扶著另一個女孩。

「王婷婷！小亞！是妳們？」年輕人一愣，定眼看著兩個女人，居然是公司同事。

「長風？半夜三更的跑個什麼勁？被鬼追啊你？哼！」

名叫小亞的女孩顯然喝多了，一句話也沒有說。王婷婷扶著她，白了長風一眼，又道：「撒喲拉哪！」一搖一擺繼續往前。

「等一下！」

長風喝了一聲，皺著眉頭，眼光銳利地掃過她們倆，心裡一動──地上只有一個人的影子。

「王婷婷！」他不敢耽擱，趕緊問：「小亞怎麼了？」

「哦！沒事，剛剛在酒吧喝多了，我正要帶她回去呢！」王婷婷一臉睏倦，邊說邊沒精打采地打哈欠。

長風心中的不對勁感更明顯了，細看了一下小亞的臉色，右手偷偷掐指一算，嚴肅地說道：「不是喝多這麼簡單！」

王婷婷瞪大了眼睛，見長風說得很認眞，不像是開玩笑，不禁側過頭看了旁邊一眼。這一看可不得了，小亞的嘴唇是黑的！

「呀！怎麼會這樣？」她驚呼一聲，手上出力輕推一下，小亞的頭立刻側到另一邊，臉色蒼白，毫無反應。

王婷婷的臉色徹底變了，急道：「肯定是酒精中毒，我去攔車送醫院。」

「不！先放下來！」長風扶過小亞，把她放在路邊，翻開眼皮，眼珠呈灰褐色。緊接著把她扶起來，伸出右手兩指，運勁點了一下印堂穴。

「你要做什麼？」王婷婷很是不解，急道：「快去攔車送醫院啊！」

長風卻問了一句：「知不知道今天幾月幾號？」

「知道啊！四號……不！過了十二點了，是五號！」王婷婷應聲答。

「癸未年，四月五號，清明。」

王婷婷不明白長風的用意，著急地道：「清明節又怎麼了？清明節就不能讓人喝酒嗎？小亞她到底怎麼了？」

「沒事，沒事，妳去想辦法攔車！」長風隨口敷衍了一句，右手捏了一個手印，將印記輕輕打在小亞的額頭上，心裡默念：「風雷地動令，定！」

小亞額頭冒起一條黑線，漸漸凸了起來，就像是皮膚下頭有一個小指大小的東西在蠕動。長風眼裡閃出冷光，嘴裡喃喃念著一句古怪的話，突然一抽手，照著小亞的臉猛扇一巴掌。

啪！

聽著響亮清脆的聲音，一旁的王婷婷大怒，正要阻止，卻見一個黑影被打得滾了出去，嗥叫了一聲之後鑽到地底下，一股淡淡青煙隨即冒出來。

她愣在那裡，瞪著大眼，先驚愣地看著小亞，又看了看長風，臉色刷白，良久才吐出一句話：「這……這是……」

小亞「哇」的一聲吐出了一口黑血，終於有了氣，面上和嘴唇逐漸恢復血色。

長風推了一下王婷婷，對她喊道：「還不快叫救護車！」

王婷婷這才醒過神來，手忙腳亂地打完電話，又傻愣愣地看著長風，吞吞吐吐地問道：「那個黑影是……是……是……」

「黑影？什麼黑影？」長風趕緊擺出一副困惑的表情，似乎不明白她在問什麼，心中則說千萬不能讓她們知道，免得受到過多驚嚇。

「大小姐，以後少喝點酒。」他搖搖頭，故作無奈狀。

王婷婷狐疑地看著長風，試圖從他臉上找出一點破綻，但這人就像什麼事情也沒發生過一樣，一點痕跡都沒露。難道自己剛剛眼花了？

正納悶著，救護車的聲音已從路口傳來，她於是不再多想，急忙扶著小亞，向刺眼的車燈招手。

長風剛剛舒了一口氣，定眼一看，不對勁！大叫了一聲：「小心！」救護車的副駕駛座上多了一個人影，兩隻黑手控制著司機。車子像瘋了一樣，不但沒有減速，還加大了速度衝來。

王婷婷臉色一白，顯然已經來不及閃避。

「般若波羅密！」長風嘴裡喃喃念了一聲，整個身子眨眼便佈滿淡淡的白霧。接下來的動作就像閃電一樣快，一剎那間便閃到了兩個女同事身邊，用力把她們倆向旁一推。

緊接著，他竟然面不改色，深深一吸氣，抓準車子撞上來的前一刻，大吼一聲，雙手手掌打上救護車的引擎蓋。

「轟」的一聲，車前輪暴裂，車身猛地一震，歪過一邊，車速隨之降下。長風趁機一個借力，身子躍地而起，成功脫離了撞擊範圍，閃到另一邊去。

車中的黑影閃過一絲驚慌，見這年輕人又壞了大事，便想遁走。長風哪能讓它這麼容易就跑？凝神大喝：「孽畜！想走？沒那麼容易！」

他兩手一合，捏了一個太極旋，五指一拈，中指往黑影一彈，口裡又喝道：「臨！」一個光團立刻從指中彈出。

黑影知道厲害，急忙一閃，躲開了第一指。

長風冷冷一笑，再換一個手勢，大喝：「兵！」

光團的去勢更猛，「滋」的一聲，正中黑影。

黑影被打中後，一邊「哧哧」冒煙，一邊發出長聲的尖銳慘叫，漸漸變成一股青煙，沉進了地下。

「古老，搞定黑魔了！」長風又撥通了手機。

「好！好！終於不用擔心這孽畜作惡了！你今天可以收工了。」

「收工？華南醫院裡還有一攤破事呢！我現在先過去。」

「哦！你可小心點，那醫院據說有殭屍！」

第2章

怪傢伙

明明相距不到三十米，但無論王婷婷怎麼樣拼命跑，就是追不上長風。衝出醫院門口，不過一堵牆的間隔，幾秒鐘的差距，筆直且空曠的馬路上已不見人影。

長風掛了電話，看著黑影留下的最後一點青煙，心道：你作惡多端，敢犯忌，找替身，還不知悔改，怪不得我！

「這黑影是什麼東西？」王婷婷驚得合不上嘴，目瞪口呆地看著長風。第一次可以說是喝多了眼花，但這一次是她親眼所見，無論如何都不可能是錯覺了。

長風本想敷衍這事情，只是如今看來，實在瞞不過去，只好苦笑道：「妳認爲呢？」

「是……是……」王婷婷吞吞吐吐好一陣子，最後終於提起勇氣，說了一個字：「鬼？」

長風點頭。

王婷婷的眼睛瞪得更大了，全身止不住地顫抖，狐疑地看了看四周，頭皮發麻，全身上下都涼颼颼的。

她還是不願相信，顫抖著又問道：「當眞是鬼？」

長風淡淡道：「今天是農曆清明節，祭奠亡靈的日子。這些遊魂野鬼沒有人拜祭，就會出來找替身。妳們可眞大膽，這時候還敢出來晃盪！」

「天哪！眞的有鬼……眞的有鬼……」

看王婷婷被嚇得喃喃自言自語，長風的憐憫之心大起，拍了一下她的肩膀，說道：「信則有，不信則無。大千世間，一物剋一物。更何況妳也看到了，鬼這東西，其實沒什麼可怕的。」

「不可怕？」王婷婷完全沒有受到安慰，反而驚叫起來，瞪著眼睛看著他，好像看到了一個怪物。

失控爆胎的救護車終於在路邊停妥了，司機急忙下車，車後座上的兩名醫生也惶惶然下了車，莫名其妙地看了一下長風三人，又看了看車頭，額頭虛汗直冒。剛剛那一幕，讓他們都驚魂不定。

長風拍拍司機的肩膀，讓他定一下神，趕緊再派車送小亞去醫院。爲了讓他不起疑心，還刻意壓低聲音說了一句：「以後你們的車要定期檢查，說不定哪天會出事呢！」

「是！是！是！一定！一定！」那司機眞以爲車子出了問題，差點就撞上這年輕人和兩個女人，早被嚇得腿軟，哪有心思去想究竟怎麼回事？現在知道沒撞著人，多少鬆了一口氣。

一番折騰，總算到了市醫院，給小亞辦完住院手續，已是凌晨兩點多了。幾位員警來做了一下筆錄後，對長風說道：「回頭如果需要調查，我們會再次麻煩你。」

他點點頭，看時間差不多了，打算離開，沒想到王婷婷那丫頭緊追上來，「長風！」

「有事？」

「你到底是什麼人？」

長風聳肩微笑道：「中國人啊！」

「別跟我裝傻，你知道我的意思！」王婷婷冷哼，對這答案十分不滿意。

長風淡然回道：「有些事情，妳還是不知道的好。」

「喂！喂！站住！」

見到長風轉身就走，一點停留的意思都沒有，王婷婷急得跺腳，嗔道：「叫你站住啊！」喊完追了上去。

明明相距不到三十米，但無論她再怎麼樣拼命跑，就是追不上長風。衝出醫院門口，不過一堵牆的間隔，幾秒鐘的差距，筆直且空曠的馬路上，已經完全不見人影。

她愣愣地站在那裡，這怎麼可能呢？

華南醫院，離市醫院只有十分鐘路程。

「新來的實習生會來跟妳交班，今晚值大夜班。李護士，妳到時候記得開導開導她。」趙主任淡淡留下了一句話，轉身就走，關上門時還不忘囑咐一句：「如果有姓古的人來，記得招待好。他們需要什麼，照做就行了。」

「姓古的？」李護士嘀咕了一下，好奇地看著趙主任的背影，心裡想著：這姓古的人是什麼人？這麼神秘！

她是這醫院裡年資最深的護士，對於新來的實習生，只有一個期望：最好不要是個膽小鬼。

時間不知不覺地過去，凌晨兩點多，還有半個小時就交班了，李護士正在檢查考勤表，卻聽到緩緩的腳步聲走進大門。循聲去看，是一個年輕人，在門口停住了腳步，抬著頭，不停地張望。

李護士皺了皺眉頭，走出去問這年輕人道：「先生，你找誰？」

「趙主任請我來的。」

「趙主任？他早就下班了。」李護士不由奇怪，要找趙主任，爲何不白天來？這都半夜三更了！

年輕人微微一笑，說道：「沒關係，我四處看看就行了，妳忙妳的。」然後也不跟人家客氣，又好奇地四下看起來。

這裡是醫院，除了急診室就是病房，看他那樣子，不是來看病，也不是有親人在這裡住院，不然怎麼不直接去探望親人，而說「四處看看」呢？

不過，醫院有什麼好瞧的？

李護士心裡一沉，這人鬼鬼祟祟的，難道想偷東西？

「這位先生，您要看病，還是有親人住院？如果只是要找趙主任，我建議……」

「古老先生沒空來，我替他來一趟。我叫長風，相信趙主任已經跟妳說過這個事。」

年輕人回了一句。

李護士這才想起趙主任臨走前說的話，好奇地打量起這個年輕人，最後點了點頭說：

「既然這樣，您請便，有什麼需要可以找我。」

長風點了點頭，問：「能不能跟妳聊兩句？」

「好啊！來值班室坐吧！」

值班室裡，李護士給長風倒了一杯茶，自我介紹道：「剛剛聽你說，你叫長風嗎？我姓李。」

「是的。妳在這裡工作多久了？」

「很久了，有四十多個年頭了。」

長風點頭道：「怪不得趙主任說，妳是華南醫院最資深的職員。」

兩人正聊著，一個輕盈的腳步聲走了過來，在值班室門口停住了腳步，輕聲敲了敲門。來人是一個二十出頭的女孩，微捲的頭髮，樣子相當有精神。

李護士抬起頭，對這女孩微笑道：「妳是新來的單彤吧？」

「是的，趙主任要我來跟妳交班。妳是李護士嗎？」單彤的聲音很甜，禮貌地點頭，然後向長風瞟了一眼。

李護士笑著道：「這位是長風先生，也是趙主任請來的，剛到這裡沒多久。」

長風向單彤點了點頭，拿起旁邊的報紙，不再理會她們。

李護士要單彤登記了一下資料，然後指著大樓說道：「今晚到妳値班，負責北區醫院大樓。妳看看，一樓是急診和掛號的，二樓是門診部，三樓、四樓是病房，至於地下一樓，是倉庫和太平間。」

單彤的眼光一邊跟隨著李護士的指向，一邊在一個小本子上記錄著，以免自己弄混出錯。

李護士兩眼盯著單彤，問道：「怕不怕？」

「怕？」單彤驚訝地反問了一句，顯然不明白意思。

李護士解釋道：「倉庫和太平間都在地下一樓，如果半夜需要取藥，進進出出倉庫和太平間，都是很正常的。妳要是會怕，不敢一個人下去，可以叫我陪妳，我就住在樓頂的宿舍。」

長風聞言抬起頭，看了李護士一眼。

醫生和護士經常見到死人，早就習以爲常，但單彤是個剛從醫學院出來的學生，沒見過多少世面，李護士自不免擔心。

不想單彤不以爲然，笑道：「不就是死人嘛，又不是沒見過！學校裡的解剖課，我可都是拿滿分的。」

「不怕就好。妳先塡表，差不多時間了，早上六點我會再來接妳的班。」

李護士遞給單彤一張表，看了長風一眼，說道：「長風先生，等會如果有什麼需要，你可以叫單彤幫忙。」

長風起身道：「不用客氣，我四處走走。」說完一笑，逕自離開。

第3章

詐屍

死者的手臂上少了一大塊肉，綠光正是從缺口處發出來的。單彤的眼睛裡閃過更明顯的懼意，目光焦點漸漸移向說明單，上面寫著死者的名字，非常的熟悉。

李護士很快也走了，單彤看了一眼手中的表單，百無聊賴地接了幾通電話，其他什麼事也沒有。一個人大半夜的在值班室裡坐著，轉念想到還有兩個月，自己就能眞正成爲眞正的護士，不禁高興起來。

來這裡實習已經有一周的時間了，但直到今晚，她才第一次值夜班。夜班的加班費比白天高出兩倍有餘，而且相當輕鬆，只要不碰上特別嚴重的緊急狀況，基本沒什麼事情，甚至還可以打一下瞌睡。爲何醫院這麼多人，沒人願意做呢？她眞是想不明白。

看了一下錶，已經半個小時過去了。那個叫長風的是什麼人？半夜三更的還四處走走，去哪裡了？半夜的醫院非常的安靜，甚至連自己的呼吸聲都能聽清楚。這種環境，最容易讓人胡思亂想。不知不覺間，單彤居然回想起過去在電影裡面看過的殭屍啊、鬼怪啊之類的亂七八糟東西，微微有些發毛，忍不住掐了一下手臂，輕聲罵道：「眞沒用，自己嚇自己！」

話音剛落，突然有一種難以形容的奇怪聲音響起。怎麼了？單彤立刻站起身，探頭往聲響的源頭望去，卻什麼都沒有發現，聲音也停止了。

剛剛放下心來，準備坐下，偏又有幾聲響連連傳來。單彤拿起手電筒，往聲音傳來的地方走去，心裡想著：好像是腳步聲，是不是那位長風先生呢？

很快來到樓道裡。那響聲，在樓道口一下就能辨認出來，是從太平間裡傳出來的。

意識到這個狀況讓她禁不住毛骨悚然，不會這麼邪門吧！但很快又想起李護士說過的話：地下一樓，是倉庫和太平間，半夜裡醫生和護士進出去取藥，是很正常的。

想到此，膽子大了一點，輕聲問道：「這麼晚了，誰在下面？」

沒有回應。停頓了一會，她繼續喊道：「是不是長風先生？」

沒有人應答，四處靜悄悄的，樓道裡只有輕微的回聲。

猶豫掙扎了一下，單彤還是拿著手電筒，往地下一樓走了下去。太平間的門是關著的，輕輕推開看，裡面一片漆黑。一股寒氣撲面而來，她忍不住打了個冷顫。恐懼越來越盛，然而責任心也驅使著她，不能就這樣轉身逃跑，一定要弄個明白！

打開電燈，她注意到一束詭異的綠光。

這束綠光，來自停屍台上面的某一具屍體。

單彤輕輕走到停屍台旁邊，好奇地打量了一下那屍體。死者的手臂少了一大塊肉，綠光正是從缺口處發出來的。

她的眼睛裡閃過更明顯的懼意，目光焦點漸漸移向說明單，上面寫著死者的名字，非常的熟悉。

此人是下午剛剛死的，自己當時還跟著手術室的人一起進行搶救，可惜最終失敗。她很清除地記得，做手術的時候，這個人的手臂上沒有傷痕。

那傷口，好像是被什麼東西咬出來的！單彤再也待不住了，花容失色地跑出太平間，回到值班室，拿起電話，把李護士給請了回來。

李護士一回到值班室，單彤立刻把事情一五一十告訴了她。

原本以為自己的描述不會被相信，她已經做好了要再下一次太平間看那屍體的準備，想不到李護士到底是見多識廣，並不驚訝，也不懷疑，只不慌不忙地說：「這很正常，以後時間長了，妳就不會怕了。」

單彤不解地問：「這是怎麼回事？屍體上的那塊肉，是什麼東西咬的？」

李護士回道：「某些住院病人患有夢遊症，半夜到處亂走，甚至會到太平間裡啃屍體。但清醒之後，他們完全不記得先前做了什麼。」

單彤聽了更害怕了，抖著身子問：「怎……怎麼……醫院裡會……」

「見怪不怪，這真的沒有什麼。」

單彤仍是一臉驚恐，「那……怎麼辦？」

「想知道剛才是誰咬了屍體嗎？只要到樓上的病房裡去看，誰的牙齒發綠光，就是誰了。」

單彤既害怕又不甘心。畢竟是第一天值夜班，怎麼也不能丟了人，於是拿著手電筒道：「好！我到樓上去看看是誰幹的！」

「去吧！我在這裡幫妳看一會。」

單彤到了樓上，從三樓到四樓，一間一間病房查了過來。病人大都睡著了，看他們的嘴唇，再輕輕撥開看牙齒，全都很正常，沒有哪一個是綠的。

她失望地回到值班室，不等說話，李護士先問道：「是哪個病號？」

「沒有查到。」她搖頭。

「會不會有的病號沒回房？漏了哪一個嗎？」

「沒有，全部都在。」

「這就奇怪了，怎麼會呢？」李護士也驚訝了，「走！我們去太平間看看！」

兩人一起去了太平間，站在那屍體旁邊，眼睛盯著那截被咬去一塊肉的手臂。

李護士轉頭看著單彤，又問了一次：「妳確定全部都檢查了？」

單彤正要回答，突然注意到李護士的牙齒發著綠光，牙縫裡還有肉絲，頓時兩眼發直，呆在了當場。難道……

李護士陰陰地笑起來：「怎麼了？」

單彤眼睛瞪得老大，慘叫一聲，暈了過去。

「神兵火急，急急如律令！敕！」

單彤的身子軟軟倒下同時，一個聲音從後面傳來，人影一閃，兩條紅色細繩「滋滋」兩聲飛至，纏在李護士身上。

長風接過單彤，把她放在地上，對著李護士冷笑道：「早就看妳不對勁了！」

「是你？你要幹什麼？我身上是什麼東西？」李護士一臉驚詫，身體被兩條紅色繩子纏得緊緊。繩子就跟髮絲一樣細，卻怎麼也掙不斷。

長風正要說話，忽然趕覺背後涼颼颼的，轉頭一看，停屍台躺著的那具屍體竟坐了起來，眼睛發出綠光，臉上表情陰森森的，全身關節「咯咯」作響。

「詐屍！」他叫了一聲，再抱起單彤閃過一邊，放在門口，從身上拿出了一道黃色符咒，對那屍體打過去。

「噗哧」一聲，符咒打在屍體上面，自行焚燒起來。

太平間迴盪著李護士驚恐的叫聲：「有鬼啊！有鬼啊！」

第4章

守夜人

王婷婷開始對這個叫長風的同事好奇起來，不斷利用各種手段調查這個人，可是資料少得可憐。不過，皇天不負有心人，她終於透過某些管道知道了一些事。

屍體蹦一下跳了出來，撲在李護士身上，兩手卡住她的脖子。

李護士淒厲地慘叫，只覺得那雙手越掐越緊，怎麼也不放。奇怪的是，她卻沒有一點窒息的感覺。

長風冷冷道：「妳都不是人了，還怕什麼鬼？死了也不安心投胎，留在這裡害人害己！」跟著做了個手勢，「奉敕下王，紫微大帝顯神靈，急急如律令！破！」

一道和祥的光從他手裡發出，籠罩在那屍體和李護士身上。

沒過多久，那屍體漸漸軟了下來，倒在地上。李護士抽搐了幾下便不再動，臉孔變得乾癟，皮膚上掉下一層厚厚的粉。

單彤是在值班室的休息凳上醒來的，一睜開眼便像觸電一般跳起來，驚恐地扭頭看著四周。

長風微笑道：「妳醒了。」

單彤吞吞吐吐地問：「這裡……李護士，她……」

「李護士？她怎麼了嗎？我剛剛走過，看到妳睡著了，還不停地夢囈，是不是做了惡夢？」

長風給她倒了一杯水，柔聲道：「別這麼拼命了，白天上班，晚上還加班，要是我，我也受不了。好了，妳保重吧！我先走了。」

離開值班室，步出華南醫院，長風又拿出手機來，撥通一個號碼。

「古老，天亮了，一切太平！」

「華南醫院有什麼貴客在那？居然讓那個姓趙這麼慌張。」

「貴客是他們自己養的！那老護士死了兩個星期還不肯離體，陰氣太重。幸好發現得早，不然麻煩可大了。」

「難怪啊！對了，白雲山有幾個特別髒的東西需要收拾，我可能晚點回去，你多注意點。」

「好，有需要幫忙的叫一聲，我得回去睡了，忙了一晚上。」

「哈哈哈！唉！人老了還真是不行，爬這麼一點山就容易累……不說了，還有十分鐘，我先給這群野鬼超度嘍！」

掛上電話，長風信步返回住所。

自從清明節凌晨的「奇遇」之後，王婷婷開始對這個叫長風的同事好奇起來，不斷利用各種手段調查這個人，可是，資料少得可憐。

不過，終歸是皇天不負有心人，她透過某些管道知道了一些事情。有人對她說：「妳遇到的這個男人，很有可能就是傳說中的『守夜人』。」

「守夜人？」她第一次聽到這麼奇怪的名字，不禁愕然，「什麼意思？」

「從古至今，有一個傳說：中國有一個名叫『古玄門』的神秘門派，傳人分佈在每一個大城市中，負責看守整個城市，不讓邪魔入侵。這些人，就被稱爲『守夜人』。其實，不只是中國，放眼世界各地，都有這樣的人。」

「古玄門？」

「沒錯，古玄門，至於這到底是什麼，我也不是很清楚。它的傳人，都有一個共通的特點——擁有強大的通靈與驅魔能力，就像西方的驅魔人、巫師，以及我們知道的道士、法師等等。」

「難道這世界眞有鬼？」

「世間百態，誰能說得清楚？奉勸妳一句，別跟這類人接近，免得出事。他們跟妳，畢竟不是同一個世界的人。」

王婷婷沉默了好一陣，想著：難道，長風眞是「守夜人」？

不管是什麼人，只要是人，就有影子。滿心疑惑好奇的王婷婷，很快就成了長風的「影子」，他走到哪裡，她就跟到哪裡。甚至有傳言說，王婷婷是長風的女朋友。

王婷婷的長相一流，在大學就是校花級的人物，而且身材火辣，據說家境還非常的好。這麼一個大美女，當女朋友自然不虧。

巧合的是，長風和王婷婷兩人，其實是同一間大學畢業的，再怎麼也算得上是校友。過去雖然沒有多少交情，但相互印象不至於差，再加上後來成爲同事，互動更多。這一傳言，長風心裡說不樂，那肯定是假的。但是，他始終保持著一定的距離，更對與「守夜人」相關的疑問三緘其口，原因很簡單：他不想讓王婷婷被捲入不必要的漩渦中。

所以，他們倆儘管經常湊在一起，可也經常吵架，一個說一的時候，另一個一定說二，就像一對小冤家。

清明後一個月，長風收到在某大學考古系任教的一個朋友的郵件，說他搭明天早上的飛機到廣州，希望能見上一面。

這位朋友一向不是急性子的人，而且手上正在進行一項研究，能有什麼要緊的事情，這麼急著找？

長風整理了一下電腦上的資料，點燃了一根煙，長長歎出一口氣。

第二天清早，電話果然響起。剛一接，對方就吼了起來：「長風，我剛剛下飛機，半個小時後到你那裡！」

「老劉？」長風疑惑了一下，還沒有完全清醒。

「好了，就這樣，待會見！」

「等等，你這是怎麼回事啊？不是說要去王博士那裡，跟著他研究西安的兵馬俑嗎？怎麼跑廣州來了？」

「說來你也不相信，來找你，就是爲了兵馬俑的事情！」

長風哈哈笑起來，人徹底清醒了，「那跟我有什麼關係？」

「記不記得去年我給你的那份傳眞，關於兵馬俑的？我就是爲了這事情來的。先不多說，咱們見面談。」

第5章

兵馬俑檔案

兩隻手一接觸，長風臉色便一沉，任天行的手就像鋼箍一樣，好大的勁！另一方面，任天行用盡了全力，仍然試探不出長風的深淺，心裡不由大駭。

去年，老劉曾發來一份傳眞，據說是兵馬俑的內部資料。

那些所謂的內部資料，有一部分內容已經算不上多特殊了，比較奇怪的是最後重點補上的一句話：國家某秘密部門，已派人參與研究。

這所謂的秘密部門，長風沒什麼興趣去問，想不到事過一年，老劉會急匆匆地趕過來，難道……

好奇心起，他把那資料找了出來，仔細看了一遍。

兵馬俑泛指始皇陵的從葬坑，位於秦始皇陵東側約一公里半處，發現於西元一九七四年。一號坑是當地農民打井無意撞上的，後經鑽探又先後發掘出二、三號坑。其中以一號坑最大，面積達一萬四千兩百六十平方米。

三個坑共發掘出七百多件陶俑、一百多乘戰車、四百多匹陶馬、十萬件以上兵器。陶俑身高在一米七五至一米八五之間，根據裝束、神態、髮式的不同，可以分爲將軍俑，武士俑，車士俑等。坑內還出土有劍、矛、戟、彎刀等青銅兵器，雖然埋在土裡兩千多年，依然刀鋒銳利，閃閃發光。

這些資料都很普通，怎麼會是內部資料呢？

長風翻了十多張，上面的內容都很一般，在網上隨便一搜就能搜到。耐著性子從頭到尾翻了一遍之後，目光落在最後一張紙上。

最後一頁是紅色的，上面寫了幾行字：

第一，青銅劍出土時候都非常鋒利，基本上光亮如新，有的根本沒有生銹，製作得也非常規整，經過檢測，表面經過了鉻鹽氧化處理。

根據以往的記錄，這種技術德國在西元一九三七年發明，美國在西元一九五〇年發明。中國的古人居然早在兩千多年以前就掌握了這門技術，真是冶金史上的奇蹟。

第二，兵馬俑的製作也是個問題。這些是怎麼弄出來的？

以現在的技術，都是採用分節製作，最後才堆在一起，變成一個整體。可秦始皇的兵馬俑不同，那是整個直接燒出來的。

這麼做，有好幾個問題必須克服：

第一，泥巴從濕到乾的收縮比，如何掌握？

第二，燒製過程中，軟化到硬結的收縮比例，怎麼掌握？

第三，兵馬俑有的地方厚，有的地方薄，同時放到窯裡燒，怎麼控制火候？

第四，泥巴摻和石英砂的比例，又是如何定的？

諸如此類的技術問題，兩千多年前的人，用什麼方法解決？

長風無奈地搖頭，自言自語道：「這些問題怎麼解決？也就只能靠專家、科學家去尋找答案啊！不然，你們以爲這薪水、研究經費拿來幹嘛的？」

記得當時，老劉給他傳眞這些資料的時候，還附帶說了一句話：「你找個時間研究研究！」

長風不以爲然，沒有放在心上。

要他研究這種事情，好比去研究成吉思汗的陵墓或秦始皇的陵墓，又或者去解開金字塔裡的詛咒，只能憑著少少的資料和天馬行空的幻想做出假設，沒有任何眞憑實據，也無從考證起。

既然是無用功，不如留給那些學者去做。

正回想著，鐘點工來了。

鐘點工叫王嫂，買來早餐之後，就開始忙乎著收拾屋裡的東西，還埋怨了幾句：「小風，不是我說你，這麼大個人了，也不找個姑娘回來。你年紀也不小了！」

長風樂哈哈地道：「王嫂，要是找了一個賢良淑德的回來，她豈不是搶妳飯碗？到時候妳又少了一份工作。可如果找一個嬌氣橫跋的回來，我豈不是慘了？哈哈！」

「你呀你，就會貧說！別說一份工作，如果我少做兩份工作，能換一個姑娘回來給你，我也樂意。」

「嗯嗯！好了，好了，就知道王嫂對我最好……」

話剛說完，門鈴響了。

王嫂有點驚訝，看了看長風。這半年來，還是第一次有人來訪。

他點頭，鎮定地道：「有客人來了。」

王嫂前去開門，見一個戴眼鏡的中年男人站在門外。「您好，這裡是長風先生住的地方嗎？我姓劉，剛剛從西安過來。」

「請進！」她上下打量了一下來人，轉身倒茶去。

「老劉！」長風起身，熱絡地招呼。

老劉帶了個客人，是個年輕人，帶著墨鏡，穿著一身便裝，牛仔褲和黑色短袖，看起來就像是電影裡面的黑社會。

王嫂第一次看到有客人來，忍不住又上下打量了一番，見那位年輕人如此打扮，有點擔心，對長風使了個眼色。

長風微微一笑，對她說：「今天不用收拾了，我自己來吧！」

王嫂點頭離開。

老劉和年輕人坐下，端起杯子就喝，一點也沒客氣。

長風調侃地道：「老劉，都幾年不見了，也不來個消息！是不是在西安那裡發財，想不起我來了？」

老劉哈哈大笑，顯然知道長風的個性，絲毫不在意，指著身邊帶來的那人，「這位是任天行，上面派下來負責安全工作的。」

他口中說的「上面」，想來大不簡單。

任天行除下墨鏡，站了起來，很客氣地道：「在西安的時候，劉老師經常提起您的大名，眞是幸會。」說話間兩眼露出精光，伸出一隻手。

長風想起昨天看的資料，中間提起有國家的秘密部門參與，現在這任天行又是上面派下來做安全工作的，就算不屬於那個所謂的秘密部門，雙方肯定也有密切的關係，看來眞不是簡單角色。

「既然是老劉的朋友，自然也是我的朋友！咱們都不用客氣！」說著，他也微笑著伸出右手。

兩隻手一接觸，長風臉色便一沉。任天行的手就像鋼箍一樣，突然間死死抓來，好大的勁！

另一方面，任天行一點一點地加重力道，一直到用盡了全力，仍然試探不出長風的深淺，心裡不由大駭。

要知道，能勝任保護研究工作安全的人，都是經過嚴格訓練的，能以一擋十。普通之人被他這麼用盡全力一握，掌骨必定折斷。眼前之人竟然沒有任何反應，讓他使出力量如石沉大海。

「任警官，你眞是客氣，第一次見面就送這麼大的禮，想來身分不僅僅是員警這麼簡單。」長風面帶微笑，沒有露出一點異樣，暗自提起體內的眞氣，把源源不絕壓過來的氣抵掉。

原本他不計較這些，只是這任天行又暗自加大了力度，初次見面就如此不分輕重，換成別人，豈不是給折斷了手？想到此，不禁冷笑一下，傲然地挺起胸膛，眼睛直直地盯過去。

幾回下來，任天行臉色大變，抽回了手，一臉敬佩地說：「佩服！」

「鐵爪功練得倒是不錯！」長風冷哼一聲，轉臉冷冷對老劉道：「這次找我，不是爲了敘舊吧？」

老劉乾咳了一下，直接說明來意：「如果不到萬不得已，我也不會找你幫忙……」說到此，望了一下任天行。

第6章

神奇文物

「天兆！」長風吸了一口涼氣，感歎道：「大凡寶物出土，導致天兆產生，都是因為其具有靈性。寶劍通靈，醒後不見主人在側，自然大怒，引發天兆。」

長風的臉色又一轉，笑瞇瞇地道：「老劉，你身邊有這麼出色的幫手，還用得著我嗎？」對於任天行的無理和唐突，他十分不滿。

任天行聽出話中有話，哈哈笑道：「長風先生，剛剛十分抱歉！我早就聽說您的大名，只是想多向您討教，沒別的意思。」

這小子居然會道歉，倒是出乎長風的意料，如此一來，倒也不好再追究。

老劉附和了幾聲，說道；「我一年前發來的傳眞，老弟有沒有認眞看過？」

長風笑道：「那些東西根本沒有任何特別之處。隨便在網上搜索，都能搜出比你給的更詳細的資料。」

任天行此時冷哼了一下，不滿道：「如果是機密的東西，沒有通過批准，就算是內部人員也不能接觸。」

「既然如此，何必傳給我呢？」長風冷然反譏，絲毫不給他們面子。

老劉聽出他的不快，尷尬地乾笑了一下說：「三年前，我收到王博士的電話，要我參與西安兵馬俑的考古研究。」停了一下，他點起一根煙，道：「根據王博士當時的記載，一九九四年三月，秦始皇兵馬俑二號坑出土一批青銅劍，長度爲八十六釐米，劍身上共有八個稜面。以遊標卡尺測量，發現這八個稜面的誤差不足一根頭髮絲。至今已經出土的十九把，把把皆如此。」

長風鎮定地聽著，心裡卻無比震撼。

據他所瞭解，從兵馬俑出土的青銅劍，只提起非常鋒利，絲毫無銹，沒有其他更詳細的說明。現在聽老劉如此說，十九把八稜面的劍，最大誤差竟不足一根頭髮絲！就算按照如今昌明發達的科學技術，非發達國家也難做到。

深深吸入一口氣，他道：「繼續說。」

「這批青銅劍內部組織緻密，劍身光亮平滑，刃部磨紋細膩，紋理來去無交錯，在黃土下沉睡了兩千多年，出土時然光亮如新，鋒利無比。劍的表面有一層十微米厚的鉻鹽化合物，這種處理技術，過往被認定為近代才出現的先進工藝。現在的中國，直到一九九六年才掌握……」

「等等！」長風打斷了老劉的話，「按照你所說，我是不是可以理解為，這樣複雜的工藝，其實早在兩千多年前就出現，只是因為某種原因失傳了？」

「對！」

長風看老劉點頭，喉嚨咕嘟響了一下。

任天行嚴肅地道：「這批劍，是不是很古怪？」

「確實離奇，簡直匪夷所思了。」長風回道。

如此先進的技術，生活在兩千多年前的古人卻能掌握，根本是不合邏輯的。不過，誰又敢說絕對不可能呢？世上本就存在衆多無法以科學、科技或邏輯解釋的事情。

他又想了想，徐徐地說：「離奇！太離奇了！從古自今，光怪陸離之事衆多，無奇不有，往往至今仍沒有合適的解釋。這讓我想到了那些流傳千百年的鬼怪之說。如若沒有眞實案例，這些說法早就被淘汰了，但說眞的存在，又沒有人能拿出證據……」

用鬼怪之說來比喻古人的鑄劍技術，老劉不禁瞪大了眼睛，怪異地看了一下長風，到嘴的話又吞了下去。

任天行則道：「我明白你的意思，可這東西之所以離奇，是因爲我們的研究還沒有得到答案。我不支持你用鬼怪來做比喻，鬼神之說，純屬封建迷信！我想……」

長風打斷了他的話，冷冷道：「你眞的明白我的意思？你認爲，鬼怪之說是迷信？嘿嘿！」

「難道不是？」任天行倔強地反問。

老劉見長風的目光往他身上掃來，忽然想起過去曾經一起在學校經歷的「陰變」事件，不禁毛骨悚然，想而後怕，急忙把話題岔開，「聽過『越王勾踐劍』嗎？這把劍出土時，也是異常驚人。」

長風一聽「越王勾踐劍」，頓時來了勁，又聽出該是出土時有特別的狀況發生，忙盯著他，暗示繼續說。

「『越王勾踐劍』千年不銹，經過王博士他們用儀器分析，劍身被鍍上了一層含鉻的金屬。另外，出土當下，原本晴空萬里的天氣，竟然瞬間烏雲密佈，閃電雷鳴！」

「天兆！」長風吸了一口涼氣，感歎道：「大凡寶物出土，導致天兆產生，都是因爲其具有靈性。寶劍通靈，醒後不見主人在側，自然大怒，引發天兆。」

老劉和任天行相視一眼，他們還是第一次聽說這麼有趣的事情，天兆竟是因寶物發怒而產生的。

長風笑道：「有天兆，這倒是合情合理的事情，奇怪的是劍上含的鉻。」他停了一下，分析說：「我以前研究過化學，知道鉻是一種極耐腐蝕的稀有金屬，地球岩石中的含量很低，提取十分不易。此外，鉻還是一種耐高溫的金屬，熔點大約在攝氏四千度。以那個時代的科技，根本沒法解決這個問題。看來，這又是個謎！」

老劉、任天行兩人聽長風如此有條有理地分析，都感到些許驚訝。

老劉自然深信不疑，找不到任何反駁的理由，而且他深知，長風是個什麼樣的人。

幾年前，長風還在讀大學的時候，兩人一起經歷了一次非常恐怖的「陰變」事件。過程中，長風救下他的命，他從此深深佩服起這個人的見識和本領。

任天行對長風卻不瞭解，搖了搖頭，不相信物體能影響天氣，堅持道：「天氣變化，是大氣動力過程和熱力過程的綜合結果，一件死物絕對不能產生影響。」

長風哈哈大笑，絲毫不理會。跟固執的人爭執，那是對牛彈琴。

老劉望了一眼任天行，暗暗歎氣，然後對長風說道：「我當時剛剛去西安的研究院做研究，跟著王博士，他跟你的說法差不多。天下間居然有如此離奇的事情，讓我幾天都睡不著。」

「我們還做了一個模擬性試驗，專程到北京某冶金技術研究院，以老陳醋、土硝和鉻礦石一起加熱到攝氏八百度，變成液體，然後塗在劍的表面，並以藍寶石磨擦。這樣做確實可以把鉻塗在劍的表面，但成功機率非常低，需要的器材則非常先進……」老劉頓了一下，說道：「『越王勾踐劍』在兩千多年前是如何煉成的？解開這個謎底，我想，恐怕比找到成吉思汗的墓還困難。」

長風偷偷瞟了任天行和老劉一眼，心裡想著，說了這麼多工作內容，其實全都是鋪墊。後面，該是進入正題的時候了！於是定了定神，既不追問，也不提問。他知道，如果這兩人有話想說，遲早都要說，如果不想說，問也沒有用。他們說的事情十分奇異，自己過多追問反而不妥，不如靜觀其變。

這一刻，長風就像一個一百分的好聽眾，反而讓老劉和任天行心裡微微著急起來。

三人短暫沉默了一會，長風微笑道：「老劉，任先生，難得今天有機會碰面，我請你們嚐嚐本地的特色菜吧！烤乳豬，如何？咱們一邊吃一邊談，我好聽聽你們的故事。」

「故事？」老劉和任天行異口同聲叫了起來，瞪大眼睛。

長風笑笑地問：「難道不是嗎？」

「算了！實話跟你說吧！這次前來，是爲了一把手槍。」任天行自然知道他在裝傻，索性開門見山地說出了來意。

長風一聽是爲了一把手槍，出乎意料之餘，不由哈哈大笑道：「任先生眞是幽默！員警掉了槍，不去找槍，先請了老劉來給我講故事，然後……」

難得有一次損人的機會，他一般是不會放過的，不，不是一般，是一定不會放過，特別對象還是倔強固執的人。

任天行紅了臉，嚷道：「不是丟槍的事情！我任天行還不至於這麼窩囊，把槍給……」說到一半卻沒下文了，從鼻子裡「哼」出一聲。

「不是丟槍，難道是出毛病了？槍長了腿，會走路？還是……」

「你眞不可理喻！」任天行翻了個白眼。

老劉苦笑道：「如若是丟了槍，這麼小的事情，我們倆也沒必要從西安搭專機過來，請你幫忙。」

他喝了口水，繼續道：「這把手槍，不是一般的槍。」說到這裡，給任天行遞了一個眼色，示意他接話說下去。

任天行一臉嚴肅，小心翼翼地說道：「這件事，被列入國家的最高機密，希望長風先生……」

「打住！」長風的臉色一寒，這小子居然在自己面前打官腔！淡淡道：「若不信任鄙人，就沒必要說出來。」

任天行立刻解釋：「哪裡！哪裡！只是事關重大，如果洩漏出去，定當引起社會恐慌，甚至……引起國際間其他國家的窺視！」

第7章

沒有結論的結論

這一年多來，研究這把槍的專家們，已經有七個離奇死亡。當中，有四人跟李二的死一模一樣。更巧的是，他們都用手直接碰過這把槍。

長風一愣，有這麼嚴重？抬頭注視任天行和老劉，見他們似乎不是開玩笑，才微微點了點頭。

任天行開始回憶道：「兩年前，老劉和王博士在西安的軍事研究基地研究兵馬俑，通過紅外線掃描，發現其中一個陶俑裡有異物。經過技術處理，用鐳射切割機把異物取了出來，是個石盒子。打開後，裡面裝的竟是一把手槍。」說到此，他深深呼吸了幾下，

「一把國產的五四手槍！」

長風一聽，差點放聲大笑，好不容易才忍住。從陶俑裡取出一把手槍，這眞是天方夜譚，滑天下之大稽！

看著面前兩人嚴肅的表情，他好不容易才把情緒壓了下去，一本正經地分析道：「會不會是進行挖掘工作的時候，有人故意放進去的？又或者是其他人惡作劇？」

「絕對不可能！」

與任天行異口同聲喊完之後，老劉接著解釋道：「發現那個陶俑，是兩年前，在離一號坑二十公里地的一個山谷裡，由於下雨，山土滑坡，露出半個俑的頭。有人經過看見，報了警，我們接到通知，才趕過去挖掘，並在附近十里範圍內，利用探測儀進行探測。然而方圓十里地，就這麼一個俑，而且不是士兵模樣，是奇怪的趕車車夫模樣。」

停了一下，他繼續道：「我們弄回研究所之後，立刻進行詳細研究，發現裡面有異

物，打開之後，竟是一個裝有手槍的石盒子。盒子本身已經被石化，根據儀器檢測，沒有被拆開過的痕跡。」

「不用想也能猜到，如此怪異之事，如若給記者曉得，往報紙一登，必定引起社會各界的大轟動。其他國家，特別是那些強國，則會要求加入進來，進行秘密研究。所以，上面的人要求我們嚴加封鎖消息，不得往外部透露一絲，並立即成立研究小組，列入一級機密。保密安全方面的工作，就委派任天行負責。」

「那你們不在西安研究，跑來廣州幹嘛？」

任天行沉聲道：「槍不見了。」

「不見了？那就是說，這槍……丟了？」長風一笑，特意藉語調強調了最後兩個字。

任天行脖子一紅，沒有說話。剛剛還說自己不會窩囊到把槍給弄丟，現在卻搬起石頭砸自己的腳，實在也沒什麼好辯駁的，吞了幾口唾沫，才尷尬地道：「這個……咳！此槍非彼槍！」

長風不吭聲，臉上掛著邪邪的笑。任天行被笑得額頭冒汗，乾咳了一下道：「我來之前的第一件事，就是調查全國各省從一九七四年到如今的丟槍事件，經過各種排查，發現丟失的槍枝最後基本都知道下落，因此，不可能是當中的某一把被人為地放到陶俑裡。第二，我觀察了一下分割陶俑當時的實況錄影，根據技術鑑定，沒有被動過手腳。

第三，我派人去請那位發現者，去的時候，對方已死，死因爲槍殺！」

他稍停了停，看了長風一眼，接續道：「李二，渡口人士，四十八歲，農民，有一子一女，沒有任何財務糾紛，也沒有仇人。死於槍殺，子彈口徑七點六二毫米，法醫鑑定爲五四式手槍。根據他的子女的口供，那天他回家之後，吃完飯就早早入睡。當晚沒有任何異狀，也沒有聽到可疑聲響。第二天起來去看，發現他額頭中彈，已經氣絕身亡。至今沒有找到殺人動機與嫌疑人。」

任天行如此一說，長風對他的印象當場改觀。能在第一時間做出這些反應，肯定不是一般員警，除了精明、細心，還得具備相當的經驗。

「如此看來，沒有任何外界因素干擾了。」

「是的，絲毫找不出外界干擾的條件。而且，我們仔細分析了那把槍，按理說，每一把槍上頭都有一個編號，那卻是一把沒有編號的手槍。」

「上面派來了三組人，一組是最優秀的考古專家，共十二人。一組是搞尖端科技的高級科學家，共十六人，其中六人曾經參與過火箭的製造，其他十人在各自的領域中也都是頂級人物。另外一組，是軍隊武器的設計方和軍火商，一共二十個人……」

乖乖！長風暗暗咋舌。聽起來，這研究小組和美國秘密研究外星人的組織相比也不遜色。動用如此人力物力，絕對是近幾十年來的第一次。

他不由追問道：「這些專家來了之後，給出了什麼結論？」

老劉搖頭歎道：「結論就是——毫無結論！」

「什麼！毫無結論？」長風一直到這時候，才真的被事情的離奇演變震驚，連嘴巴都合不上了。如此多的精英份子，居然一點結論都沒有？

「這麼多專家都搞不定，你們找我，我又能做什麼？」

任天行苦笑了一下，「如果只是沒有結論，那還算小事。這一年多來，研究這把槍的人，已經有七個離奇死亡。當中，有四人跟李二的死一模一樣。更巧的是，他們都用手直接碰過槍。」

「還有三個人呢？」

「另三人是最近這兩個月被殺的，死因也很離奇。這些人都是國家的棟樑，上面當然震怒。點明要一個月內破案。偏偏在這個當口，放在真空保險箱裡的槍離奇消失。」

任天行無奈一攤手，「這下可好，最基本的線索都斷了。另外，我們得到消息，有關這把槍的種種，可能已經透過某種管道秘密流傳了出去，日本的一個神秘組織早就到了西安，正潛伏在市內某處，該是在打我們的主意。」

「山口組？」

「差不多。這個組織表面上屬於山口組，卻是獨立的，只在山口組中掛個名而已。

這個組織叫『九菊』！」

「九菊……」長風喃喃念了一下，輕輕搖頭。幾年沒見的朋友，一來就給他一個難題。一把神秘的手槍、一堆離奇的發現……不過，在心裡哀嚎著交友不慎的同時，一個主意也已冒了出來。

「這件事情相當棘手，老劉、任先生，我幫不了你們什麼忙。」

老劉一聽，急忙說道：「長風，我們如此著急地趕來，就是爲了請你幫忙啊！我知道，只有你才能幫我們。」

「這個……」長風一臉爲難，皺著眉頭。

任天行畢竟是老江湖了，聽長風如此說，哈哈大笑：「長風兄，有什麼要求和條件，儘管開出來。」

長風心裡大樂，直讚任天行這時候識相了不少，便老實對他說：「實不相瞞，最近遇到了點小麻煩，需要任先生幫忙。」

老劉聽說長風遇到麻煩，自己還搞不定，一臉不敢相信。長風只得趕快做解釋：「當然，我自己也能解決，只是有點繁瑣。」看兩人都沒說什麼，跟著開出了條件：「第一，我需要國際刑警的身份，能夠自由出入境外。第二，我不保證能查清楚整件事情，不過我會盡力。第三，所有開銷，你們負責。」

老劉一聽，頓時一愣。後面兩個條件比較容易，第一個條件他可做不了主，也想不透對查案有什麼幫助，只好轉頭望向任天行，看他的意思。

長風之所以開出第一個條件，主要在試探一下任天行，看看上面派下來的人有多大的權力。當然，他有自己的私心，若能得到這個身份，將可以輕鬆解決一件困擾了他很久的事情。

任天行考慮了一下，本來不想答應，可瞟到長風的手，想到之前跟他較勁的那一幕，心裡動搖起來。眼前的這個人，雖然不知道有多大能耐，但先前的交手足夠證明，他的身手更在自己之上，是一個絕對的高手。網羅過來，就算不能幫忙破案，起碼能對付日本的神秘組織。

想通這一節，他咬了一下牙道：「沒問題！不過，先說明一下，你的國際刑警身份只能維持到合作結束。」

「這是當然！就這麼決定！」長風滿意地哈哈大笑。任天行果然不簡單，這種事情居然能自己做主決定，足見掌握的權力非同小可。擁有半年左右的國際刑警身份，對自己將是很大的幫助。

任天行接著從口袋裡掏出一張卡，遞給長風道：「從今天開始，你所有的開銷，都可以用這張卡代付。我們要馬上回西安，希望你能在兩天內趕到。西安見了！」

第8章

埋伏者

兩人一邊說話，一邊往前趕路。走出不多遠，任天行忽然發覺有些不對勁，周圍似乎一下子安靜了。他停住腳步，不動聲色地將手放在腰間的手槍上。

長風微微點了點頭，正想送老劉和任天行出去，突然注意到兩人背上有一個不起眼的黑點，急忙大叫道：「等等！」跟著走到他們身邊，又道：「把你們的外套脫下來！」

兩人都是一臉莫名其妙，不明白用意。他只得解釋道：「你們背後有東西。」

任天行和老劉於是把外套脫下，看了一下背面，沒看出什麼名堂。

長風不由分說又把他們又叫回了客廳中，拿了一個碗，淘了一把米，搖頭道：「你們用肉眼看，自然看不出什麼。」

任天行見長風把米湯抹在自己的外套背面，心裡嘀咕道：難道你就不是肉眼，是金剛眼？可是等米湯塗了薄薄的一層之後，他愣然了，兩人的外套背面都顯露出紅色的烏鴉圖案。

他驚詫地看著圖案好一會兒，沉沉說道：「這是日本一個忍者流派的標誌，怎麼會在我背上？」

老劉則問：「長風，你是怎麼看出來的？我們怎麼感覺不出來？」

長風摸著這個標誌，抬頭看了老劉和任天行，緊接著從屋裡拿了兩個帶著紅繩的古幣出來，遞給他們道：「戴上，或許對你們有幫助。」

老劉想也不想，接過來就乖乖掛在了手腕處，又問道：「這衣服怎麼辦？」

任天行狐疑地看著手上的古幣，眼裡滿是疑惑。

長風猜到任天行此刻的心情，微笑著問他：「你是不是覺得，衣服上有這圖案，非常怪異？」

見任天行點頭，他又問：「你是不是覺得，我給你的古幣，只不過是裝神弄鬼？」

這一下，任天行沒有點頭，卻也沒有搖頭。

長風把古幣捏了起來，放在任天行眼前，正色道：「你看好了，只有一次機會！」

話音落下，立刻把它往上拋。

古幣在空中旋轉飛起，然後往下掉，繼而竟在接觸外套表面的瞬間站立起來，像有意識一樣緩緩地滾動，圍著外套背面的烏鴉，畫了一個黃色的#字符號，最終「嗖」的一下回到長風手裡。

符號漸漸沒入衣服中，紅色的烏鴉開始變淡，不多久消失無蹤。

任天行瞪大了雙眼，如此神奇的畫面，如果不是親眼看到，一定會認爲是天方怪談！

再驚詫地看一眼嘴邊帶微笑的老劉，總算徹底明白了，他定要這個人出手幫忙的原因。

「這……這是……」

「鬼谷子的金錢引路，聽說過沒有？」

老劉和任天行的腦袋搖得如同波浪鼓。

長風捏著古幣，笑問任天行，「你要不要？」

「要！要！不要白不要！」任天行急忙搶了回來。這玩意，寧可信其有。

長風哈哈笑道：「有人一直跟蹤你們，用的是日本紅川忍者的追蹤方法。你們現在可以走了，剩下的事情，我來解決。」

幾分鐘後。

老劉和任天行已經拿著外套走了，長風掐指算了幾下，也抽身出了門，沿著他們離開的方向悄悄跟了上去。

大約十分鐘之後，他停住腳步，轉頭向一側，沉聲喊道：「出來吧！你們逃不過我的眼睛！」

週遭很安靜，等了十秒鐘，動靜全無。

長風冷哼了一下，兩腳微微邁開，腳尖插入地下，朝著一側用力一挑。便聽「哧哧」一聲，一把泥土和碎石被甩出來，發出驚人的破風聲。隨即又有一聲低哼，兩個人從路邊一側摔了出來。

兩人都穿著普通的休閒服，但眼光異常銳利，不像一般人。

長風冷笑道：「敬酒不吃吃罰酒！」

「你……賊！賊！」一個人開口罵了一句，右手捂著臂膀。

「賊？我看你才是賊！」

「賊？你，賊？」那人又喊了一遍，聽來竟像在問話。

另一個人補充道：「你……who？」

長風失笑，原來是中文發音不標準，說個「誰」字，變成了「賊」字。

二人相視一眼，交換過一個眼神，當中一人突然像猛虎出柙一樣撲出，另一個人朝長風腳下一滾，企圖抱住他的腳。

長風兩腳有如石磨，紋絲不動。兩手一推，一手擋住撲來的那人，另一手由掌變拳，打在對方胸膛處。

撲來的那人被一下打翻回去，另一人以為抱住長風的腿就能制住他，不想他的手就像摸到高壓電一樣，還沒明白發生了什麼事，整個身子已莫名其妙被甩到了一邊。

轟！見兩股濃煙沿地而起，長風不禁罵道：「媽的！還以為你們多能耐，原來就只有逃跑的能耐！」

果然，煙霧散去之後，地上只留幾灘血跡。

且說任天行離開長風的居所之後，反覆摸著那枚古幣，問老劉：「你說這古幣有什麼特別的？這個長風怎麼就能控制它呢？難道長風跟龍牙的那些人一樣，有特異功能？」

老劉搖了搖頭，說道：「雖然我不知道龍牙到底是個什麼組織，但是我能很肯定地告訴你，這個人一定比你口中的龍牙要神秘！古幣原本不特別，可若是他給的，千金也買不來！」

這種近乎崇拜的信任，讓好強的任天行聽著十分不舒服，忍不住在心裡暗暗笑了老劉一句：小鬼沒見過大饅頭！

兩人一邊說話，一邊往前趕路。走出不多遠，任天行忽然發覺有些不對勁，周圍似乎一下子安靜了。

他停住腳步，不動聲色地將手放在腰間的手槍上。這是一種直覺，一種只有經過多次死裡求生才能積累出來的直覺。當危險來臨，就會變得特別強烈。

下一秒，兩股風從左右兩側壓了過來。

任天行撲向老劉，大聲叫道：「小心！」

兩人滾到一邊，就聽「哧哧」兩聲，周圍的草叢飛出一團散葉，兩把把明亮亮的長刀從樹叢裡抽了出來，又向他們砍去。

埋伏的兩名殺手都身穿西裝，手上拿著鋒利武士刀。見偷襲被目標躲開，眼中掠過一絲意外，緊接著便化爲一股狠毒的光，刀尖毫不留情地砍向任天行。

任天行根本不用問什麼，這兩人的偷襲非常惡毒，明顯想一招斃命，不留任何餘地。

面對這種殺手，只能拼速度了。

偷襲者的刀再砍來同時，他已掏出了腰間的槍，舉在眼前，連續扣動了四下。如此近的距離，如閃電一樣快的拔槍速度，果斷地開槍，一氣呵成。那兩人顯然沒想到有這一招，卻不躲開子彈，反而迎了上來，武士刀晃動兩下，兩道白光一閃。

噹！噹！子彈和武士刀刃激發的清脆相撞聲充斥四周，二人的腳步只微微一停，眼中狠辣不減。

任天行心裡一沉，提起十二分精神。這兩個人不是一般的殺手，這種躲子彈的功夫，不是一般殺手能做到。

「我槍裡還有兩發子彈，要不要賭一下？看看是你們的刀快，還是我的槍快！」他微笑道。

兩人相視了一眼，其中一人嘴裡狠狠說了一句日語，兩把武士刀立即相互碰撞了一下，一道火花燃起。他們接著急忙弓腰往後退，動作非常迅速。

見狀，任天行冷笑道：「終於露出了狐狸尾巴！等你們很久了，紅川的忍者們。」

第9章

狐狸尾巴

任天行有了緩口氣的時間，急忙反擊。勢均力敵的兩人正打得火熱，卻聽不遠處傳來淒厲慘叫。那忍者面色一變，立刻間掏出了一個球形物，朝地上一扔。

咻咻！

任天行剛說完話，就聽破空之聲響起，兩把武士刀劃出湛藍色軌跡襲來。他怎麼也沒想到對方會用武士刀當暗器，不禁緊張了一下，趕緊抬起槍口，對著飛疾而來的刀扣動扳機。

看著兩把刀飛遠，他心中一點也不輕鬆。對方沒有了武器，自己的子彈卻也打光了。兩個忍者撲上來，任天行只能滾地躲開。當中一人跟著撲上，另一人則朝老劉而去。兩人沒有了武士刀，手裡卻握著一把黑黝黝的掌刀。

「老劉，小心！」任天行臉色大變，驚慌地大喊。他能躲開他們的攻擊，老劉卻沒有這麼好的身手啊！

老劉幾乎傻在了當場，已然感覺到掌刀刀尖接觸皮膚的凜然寒慄。

沙！就在千鈞一髮的當口，忽有一個尖銳的聲音從老劉的手腕處發出。是古幣！它發出「嗡嗡」的聲音，迅速脫繩而出，閃電一般射向那忍者的眼睛。

紅川忍者的反應速度非常快，這樣近的距離，古幣這樣快的速度，他還能及時躲開，只是眼角處被劃破一點皮。

他滿臉都是獰笑，眼裡射出凶光，狠狠把掌刀往老劉脖子上砍去。

噗咻！

掌刀畫出一道完美的弧，卻在半空中停止。

那忍者驚愕地轉過頭，似乎努力想看清自己的背，跟著又低頭看向胸口，緊接著全身一抖，慘叫著僵硬倒地，抽搐兩下，沒了呼吸。

他肯定怎麼也想不到，自己的生命會以這種方式終結。以為躲過了那古幣，卻不知道那枚古幣還會轉彎，直接從他背後打入，如子彈一般穿透血肉之軀。

老劉傻瞪大了眼睛，做不出任何反應。

另一邊，任天行躲開那一擊，有了緩口氣的時間，急忙反擊。勢均力敵的兩人正打得火熱，卻聽不遠處傳來淒厲慘叫。那忍者面色一變，立刻間掏出了一個球形物，朝地上一扔。

「轟」的一聲，濃濃的煙霧瞬間散開。任天行知道這是忍者慣用的隱身術，急忙跑到老劉那裡護著他。

哧！哧！

尖銳的暗器聲破空而出，顯然是忍者留下的最後殺招。兩手空空的任天行急忙把外套的一角扯下，對著迎面而來的暗器用力一掃，將之打偏。

白色的濃煙散去，那忍者已經不見蹤影，就連地上死不瞑目的屍體也不見了，只留下一灘血跡。

老劉長長地舒出一口氣，撿回那枚古幣，說道：「幸好長風給了這個東西，不然我的性命是不保了！想不到，他又救了我一次……」說著，便將古幣小心翼翼地收到衣服口袋裡。

「又？以前他救過你？」任天行擺弄起自己手上的那古幣，怎麼也想不通這小玩意兒爲何有如此巨大的威力。

老劉拍拍口袋，用習以爲常的口吻說：「這玩意，只能用一次！」

「老劉，那長風到底是什麼來歷？你似乎對他很熟悉。」

「他？熟悉？別開玩笑了，我認識他幾年，知道他的事卻少之又少。以你的能力，問我他是什麼來歷，還不如你自己去查。走吧！小任，西安那裡還在等著咱們呢！」

任天行的辦事效率非常高，上午才跟老劉離開，下午就有一位自稱是姓李的警官給長風送來了一個檔案袋，裡面有一張國際刑警的警官證，還有相關的文件，並留下一張後天到西安的機票。

仔細看了一下警官證，上面寫的是「TERPOL國際刑警亞太區特殊行動小組高級督察」，外帶一副嶄新的手銬。看來，此人的確細心。

西安之行，還有一天的準備時間，長風於是在隔天回公司找老闆請假。

這是一家網路公司，長風僅僅是個普通小職員。之所以待在這裡，不過是想多一個掩護的身份，好應付某個神秘組織。這個組織，已經關注了他很久很久。

不巧的是，他的老闆正好不在，費了好大的勁，老闆的小秘書終於開了金口，知道是在跟一香港來的客戶吃飯。

長風給老闆打電話，人家一聽堅決不同意，話筒那裡傳來要命的吼叫聲：「你要請幾天假沒問題，但你的這個假太長了，半年時間！有沒有搞錯？我告訴你，你要是敢請霸王假，我把你炒了！」

歎了一口氣，長風把電話給掛了，收拾好自己的東西，在便簽上寫了個條子，悄悄離開公司。這是他畢業以來，第十二次炒老闆的魷魚。

走出大門，隱約瞄到一個人影尾隨而來。轉身一看，果然是王婷婷氣喘吁吁在後面喊道：「長風！」

「是妳啊！」長風微笑著，把手上的一個小東西遞給她道：「同事一場，這東西送給妳，就當是個紀念，有緣再見！」

「喂！你怎麼這麼不懂人情啊！」王婷婷又喊了一聲，「我也剛辭職，這東西對我也沒用，還給你！」

「妳也辭職了？爲什麼？」長風有些驚訝。

她瞪著眼睛，撇嘴道：「你管我啊……喂！喂！先別走啊！」見長風轉身要走，趕緊追上幾步，緊緊抓住他的袖子。

「我欠妳錢？」

「沒有！」

「妳欠我錢？」

「想得美！」王婷婷白了他一眼。

「那就好，那就好，就這樣，再見！」長風點了點頭，想把袖子扯回來，王婷婷卻死活不放。

完了！定是不知哪裡又惹上這要命的丫頭了。長風心裡暗暗叫苦，無奈地看著王婷婷，問道：「妳要幹嘛？別對我打什麼壞主意，妳現在的樣子很讓人害怕！」

她嘿嘿笑道：「你請半年的假，要去哪裡啊？帶上我，如何？」

「妳這死丫頭，怎麼就會胡鬧啊！咱倆關係一般，我去哪妳也管？」長風罵道。

王婷婷語氣一轉，低聲道：「你要是不帶我去，我就把那天晚上的事情說出來！」

「從妳的口氣和言辭，我是不是可以正確地理解爲，妳在威脅我？」長風臉色一沉。

王婷婷毫不畏懼，用力點頭。

長風失聲叫起來：「死丫頭！妳……」

「我就是死丫頭嘛！上次要不是你救我，我就眞的是死丫頭了。」王婷婷又換了表情，噘起嘴，一臉委屈，貌似受了欺負，「誰叫你救我來著？早知道還不如讓那救護車撞死我得了，這樣就一了百了，省得我現在看到影子都怕，睡都睡不著！你看看，眼袋都出來了。」

女人一旦倔強起來，比什麼都恐怖，救她一命，倒是讓人以爲救錯了她一樣，藉口還用得堂而皇之。

「不如這樣……」王婷婷神秘兮兮地說：「我當你的徒弟，你把你那個對付……對付那個東西的方法教我，如何？」

見長風臉色不悅，她急忙一迭聲地叫：「師父！長風大俠！長風哥哥！上次你那個功夫怎麼弄的？教教我啊！」

長風還是不答，她乾脆整個身子挨了過來，右手放到他的肩膀上，拍了拍：「大家都是哥們嘛，誰跟誰啊？大不了這樣，你教我功夫，我幫你約那個小秘啊！」她口中的小秘，就是老闆的秘書，生得一副賊迷人的小臉蛋和火辣的身材，一直是公司裡面最惹眼的人。

「拜託！拜託！大小姐，我們哪裡是哥們啊？」長風見路過的人都好奇地望來，大感吃不消，低聲道：「小姐，妳是女孩子，文靜一點好不好啊？胸部這麼壓過來，我會起反應的。」

說完，刻意眨了眨那雙絕對可以稱得上是本世紀最有潛力的色眼，瞄過王婷婷飽滿的胸部，暗自吞了一下口水，擺了擺手，頭也不回地落了句話：「算了吧！別打我主意，再見！」

身後，王婷婷中氣十足地跺腳與大罵聲一起傳來：「長風，你聽著，不管你跑哪裡去，我都會找到你的！哼！」

第10章

論恐懼

面對著台下的眾多師生，長風侃侃而談。他沒有響噹噹的教授資格，卻相當受歡迎，因為他講的內容非常特別。比如今日的課題：如何戰勝恐懼？

長風本以爲，辭職之後可以脫離瘋丫頭王婷婷的糾纏，沒想到她的神通遠比他料想的要廣大，當天下午就反將了他一軍。

當長風一臉懋悶地來到警察局，接待他的是一位姓王的警官，而在旁邊坐著的，不是別人，就是王婷婷。

王警官對王婷婷居然如對待上司一樣尊敬，王婷婷則不斷地對長風擠眉弄眼，嘿嘿賊笑。他不由暗自苦笑，這兩人都姓王，看來串通好了！

王警官的盤問很簡單，但長風基本都不願意回答，也沒法回答。不經意間，他注意到王警官手上拿著一張紙條，完全是照本宣科。紙上的字跡非常清秀，一看就知出自女孩子之手。

「臭丫頭，眞夠狠！」長風附在王婷婷耳朵邊，狠狠道。

王婷婷咯咯笑道：「長風，這是警察局，你可不要亂說話哦！嘿嘿！」然後煞有介事地道：「那天我也是當事人之一，跟你一樣。」說完還暗使眼色。

王警官叼著一根煙，惡狠狠地接話道：「關於貴公司名叫小亞的女孩酒精中毒一案，還是希望你能如實回答警方的問題。」

「王警官，那天你們所裡的張警員已經做了筆錄，該說的我都說了，還有什麼不明白的嗎？」長風已經快抓狂了。

「不好意思，張警員的筆錄不夠詳細。我們有足夠的證據，證明你在本案中涉有重大嫌疑。」王警官如此說，無非就是想找個理由嚇唬人。

「當時在場的還有我身邊的這位姑娘，她可以為我作證，你不如調查清楚了再說。」

「請注意你的態度，這裡是警察局，麻煩你配合！」王警官似乎火大了。

這個臭員警，居然配合著演這麼一齣無聊的戲！長風不由也發起怒來，轉頭看見王婷婷賊兮兮的眼睛，不得不佩服這丫頭的厲害，眞是爲達目的，什麼鬼靈精的手段都耍得出來。

「既然如此，想知道什麼？儘管問吧！」他兩肩一聳，無奈道。

「根據張警員對你的筆錄分析，我們查過你的個人資料，但是很奇怪，你的資料只有上大學以後的檔案。」王警官不可思議地問：「你的父母是誰？你家在哪裡？你的高中、初中，甚至小學，在哪個地方，哪間學校念的書？」

長風一聽，眉頭皺起來，嚴肅道：「不好意思，王警官，這些私人問題跟本案無關，我有權不回答。」

王婷婷嘀咕了幾下，語氣中帶有幸災樂禍的味道，「私人問題？一個沒有詳細身份的人，估計不是間諜就是恐怖份子哦！」

「對！如王小姐所說。你可以不說話，不過你說的話，都將成爲呈堂證供。」王警官一臉正經地道。

長風緊閉著嘴，一言不發。

如此對峙了一頓飯的工夫，看長風根本沒打算開口，王婷婷使了個眼色。王警官冷冷一哼道：「既然你不肯說，就先在這住幾天吧！」說罷叫了兩個警察過來，就要把人拉進去。

這時，王婷婷出招了，對著王警官喊了聲「等等」，隨即貼到長風耳邊，壓低了聲音說：「師父，大俠，嘻嘻！如果你教我一點東西，我就幫你作證，你也不用進去了，讓人誤會了多不好啊？而且這麼一進出，之後就會有案底了哦！」

「哼！」長風冷笑，這丫頭敢用這手段，眞是不知天高地厚！

他擺了擺手，「王警官，要我說也沒關係，不過這是私人問題，我不希望有外人在場。」說到外人這兩字的時候，惡狠狠地盯了一下王婷婷。

王婷婷笑笑的，一點也不在意。

王警官將長風帶到另一個辦公室。一進去，長風嘩的一下搶著坐上靠椅，然後翹起二郎腿，不急不徐地開口：「王警官，麻煩你看一下我最詳細的資料。都在這裡面。」一邊說，一邊掏出國際刑警的證件。

國際刑警亞太區特殊行動小組，主要負責國際大案，包括跨國洗錢、恐怖行動、販毒等。這個部門的所有人員檔案，當然需要高度保密，能看到成員資料的人極為有限。就算是一個省級官員要看檔案，也得經過重重批准，而且給的內容只限於成員特長、職位等簡單介紹。想查出他們的祖宗八代，難如登天。

王警官拿著證件，左看右看，實在是能力有限，無法辨認眞僞，只好拿給情報科去驗證。出門之前還狠狠地落了句話：「你最好祈禱這證件是眞的，不是西貝貨！」

十分鐘之後，長風離開了警察局。

局長站在門口直哈腰，額頭冒汗，有如躬送瘟神一樣，又驚又怕。他屁股後面的王警官一臉土色，渾身發抖，想必被臭罵了一頓。

路過王婷婷身邊同時，長風輕聲道：「小鬼沒見過大饅頭！」說完故意做了個鬼臉，哈哈大笑，揚長而去。

「人心是脆弱的，當一個人遇到可怕的事情，就會生出恐懼情緒。小者心驚肉跳，兩腳顫顫，腳不能行。大者不僅可能直接暈倒，醒來之後，或者回想而後怕，甚至一生心裡都背著個包袱，時刻困擾著自己。如若沒有正確的心態糾正，就會導致精神衰弱，甚至精神分裂……」

面對台下衆多師生，長風侃侃而談。

這一節課，是上個月早就排好了的心理學輔導課，幸好沒跟前去西安的計劃衝突。

長風的另個身份是某所大學的兼職講師，雖然只是兼任，沒有響噹噹的教授資格，卻相當受歡迎。他的每一節課，基本都是座無虛席，除了學生，甚至還有幾名講師和教授在場旁聽。

這是爲什麼呢？與其說他講得好，倒不如說他講的內容非常特別，與衆不同。比如今日的課題，就是講台上面掛著的：如何戰勝恐懼？

「研究這個課題，就是要認識恐懼，分析恐懼，從而找到戰勝恐懼的有效方法。作爲一個心理醫生，必須要認識到這一點。」說到此，見部分學生交耳而談，心裡一陣安慰。讓聆聽者感興趣，才能達到教學效果，他一直是這樣相信的，於是又對著台下道：「有沒有人有問題？可以提出來，大家交流交流。我非常歡迎各位發問，課堂氣氛才不至於沉悶。」

一個穿藍色外套的女孩躍躍欲試地站了起來，問道：「能不能描述一下恐懼的起因和恐懼的表現？」

「這個問題問得好！」長風給了她一個微笑，在黑板上寫出兩個字，然後道：「大家先看這兩個字，恐和懼。恐，是直觀性的、前因性的；懼，具有延續性、後續影響性。恐懼這一詞，就包含了前因和後續的影響。」

「這裡提的恐懼，可以理解爲怕的意思。恐懼的起因有很多種，這跟個人的個性和見識有很大的關係。有的人天生膽小，打雷下雨都會怕。有的人受到突然的驚嚇會心驚肉跳。也有的人從小受一些錯誤觀念的影響，一旦觀念被改變，就會產生恐懼。」

「前面兩個條件，我們在日常生活中經常遇到……」他看了一眼學生們，繼續道：「至於後面的一個條件，比較少發生。可一旦遭遇上，產生的影響將是巨大的。」

一陣掌聲之後，一位男生接著提了個問題：「請問，所謂的錯誤觀念和觀念被改變之後會產生恐懼，能否舉個例子？」

這是一個戴著眼鏡的男生，很認眞地看著長風。話音剛落，台下衆多人也隨聲附和。小小的問題，引起了在場所有人的注意。旁邊的教授見講課沒幾分鐘就有了一次小高潮，對長風暗暗嘉許之餘，也低聲探討起來。

提這個問題的學生叫唐心，非常好學，長風的每一堂課他都要到，而且總要發問。他還能針對同一個問題的不同答案，繼續做更深入的抽絲剝繭。

「比如說，鬼怪！」

長風只輕輕說五個字，全場頓時譁然。

這是大學，傳授知識的地方。在這裡提到「鬼怪」的敏感話題，也難怪衆人反應如此大，特別是下面的那幾個教授。

長風擺了擺手，示意大家安靜，微笑著道：「自古到今，總有一些錯誤的觀念，卻深深地影響了每一個人。比如孩子不聽話，大人便常用鬼怪來恐嚇說：『不聽話，小心被鬼抓走！』」

台下一陣哄笑。確實如此，這些話，幾乎每個人小時候都聽過好幾次，特別是農村出身的。

「這種觀念從小就深入你內心，根深柢固。如有外界的影響刺激到這種觀念，你就會產生恐懼。比如，下雨天一個人在家，忽然見到窗上一個黑影閃過，你就會聯繫到腦子裡儲存的鬼怪概念。」

長風拿著粉筆，在黑板上畫了幾個像，說道：「你腦子裡儲存的有吊死鬼……」一邊說，一邊飛快地畫，「無頭鬼、黑白無常，甚至其他妖怪……沒錯吧？」

眾人交頭接耳一陣，微微點頭。

第11章

妙解難題

「主觀地認為鬼怪會害人，那麼，你就會對鬼怪產生恐懼。」忽有一個很熟悉的女孩子聲音道：「這能不能理解成，您在間接地承認鬼怪的存在？」

「如果我這些觀念都沒有，是不是不會產生恐懼？」一個紅髮的外國人，用生硬的中文提了問。

這個問題有意思，衆人感覺新鮮，都等著聽長風的回答。

他微微一笑，「不是的。」抹去了黑板上的畫，又畫起不一樣的東西來，邊動作邊道：「在你腦海裡，沒有中國人的鬼怪概念，是因爲成長環境影響。不過，你有西方的鬼怪概念，例如吸血殭屍、撒旦、電鋸殺人狂、食人族……」

那外國學生連連點頭，台下起了一陣長長的掌聲，連旁聽的其他教授也跟著輕輕拍手。長風道：「一個成功的心裡醫生，能把病人的病因找出來，對症下藥，這才是有效的醫治。」話音落下，見唐心一副欲言又止的模樣，心知這學生還有問題，便主動道：「唐心同學，你還有什麼問題？」

所有人都把目光投過去，唐心雙頰一紅，然後才道：「剛剛老師做的比喻很生動，也很精采。現在我想知道，對於那些從小建立的觀念，怎麼能區分哪些是錯誤的呢？」

長風不得不佩服唐心的細膩，坐了下來，喝了口水，解釋道：「不管是中國，還是外國，從小到大，每個人從免不了要從身邊的親友、報紙、雜誌、小說，甚至電影電視上，得到一種錯誤的信號：所有的鬼怪，也就是西方人稱的靈魂、靈體，都是惡的，都會害人。」

「如果主觀地認爲鬼怪會害人，你當然會對鬼怪產生恐懼。遇到一些一時不可解釋的現象，就會有意識地與鬼怪聯繫在一起，產生恐懼。」

見聽衆都微微點頭認可，他換了口氣道：「產生恐懼的心裡，就會感到怕。所謂恐懼心理，是在眞實或想像的危險中，個人或群體深刻感受到的一種強烈而壓抑的情感狀態。具體表現爲：神經高度緊張，內心充滿害怕，注意力無法集中，腦子裡一片空白，不能正確判斷或控制自己的舉止，變得容易衝動。」

「那，怎樣才能戰勝恐懼？」

「要戰勝恐懼，就要面對恐懼。」面對一個一臉驚奇的女學生，長風微笑著點頭。

「借用您的一句話：主觀地認爲鬼怪會害人，那麼，你就會對鬼怪產生恐懼。」忽有一個很熟悉的女孩子聲音道：「這能不能理解成，您在間接地承認鬼怪的存在，並認爲它們並不是都會害人？」

這一問，全場再度譁然，課堂彷彿湧起巨浪。

長風往循聲看去，心裡暗暗叫苦，又是王婷婷！那丫頭實在陰魂不散，從警察局出來之後，又跟著他到了這裡來。

王婷婷臉上滿是幸災樂禍，充滿了挑釁之色。

這世間，有沒有鬼的存在？帶著這個難解的疑問，所有人都緊盯著講台上的長風。

毫無疑問，他現在落到了十分艱難的處境中。

有沒有鬼怪？如果說有，直接可以說你是怪力亂神，以講師的身份宣傳迷信，這是違法的。可是要說沒有，你又得有證據。不回答也不行，這是違背職業道德的，此地可是學府啊！

長風扯了一下嘴角，淡淡說道：「這個話題比較敏感，如果我說有，我拿不出證據，可如果說沒有，從古到今，不管是在民間還是在古書、史冊上，又不乏林林總總的相關記載。中國的《聊齋誌異》之說，成為千百年來的聊資。西方的吸血鬼、狼人，同樣流傳了千百年，影響可謂深遠。」

能容納六百多人的禮堂，此時居然靜悄悄的，好像連一根針掉在地上的聲音都聽得到。長風接著拿起筆，在黑板上寫了四個字：瀕死經驗。

「英國學者最近完成了全世界第一項關於『瀕死經驗』的科學研究，發現人的意識，即一般所謂的靈魂，在大腦停止活動之後能夠繼續存在。類似這樣的研究實例，已經非常的多。」

「另一方面，不管科技再怎麼昌明，也解釋不了許多的謎題，不僅止於鬼怪的存在，埃及的金字塔、馬雅的水晶頭骨、百慕達三角……這些謎題，至今依然無解。以目前的能力，只能假設性地去推測。」

「既然連昌明的科技也不能做百分百的肯定解釋，我，作為一個講師，知識有限，自然更做不了肯定的答覆。大家若對這類課題感興趣，與其向別人求答案，倒不如充實自身，讓自己的知識面更廣一些。憑著你們的努力，在不久的將來，相信會得到答案。」

「我不能直接回答那位同學提的問題，但我個人認為，鬼怪並不恐怖，恐怖的是人的心魔。」

「我們要戰勝恐懼，就要提高對事物的認知，擴大視野，判定恐懼源。認識客觀世界的某些規律，認識人自身的需要和客觀規律之間的關係，確立正確的目標判斷，並且提高預見力，對可能發生的各種變故做好充分的思想準備。如此，自然能增強心理承受能力。」

「如果各位真的對鬼怪的存在與否感興趣，建議去研究一下《聊齋誌異》，還有十六世紀的時候，西方一位名叫史威登保（Swedenborg）的學者寫的一套八大冊叢書，名叫《靈界記聞》。它們可以幫助你，讓你自己給自己一個答案。」

「心理學是一門很有用處的學問，它可以拯救有心理疾患的人，也可以完善健全的心靈。好了！今天的課就講到這裡，感謝大家的提問，下次見！」

一陣熱烈的掌聲之後，學生逐漸散去。

王婷婷大咧咧地向長風走來，氣洶洶地噘著嘴，質問道：「長風，你給我老實交代，你到底什麼人？爲什麼連我二叔的人都要親自送你出門？」

長風一聽吸了一口涼氣，那警察局的局長，居然是她什麼二叔的部下，看來這丫頭的背景很不簡單。再看她生氣，眞是大快人心，他於是按捺著心裡的高興，微微笑道：「哦！既然是妳二叔的人，怎麼不問他？」

「哼！他要敢說，我還用追你嗎？像個小丑一樣，問他他只會哼哼！」王婷婷吹鬍子瞪眼地道。

旁邊的幾個學生看這女人責問他們喜歡的老師，心裡早就不高興了，再聽他們的對話，大致知道長風和王婷婷認識，跟著又聽到王婷婷開口說「追你」兩字，登時全部不分青紅皀白地喊起來：「哇！老師走桃花運哦！」語畢笑成一團。

王婷婷回過神來，知道自己的意思被人誤解，更是火大，大怒道：「誰要追這個混蛋了？我是說跟著他到這裡來！哼！」見沒人理會，難堪極了，一跺腳，紅著臉轉身跑了出去。

長風也跟著學生大笑，只覺出了一口惡氣。

第12章

平安印

唐心轉身剎那，長風悄悄捏了一個平安印，打在他的背後，心裡歎息：眼角黑魚紋，這是命數所定，有心也幫不了，只能靠他自己了。這是一個劫難。

眾人哄笑一陣，還是唐心比較伶俐，輕輕咳了幾下，幾位女學生也跟著安靜了下來。

唐心最近心事重重，與一般人不同，多了幾分冷靜和成熟，眼中竟透出一股滄桑和淒涼。接觸到這種眼神，長風心中不由顫抖。心理學中，最高深的課程是催眠。想在催眠領域中登峰造極，首先要求施術者有一種與生俱來的奇特氣質。唐心的眼色，偏偏就符合了這樣的條件。

「唐心，你有什麼問題？」長風關懷地問了一下，目視著他。

「老師，我只想問你，你信不信世上有鬼？」唐心一臉嚴肅。

旁邊幾個同學見他如此問，全都表現出好奇來，等待著回答。

對上唐心的眼睛，長風能感覺出來，這個學生遇到了一些別人不會遇到的事情。再看了看他瘦弱的身子，憐憫之心大起，不由沉聲說道：「現在的人都不信鬼神之說，只是因他們沒有遇見。信則有，不信則無，很多人都是心中有鬼。你要的答案，我沒法回答。我看過一部關於鬼神的書，裡面的分析十分清楚，我個人十分欣賞，就是剛才推薦過的，史威登保的《靈界記聞》。你要感興趣，挑個時間到我那裡，我借你看。不過，明天我要去一趟西安，短時間內不方便，如果你有急事，可以先找這個人，他是我朋友，叫古晶。」

以一個講師的身份，他不能直接說相信有鬼神，如若如此，必被人們唾罵、指責。

但他又不能不回答，只有換個方式暗示了。

抄下長風和古晶的地址和電話，唐心道謝離開。

轉身刹那，長風悄悄捏了一個平安印，打在他的背後，心裡歎息：眼角黑魚紋，這是命數所定，有心也幫不了，只能靠他自己。

這是他的一個劫難，希望一切平安。

任天行給的機票，是明天中午的飛機，還有半天的時間。長風摸著兜裡的那張信用卡，啞然失笑。

這可是好東西啊！不用白不用！先是買了一套休閒服，再剪了一個新髮型，然後到銀行，把往後一年的房租和水電費都交了。

這小子完全是慷他人之慨，正好又遇上了希望工程捐款活動，乖乖！咧了一下嘴，無恥地把信用卡遞給工作人員，一捐就是一百萬。

這一手活脫脫就是搶劫！捐款的時候腦子一閃，他竟在捐款人的資料欄上填了「王婷婷、任天行」兩個名字，並把王婷婷的電話也附上。

這丫頭！這陣子一定有她鬧的了！這麼大的數額，憑著那些媒體的鬼靈精怪，不愁不纏她。

簽上任天行的名字，則是要牽制他。

花了這麼多錢，他要是追究起來，可都是以他自個兒的名義捐的，就算要發脾氣，怕也沒處可發。

另外，還得先要調查清楚幾件事情。

「剛子，這事情拜託你了！」

長風思量了許久，請了一個很具傳奇性的人幫忙，此人外號叫癲痫剛。你想要的消息，只要出得起大價錢，他就能幫你找出來，絕對眞實可靠。

「哈哈哈！放心，大哥您要查的事情，我敢耽誤嗎？我們的長風大哥難得看上姑娘家啊！嘿嘿！」

「別開玩笑，有消息快點通知我！」

「OK，沒問題！」

長風又想了一下，趕緊道：「等等，還有一件事！還有一個人，也幫我查查，他叫任天行！另外，能不能查查日本紅川忍者最近的行蹤？他們在廣州出現過。」

「紅川忍者？號稱日本最神秘的四大教派之一的紅川？」剛子確認了一下，隨即樂道：「有意思，很有意思，這下有你忙的了！」

第二天清早，王嫂把早餐送來，見長風早早起了床，笑道：「趕緊吃早餐去，你去西安的行李，我都收拾好了。」

「好！」

門鈴突然響起，王嫂和長風相視看了一眼，都是不解。

大清早的，誰啊？

打開門一看，門外站著一個女孩，笑瞇瞇地向王嫂打了個招呼，沒等長風說話，自己跨腿就進來了。

「王婷婷！是妳！」長風幾乎從沙發上跳起來。

王嫂一見笑道：「長風，交了女朋友也不跟我說一聲，看你嘴巴挺嚴的！好了，你的東西也收拾好了，我先忙啊！」

長風苦笑，搖了搖頭，眞希望是個夢。

見王嫂離去，王婷婷很自動地沖了杯咖啡，瞪著眼睛道：「完顏長風，本科畢業後分別在北京、上海、廣州就職。就今年剛剛開始，便換了十二次工作。你說，商業調查科的會不會把你列爲間諜？另外，原來你姓完顏啊！我就說，怎麼會有人姓長呢？」

長風心裡一沉，這丫頭居然查了自己的資料。雖然內容很少，但能查出他的姓氏，也算難能可貴了。

複姓的四大家族，公孫、司徒、南宮、慕容的族人非常少，更談不上完顏一族。在歷史上，記載著完顏姓氏最多的，就屬於南宋末年。

完顏一族都屬金國貴族，最後被滅於元。

哈哈笑了一下，他看著一臉得意的王婷婷，娓娓地回敬：「王婷婷，女，外語系專業，畢業之後到新加坡留學兩年。父親王富貴，從事藥材生意，生民藥業集團總裁……」

第13章

妳可不是弱女子

好啊！這丫頭今天純屬沒事找抽了！長風咬咬牙，心念一轉，冒出壞水來，乾脆坐到凳子上，故意往她身邊靠近。王婷婷嬌羞地低了下頭，竟有如淑女一般。

不得不說，剛子的手腳眞是快，不過半天就把資料全弄出來了。王婷婷放下杯子，指著長風的鼻子，跳腳罵道：「完顏長風，你好卑鄙，居然暗地裡調查我！」

看她一副潑婦的樣子，甚是搞笑。長風抵住她指著自己鼻子的手指，得意洋洋地反問：「大小姐，妳不也查我了嗎？」

「你到底是什麼人？我的檔案經過公安部保密，你從哪得來的？」王婷婷質問。

「我是什麼人？妳可以回去問問妳二叔。至於妳的檔案……老實講，我還知道妳的第一任男朋友是誰唷！要不要聽我描述一下？」

「打住！打住！我二叔死活都不肯說，還臭罵了我一頓，叫我以後不可以再騷擾你！」說到這裡，王婷婷的臉色一變，裝出一副可憐樣道：「你先在課堂上欺負我這樣的弱女子，現在又調查我，到底想怎麼樣？」

看她的神態，完全像是別人欺負了她似的。要不是領教過太多次這種絕世的無賴手段，長風還眞會被弄得措手不及。

「王婷婷，妳給我聽好了！要我去警察局的是妳，我去講課的時候也是妳跟蹤我去的，這筆帳我還沒跟妳算。今天妳來我這裡，不是裝可憐給我看的吧？」他一臉冷漠，最後從嘴巴裡擠出一句話：「妳要眞是弱女子，在新加坡就不能一個人把一家道館給砸了！眞是厲害，空手道七段、合氣道七段，還外加一個柔道黑帶九段，都不是對手啊！」

此話一說，本以爲她會撕破臉，沒想到這丫頭此時耐性倒是很好，臉色只稍微一變，眼睛骨碌碌轉了幾下，低著頭，不說話。長風又道：「一個人能單獨把人家道館砸了的人，居然天天纏著我，我眞想知道，妳到底要幹什麼？」

此時，王嫂進來叫了一聲：「都出來吃早餐吧！小倆口別吵啦！」想來她在外面聽到他們大聲說話，還以爲兩人在吵架。

王婷婷一看有人解圍，小身子一蹦，硬拉著長風的手就要去客廳吃早餐，並對王嫂微微點頭，故作親密。

長風心裡雖然生氣，不過看她做戲做得不亦樂乎，便也沒有戳破。王婷婷在他耳邊低聲吹氣，柔聲道：「我很想弄清楚什麼是『守夜人』，我對這類人很感興趣。」

「守夜人？」長風愣了一下，苦笑著搖頭，心裡嘀咕著，這丫頭哪來的消息？竟然連「守夜人」都曉得。早知如此，把古晶推給她就行了。

三人坐下之後，王嫂立刻樂道：「長風啊，你都這麼大個人了，交了婷婷這麼乖巧的女朋友，怎麼也不早點帶回家來給我看看？」

王婷婷裝出一副害羞狀，俏臉飛紅，低頭不語。

長風一邊喝豆漿，一邊苦笑回答：「誰是我女朋友？」

王嫂瞪著眼睛看著他，不明白這話什麼意思，沒反應過來，愣在那裡。

誰知道王婷婷立馬來了一句：「王嫂，昨天長風才向我求婚呢！」

這話一出，長風頓時一噴，豆漿把喉嚨嗆了一下，咳起嗽來。就聽她又涼涼地接了一句：「可是，我還沒答應。」

王嫂「噢」了一聲，心想原來這樣，一陣道賀和恭喜之後便找了個藉口先走了。

長風被嗆得臉通紅，白了王婷婷一眼，看這丫頭臉皮如此之厚，仍是一副能耐我何的表情，說不出話來，起身往衛生間跑去。在裡頭猛咳了好一陣，長風終於出了衛生間，哭喪著臉道：「大小姐，妳到底想怎樣啊？那天我真是救錯了人！」

「嘻嘻！」王婷婷除了笑，就是笑。

好啊！這丫頭今天純屬沒事找抽了！長風咬咬牙，心念一轉，忽然冒出壞水來，乾脆坐到凳子上，故意往她身邊靠近。

王婷婷嬌羞地低了下頭，竟有如淑女一般，一改先前的嬉皮笑臉之態。

長風接著伸出手，捏了她的小手一下。

王婷婷的俏臉紅了起來，赧然垂首道：「你要幹嘛？」

長風一臉色相，吃吃笑道：「妳不是說我是妳男朋友嗎？這有什麼關係？」

王婷婷留意到長風用色瞇瞇的眼神盯著自己的胸部看，臉更紅了，嗔怒道：「老色狼，你到底想幹嘛？」

看她如此神態，眞有幾分可愛，長風腦子一熱，動作極快地湊過去，俯頭親了親她的臉蛋。實在沒想到，這丫頭連小耳朵都紅了。平時兇巴巴的，可到了這個地步，比其他女人還淑女。也太會做戲了吧！長風把心一橫，決定試一下她，色瞇瞇地涎著臉道：「既然是我女朋友，不如現在我們……」一邊說，兩手一邊往她的胸部抓。

「啊」的一聲，王婷婷猛地跳了起來，怒道：「色胚子！流氓！滾！」

長風壞壞地看著她，說道：「這裡好像是我家哦！」還是繼續色瞇瞇地盯著她。

王婷婷想不到長風會使出這一招，不落荒而逃都不行了，急忙轉身出去，帶上門前罵道：「完顏長風，總有一天你會後悔！」

聽到重重大門關上，長風忍不住一陣大笑，心裡想著終於把這個瘟神氣走了，看她以後還敢不敢冒充別人的女朋友！

和老劉、任天行通過電話後，長風又給古晶打了個招呼。

古晶是一個很奇怪的人，奇怪到讓人看了一眼之後，根本無法再想起他到底長得什麼樣子。他開了一間中藥店，不過，他的生意遠不止於賣藥這麼簡單。

據說，這個城市的大集團老闆見到他，都要很客氣地打招呼。也據說，所有大企業的房產，都以請他去看過風水為榮。他算過一個老闆的命，說活不過當月二十七號。對方不信，還放話說要在二十八號來把他的藥店砸了。結果，他在二十六號晚間十一時五十九分離開人世，醫院的診斷是自然死亡。

長風跟古晶的第一次見面，就是因為聽到他的算命術奇準，特意拜訪。

然而，古晶算不出長風的命。

一生算人無數，他卻說，長風沒有命。到底是長風真的沒有命，還是他算不出來？他不說，沒有人第二個人知道。不過，他另外還對長風說了一句話：你沒有命，因為你是天命。我只能為人算命，而你，不是人。

長風並不理解天命是什麼，或許是傳說中的真命天子，誰知道呢？至於「不是人」這句話，過往也不曾有別人對他說過。就因為這樣，古晶成了長風唯一信任的朋友。

「古老，我有一個叫唐心的學生，這幾天要應一個劫，你能不能多費點心？」

古晶爽快地在電話那頭應了一聲，歎道：「我明白，真是難為你了！」

第14章

機場風波

果然，那三人的坐姿跟普通人不一樣。坐下來的方位和拿報紙的角度，形成很自然的自我保護包圍圈。若是有人對他們不利，可以迅速地躲避，甚至是還擊。

中午，機場。

長風在一間咖啡屋找了個位置坐下來，離登機還有將近一個半小時，於是要了份今天的報紙。報紙的一個角落，有一則廣告，內容很奇怪，居然在出售一顆石頭，沒有相關的介紹，只有一張圖片。石頭的表面粗糙，顏色烏黑，表層帶有黃色乾土，就像是從土裡挖出的生銹鐵塊一般。再看這塊石頭的售價，太詭異了！單位按克來計算，一克的價格比黃金還貴！

長風搖頭苦笑，這人大概想錢想瘋了。這年頭，果然什麼樣的怪事都有！

正要繼續往下看，一隻手打了一下他的肩膀。

他嚇了一大跳，險些跳起身來。要知道，如果是普通的人近身，十米開外就能感覺。現在這個人卻讓他毫無知覺，肯定不簡單！

趕緊回身一看，背後站著的正是請不走的冤家，王婷婷。

她拿著一個小行李，一身輕便休閒的裝扮。眨了眨一雙大眼睛，溫柔地道：「這麼巧啊！長風大哥，你要去旅遊嗎？」

「我的大小姐，妳怎麼又纏著我了？」長風心裡直喊苦，想不到自己去西安的事情，她也能查到。

「不行嗎？」她坐了下來，右手勾著長風的肩膀，輕輕道：「人家的心都在你這裡了，你到哪，我到哪啊！」

長風苦笑道：「得！得！大小姐，我眞服了妳了！這次眞的不能帶妳去，要不這樣，妳不就是想學那幾手玩意嗎？不就是想知道『守夜人』是什麼樣的嗎？我給妳介紹一個正牌的認識，好不好？」

「眞的？」王婷婷興奮地驚呼一聲，眼睛轉幾轉，似乎仍不滿足，又不懷好意地笑道：「那不行，咱們的長風大爺所到之處，必有好玩之事。再說，西安是個好地方，本大小姐剛好想去呢！」

「好玩？」長風禁不住大吼，見到旁邊的人都轉頭看過來，臉一紅，趕緊壓低聲音道：「跟上回一樣，對手不是人，好玩嗎？」

王婷婷聽到他說「不是人」，想起上次的事情，臉色一下子沉了下來，心裡打起了鼓，但又不甘心退出，更不願意示弱，硬著頭皮道：「哼！活人我都不怕，死了還怕啥？再說，有你保護我，我擔心什麼？」說完揚了揚手上的機票道：「看！我機票都買好了，跟你一個艙的。」

長風懶得理她了，對付這種人，唯一的方法就是沉默。

靜下來看了一會報紙，王婷婷忽然捅了幾下他的腰，神秘兮兮地說：「你看那邊坐著的那三個人，很奇怪！」

長風抬頭，順著往王婷婷的目光看去，就見三個穿著整齊的人坐在那裡看報紙，瞧不出有什麼特別的，不耐煩地道：「有什麼奇怪的？除了沒我帥之外！」

「討厭！跟你說正經的呢！」王婷婷用力掐了他一下，低聲道：「再仔細看看他們！看坐姿，一定是高手，而且是空手道的高手。」

長風依言又仔細看了看那三個人，果然，他們的坐姿跟普通人不一樣。坐下來的方位和拿報紙的角度，形成了一個很自然的自我保護包圍圈。若有人對他們不利，可以迅速地躲避，甚至是還擊。

「是不是很奇怪？」

「不知道是什麼人……」長風沉吟著點頭。

「我試試他們！」王婷婷想都沒想，拿起咖啡杯上面的勺子一掰，分成三截，用力彈去。長風急忙阻止，不想她在這個時候鬧事，可惜已經晚了，王婷婷出手的速度比他想像的還要快。

噗！噗！噗！便聽三聲風聲。三個人其中的兩個閃避非常快，另一個的功夫大概稍微差了一點，被打在手臂上，失聲驚叫，日語脫口而出。

緊接著，他們的臉色都是一變，狐疑地看著四周，然後目光不約而同向長風這裡看過來，站起身，灰溜溜地走了。

王婷婷冷哼，正要說話，卻被長風用力一推，跌倒在地。

「讓開！」他著急地大喊，手上的報紙隨即一合，只聽「滋」的一聲，似乎有什麼被夾住。等打開了報紙再看，裡面有一個八角的暗器，利如刀，薄如紙，大小不過兩寸，泛著藍藍的光。

王婷婷爬起一見，失聲道：「這是日本忍者的暗器八角菱！別碰，上面有毒！」跟著就要去追那幾個人。

長風趕緊拉住了她，阻止道：「別追！人家有備而來。」

「你怕？」王婷婷一臉鄙夷。

長風無奈道：「我只是好心提醒妳而已，要追請便，我要去安檢了。」

王婷婷哼了一下，無話可回。

開始安檢了，長風提著行李跟著人馬排隊，王婷婷緊緊跟著他，生怕一個不留神就會被甩掉。輪到長風的時候，隨身行李發出警報聲，安檢人員立馬把他請到一邊，把人和行李一起帶到一間問詢室裡。王婷婷此時顯得比當事人還緊張，緊緊跟著不放。

打開箱子，工作人員看到裡面是幾瓶藥水和一些奇怪的工具，臉色立馬變了，抓著問東問西。長風只好告訴他們，瓶子裡是藥水，那些工具是紀念品，可惜人家不相信，要對做進一步檢驗，並要求長風出示證件，王婷婷也一併被調查。

長風不由苦笑，這些檢測手續十分繁瑣，會耽誤許多時間的。

機場員警毫不客氣地說：「如果瓶子裡面的藥水不是易燃易爆的東西，自然會放你們通行，這班飛機不行，我們會安排下一班。」

長風看飛機快起飛了，而且已經答應了任天行到達的時間，不得不出示了「國際刑警」的證件。不消說，自是什麼都不用再驗，一路順利通關。

上了飛機，王婷婷仍目不轉睛地看著證件，瞪大眼睛，張著嘴，繼而用一副不敢相信的表情上下打量起長風。

長風嘿嘿笑了一下，低頭在她耳邊道：「這個，是假的！」

第15章

秘密研究所

陶俑的臉，只是一個十歲出頭的孩童，穿的卻是中年人的服裝。身子大小跟臉部表情完全不成比例，不見中年人的老成熟練，取而代之的是孩童的天真幼稚。

兩個小時之後，飛機在西安降落。

西安是世界四大古都，也是中國建都最早、歷時最長的古城，距今已有三千多年的歷史。自西周直到唐代，先後共十三個王朝在此建都，堪稱中國古代社會的天然歷史博物館。西元一九九八年，美國總統柯林頓訪問中國的第一站，就是西安。因爲在外國人的概念中，唐朝最能夠代表中國。

西安的空氣非常好，即使有下雨的預兆，依然清新。

王婷婷搶著拿行李，跟在長風的後面，一副楚楚可憐的樣子，還說自己在西安沒有朋友，擺明賴死賴活纏定了。

長風無奈，苦笑著說：「唉！唯女子和小人難養也！」

走出幾步，就見一人朝他們走來，很客氣地問道：「您是完顏先生？」

長風點了點頭，看來他們確實下過一番功夫調查，不然不會知道他的姓氏，於是伸手說道：「可以叫我長風，不用客氣！」

「歡迎你來到西安！任老大派我來接你們，我叫黃風。」來人一臉精明，眼裡閃著精光，兩手相握的時候試探了長風一下，用的勁並不大。

長風不反擊，只帶著微笑看他。

王婷婷甚是機靈，見對方打量自己，淡淡一笑，伸手說道：「你好，我是長風的助手，王婷婷。」

她甚是聰明，知道兩個男人握手時一定在較勁，心裡暗笑了幾下。這次來到西安，總不能讓人太輕視自己。想到此，也跟黃風用勁較量起來。

黃風臉色一沉，顯然沒有想到，如此嬌滴滴一個女孩，手勁居然這麼大。兩人較量了一下，竟然落在了下風，額頭微微見汗，臉色緊張，只是看人家女孩子完全沒有鬆手的意思，自然也沒好意思開口，逐漸連脖子也紅了起來。

「婷婷，不要失禮！」長風輕咳了一下，他們倆才放手。

黃風臉色漲紅，佩服道：「王小姐果然是巾幗英雄，長風先生有如此能人當幫手，可喜可賀。」跟著又打量了一下長風，心裡嘀咕著，幫手就如此厲害，這個人豈不是深不可測？

三人不再多言，上了一輛車，一路馳去。

西安郊外某軍事基地，秘密研究所。

這是長風第二次見到任天行，此人風采依舊，一頭過耳長髮油亮油亮的，有點影視明星的味道，眼角卻更多了幾分焦慮。

長風的到來讓他的愁眉舒展不少，兩人親熱地握了一下手，他接著疑惑地看了一眼王婷婷。黃風立刻小聲嘀咕了幾句，任天行點了點頭，很大方地對王婷婷說道：「歡迎王小姐來到西安，我叫任天行。」

「任大哥！」王婷婷的嘴巴倒是很甜。她很清楚，長風是否願意讓自己留在身邊，那還沒譜，但只要這個名叫任天行的人同意，長風就拿她就沒轍嘍！

「路上辛苦了。」

王婷婷笑道：「倒是沒什麼辛苦，就是碰到了幾個不順眼的人。」

長風把「八角菱」遞出，簡單說了一下機場的事情。任天行皺起眉，把東西給黃風，低聲交代了幾句。

這個研究所的前身在進行新式武器的研發，幾年前因爲當地的考古需要，因而大幅度改變了研究方向。建築面積本身不大，設備卻非常的先進，單是門口的紅外熱感識別器，就價值上百萬人民幣。

再往裡走，隨著見到的設備越來越多，長風不禁暗自讚歎。他見過其他研究所專用的鐳射切割機，當時還覺得那設備夠先進，如今和這裡一比，全成了早該淘汰的東西。

聽老劉介紹，鐳射是受激輻射產生的光，一種高品質的光源。鐳射切割機的原理，就是利用少量的能源，把光源的能量轉化成切割動力。在這個所裡看到的切割機，居然能把分子能的引力轉化成動能，進行片切式切割，幾乎是國際上最先進的設備了。這研究所的重要性，可想而知。

雖然驚訝，長風還算鎮定，起碼從臉上看不出多少異樣。旁邊的王丫頭就不安分了，聽了老劉一句一句地介紹，不停地驚嘆。雖然給人少見多怪的感覺，但也多少調和了一下嚴肅的氣氛。

基地裡面，五步一崗、十步一哨，站崗的都是軍人。研究所周圍還能見到幾個穿著便裝的大漢，密集地在四周巡視，走路姿勢和眼神可以看出，全是任天行帶來的人。

任天行解釋道，各個領域的精英此刻都集中在此，上頭爲了保證每個人的人身安全，專門調動了特種部隊的人來做安全工作。

這也難怪，這一批國家棟樑相當於國寶，不得不小心防範。

參觀了研究所後，他們住進位於研究所一側的軍事招待所。

招待所前後內外都有軍人站崗，裡面也有一群保鏢在來回走動。長風見狀，不由得讚了一句：「你們的安全措施實在太好了！」

老劉尷尬地笑了一下，隨即沉聲道：「九菊派已經來西安了，我們不得不謹慎。」

長風喃喃道：「不止是九菊到了，還有忍者。」

「是啊！要不是你的法寶，我就成了那些忍者的刀下亡魂了。」

接了風，就該洗塵了。老劉和任天行作東請客，招待長風和王婷婷品嚐了西安的名菜「葫蘆雞」、「枸杞燉銀耳」和「奶湯鍋子魚」。

老劉還特意介紹了「葫蘆雞」的來源。葫蘆雞，傳出於唐宗時禮部尙書韋陟的家廚。選用當年生嫩母雞一隻，經初加工後炸而成，成菜形似葫蘆，色澤金黃，皮酥肉嫩，最讓人稱讚的是筷觸即離，食之極爲香醇可口。

王婷婷吃得津津有味，一直叫好，長風不禁搖頭說：「天下沒有白吃的午餐！」果眞，天下沒有白吃的午餐。剛用完餐，兩人立即被邀請到一間會議室，裡面早坐滿了人。相互簡單地介紹之後，長風打量了一下坐在正席上的王博士，隱隱感覺氣氛有點不對勁。

先前在飛機上，長風大概地對王婷婷描述了一下西安行的目的，但沒有進一步說明更具體的情況。如今，她是全場最興奮的參與者，眞擺出一副專業助手模樣，拿著錄音筆和紙張，等做會議記錄。

坐定之後，衆人不約而同地保持沉默，過了好一段時間，長風才忍不住直接說道：「老劉，進入正題吧！」

老劉很嚴肅地說道：「我們必須儘快弄明白一切問題，每拖延一天，就更多一分危機。」

在場所有人都用力點頭，面色凝重。任天行接過話道：「昨天，我們又損失了一位同志，江林同志在基地裡的居所被槍殺。」

長風聞言，心裡一涼。有任天行這樣的人在，安全措施又做得如此嚴密，居然還是不能阻止詭異事件發生。

「五四手槍所殺，死法跟前面兩人一樣。現場沒有找到任何線索。」

長風向任天行點了點頭。雖然兩人曾有點摩擦，此時卻沒有任何的刁難或嘲笑，只有相互的理解。

接著，有人介紹起那個陶俑被發現的情況。

大螢幕上浮現出影像，的確，那是一個造型奇特的陶俑。

看過兵馬俑的都知道，趕車的車俑基本上都是坐在馬車上，兩手握住轡繩。可這個陶俑不同，樣子非常怪異。

王婷婷指著螢幕，失聲叫道：「他的臉！」

陶俑的臉，只是一個十歲出頭的孩童，身上穿的卻是中年人的服裝。此外，身子大小跟臉部表情完全不成比例，不見中年人的老成熟練，取而代之的是孩童的天真幼稚。另外，坐姿也很不對勁，兩手握住轡繩，兩腿卻稍微彎曲，跟武俠小說裡練內功時的盤坐差不多。趕車的時候這麼盤坐著，一個不小心，馬車的顛簸就能把人拋出去。

奇怪的造型，表示著什麼呢？

老劉指著陶俑的眼睛，說道：「大家仔細看，這個人根本就閉著眼睛，卻擺出趕車的模樣。很遺憾，我們沒有找到後頭的車俑。」

趕車的裝扮，卻閉著眼睛，或許可以勉強解釋成車夫在馬車停止時假寐。但連馬車都沒有，這就眞的說不過去了。

坐在王博士右邊的老杜，是玄學研究學會的領袖人物，嘴巴不經意地動了動，似乎想說什麼，但又忍住未說。這個小小的動作，被長風看在了眼裡。

大致看過狀況，任天行做了一個大致的歸納：「目前我們有四個問題需要解決：兩千多年前的陶俑裡，怎麼會有一把現代的五四手槍？這把五四手槍，爲何沒有出廠的編號？接觸過的相關人士，因何被槍殺？手槍怎麼能夠憑空消失？」

王丫頭第一次聽到如此怪異的事，感到新鮮至極，突然間冒出一句話：「把這四個問題解決，任務是不是就完成了？這樣，我們是不是就可以在西安好好瘋上一回啦？」

這句話，在場眞只有這丫頭能說得出來，本可以完全不理會，王博士、老劉和任天行三人卻臉色微變，竊竊私語起來。

王丫頭見自己無心的一句話引起如此大的反應，兩隻眼睛詫異地打量著所有人，不敢再吭聲。

嘀咕一陣後，任天行道：「實不相瞞，目前除了要把這幾個問題解開，還要應付外來的壓力。」

外來的壓力？

長風一聽，直覺聯想到上級施加的破案壓力，還有九菊組織與忍者的埋伏。不過，仔細再看他們的面色，事態似乎比預想更來得複雜。他不得不問道：「任先生，所謂外來的壓力，不是你們上級給的壓力這麼簡單吧？」

王博士一直沒說話，聽他這麼一問，點點頭說：「不知道誰透露了消息，現在很多國家都知道了研究所內出的事情，並開始關注了。美國研究機構甚至已經發出共同研究的相關申請，只是我方還沒有明確表態。」

任天行接著話道：「國內的一個秘密組織龍牙，過兩天也來會到這裡。但有些事情，他們的人畢竟不方便出手。」

眾人都不知道龍牙是什麼，自然也沒有反應，只有長風早就知道這個組織的存在，臉色一變。

龍牙是中國的一個秘密組織，組織的職能，就在研究異能，可以說是國家的秘密武器。身懷異能的人，基本上都歸這個組織管。

龍牙早在十多年前就開始跟長風接觸，不僅暗中關注他很久，雙方甚至還交過手。

大學畢業之後，他之所以多次換工作，正是爲了避開他們的糾纏。

龍牙的大多數成員，長風都不放在眼裡。這些人雖然神秘，但跟日本九菊派的術士比起來，還是人家更狠毒一些，並且掌握著邪術秘方。不過，龍牙之中有個例外，讓他非常忌諱。此人名叫李寶國。

想了想，他悄悄地在王婷婷耳邊嘀咕了一下，然後對其他人道：「現在我急需這幾個死去的人的所有資料，包括他們的背景、陳屍現場的照片等等。另外，我有必要親自看看那個陶俑。老劉，能否帶個路？我不想太多閒雜人跟著去。」

第16章

再起波瀾

長風直接就去看那個奇特的兵馬俑。如此端詳不多時，鼻子便微微抽動起來，右手無名指也跟著顫動，眼光掃向四周，右手掐著指節，嘴裡輕輕嘀咕著。

長風的話音剛落，在座的科學家與考古學家臉色全變。

想他們這一生，爬到如此頂尖的地位，必定沒人再敢無禮對待。閒雜人？這三個字，恐怕連國家領導人都講不出來。

面對衆人的不滿，長風面色沉穩，毫不退縮。這麼說不是刻意擺譜，他有他的深遠考量。別無選擇，他必須把這些人支開。

不管是考古學家還是科學家，在座之人都是國家的棟樑，所屬行業的頂尖人物。可無論具備了多豐富的學識，都不可能相信鬼神。讓他們跟著一起去，不免橫生枝節。

另外，一個成功的科學家或考古學家，一定要有一顆堅定的心，守衛著內心的信念。如果此事顛覆了他們的信心、動力、精神，往後必將受到嚴重的約束和打擊，路，只怕更加難走。

打個比方吧！一個拜佛的人，把自己的一生完全獻給了佛。萬一有一天，他發現佛之上還有更高的存在，那麼，還能維持過往的虔誠嗎？這恐怕得打上一個大大的問號。

任天行顯然理解長風的考量，略一思索就點頭同意。卻在這時，一位文質彬彬的學者站起身，堅持要參加。此人姓杜，是北京玄學研究會的領袖人物，剛才看兵馬俑影像時欲言又止的就是他。

初時長風不在意，但老杜靠過去，低聲對他說了一句：「北宋年間的完顏空，想來長風先生也瞭解一二。」

當今還能說出長風先祖的人，怕是不超過三位。

複姓完顏者，一直都是皇族中人。此一家族中的傑出人物，有創制女眞文字的完顏希尹、軍事奇才完顏洪烈、武功過人的完顏不破等。這三人在歷史上有相當完備的記載流傳，知者甚衆。

知道完顏空的，則是少之又少。

完顏空一生的神奇傳說，不是隻字片語就能講完全，且史書鮮有記載，只能在野史、秘史裡尋到部份資料。就連長風自己，所知也非常有限。

對於能說出先祖之名的杜老先生，他不得不另眼相看，於是在其他人的驚訝注視下，默許了此人的加入。

出了會議室，一夥人來到當時切割陶俑的工作室。

工作室周圍都有武警官兵守衛，每人都備了夜視眼鏡，研究所的制高點還有人站崗。絲毫不誇張地說，任天行的安全工作做得非常到位。

老劉得意道：「這些都是普通的防護，我們還配有狙擊手呢！」

王丫頭一聽，驚得吐了吐舌頭。

這間工作室跟先前參觀的工作室完全不同，處於建築物的最側一端，背面傍靠著山。室內的設計相當出色，一個圓形的空間，中間一台切割機，周圍是圓弧的桌子。這樣的設計，有利於多人的分工合作。裡面的一個儲物室外面，是個四四方的大型玻璃防罩。

王丫頭右手食指敲了一下玻璃，驚道：「哇！最新型的合金防彈玻璃。」

任天行點頭，介紹了一下那玻璃的來源。防彈玻璃一般都只用於保密性的行業，比如銀行，或者配備在專用的汽車上。不過，那些防彈玻璃都是最一般的。新型防彈玻璃一旦研究成功，必先用於軍工業。

這塊合金防彈玻璃，是最新研製的新型產品，可以說是最堅固的。根據掌握的資料，目前在世界上，只有美國、以色列、中國能夠製造。據說，在進行壓力測試的時候，甚至耐住了AK四七衝鋒槍的近距離射擊。

給外行人們解釋了一遍之後，任天行又微笑著說：「王小姐的見識眞是無話可說，不是蓋的。」

長風當場「噗哧」一聲笑了出來，沒想到任天行對他一臉正經，遇到美女，也會說些幽默的話。

任天行兩頰一紅，假裝咳嗽了幾下。想不到不咳還好，如此一咳，連王婷婷都忍不住哈哈大笑。不經意間，這個大男人表露了性格中可愛的一面。

儲物室要用密碼和鑰匙才能打開。進入之後，長風顧不得參觀其他的東西，直接就去看那個奇特的陶俑。如此端詳不多時，鼻子便微微抽動起來，右手無名指也跟著顫動，眼光掃向四周，右手不斷掐著指節，嘴裡輕輕嘀咕著。

老劉自然知道長風是什麼人，趕緊低聲問：「怎麼樣？」

他抬頭微笑了一下，口中說道：「沒事！」可卻眼不對口。老劉、任天行和王婷婷都料定他已發現了什麼，只是在這場合不方便說。

都說女人心細，果然不錯。王丫頭又打量了一下陶俑，忽然稱奇道：「這個人一定好杯中之物。」

依言看去，果然，兵馬俑右側的背部近腰處，掛著一個黑漆漆的小葫蘆。如果不注意看，還以爲是打綹的衣衫。

長風這時恢復了正常，哈哈笑了笑，說道：「有意思，有點意思！這個陶俑的坐姿、長相都有點意思！閉著眼睛趕車的小孩，竟然還如此貪杯。」

老劉指了一下陶俑的胸口，用手比劃了一下，說道：「那石盒是從此用鐳射切開的，取出之後，又重新組裝起來。」跟著資料袋裡遞出一張X光透視圖。

長風仔細地看了一下，透過X光圖，能看到兵馬俑胸部有一黑色四方形的盒子，其他倒是沒什麼特別。

王婷婷突然問道：「手槍消失了，那盒子呢？」

衆人都是一愣，任天行最先會過意來，微笑道：「在櫃子裡。」說罷，示意工作人員去取來。

王博士幾乎不說話，此時見王丫頭心細，誇道：「老劉主張請兩位過來幫忙，果然沒請錯人，只看了一眼，就能把其中關鍵的地方指出來。王小姐如此年輕，卻有如此見識，厲害！長風先生有如此出色的助手，本人必定更是了不起。」

王丫頭得意洋洋，嘴巴說著「過獎過獎」，對長風大使眼色。

第17章

兩廣飛花

完顏空甚為悲憤，但無憑無據，無法上公堂討回公道，便在那人葬身之處立壇做法，並公開說道：如若死者是冤死，老天有眼，必定霜雪三日，梅飛七天。

就在他們商議事情的時候，兩個工作人員匆匆忙忙走過來，只低聲說了幾句，任天行的臉色頓時大變。

眾人全嗅到了不尋常的味道，不由停下交談與動作。

任天行深深地吸了口氣，掃視了大家一眼，緩緩道：「盒子不見了！」

「什麼？」長風失聲大呼。

「盒子怎麼會不見了？」老劉等幾個人也跟著問。

驚慌的工作人員帶領一行人來到櫃子前，打開一看，裡面空空如也。

任天行道：「當時我接到上級的指令，立即趕來這裡，並把兵馬俑放置在儲物室。那個盒子，經過反覆檢測和分析，得出的結論就是一普通的被石化的盒子，本身沒有特別之處，但因爲跟那把槍有聯繫，所以暫時鎖在這個櫃子裡。沒有我的命令，任何人，包括研究所的所長，都不能單獨打開。」

長風看了一下櫃子。櫃子的鎖是電子鎖，需要一把鑰匙和密碼同時打開。櫃子上面有一個編號「BM1097」，櫃裡隱隱升出一絲絲白色氣體。

櫃子看起來相當結實，差不多十釐米厚的鋼板。若要偷竊裡面的東西，沒有密碼和鑰匙，必須用上切割技術。

長風靠近，仔細看了幾下之後，用手摸了摸，冷不防問道：「各位有沒有注意到奇怪的地方？」

老劉不解，「奇怪？最奇怪就是裡面的東西消失了啊！」

「廢話！」長風笑罵了一句，轉頭看向王婷婷，「丫頭，妳伸手進去摸摸看。」

王丫頭不敢怠慢，趕緊捲起袖子，將白嫩嫩的手伸進櫃子裡，先搖了搖頭，之後往四壁摸了一圈，卻驚訝地叫了一下，趕緊收出手來。

眾人湊上前，就見她的手沾了水珠，還有一些霜。

老劉驚呼道：「怎麼會有這個東西？」自己也把手伸了進去，掏了一下，同樣掏出一點霜來。

王博士奇怪道：「怎麼會這樣？怎麼會這樣？這個櫃子根本沒有裝置冷凍系統，只有三號實驗室才有。」

眾多的疑團，一下全部展現在面前。奇怪的陶俑、消失的石盒、平空出現的霜……一時間，在場人都低頭不語，暗自思索。

長風臉色沉重，在自己的手心偷偷畫了一個符咒，悄悄對著那個櫃子遙遙一揮。下一瞬間，就覺手心猛一冷，竟有一股寒意透過皮膚直接衝向心房，只得急忙掐斷來路，心裡暗叫厲害。

果然不出他所料，有人在搞鬼！

老杜作為玄學界的代表，這個時候氣勢昂揚地來了一句：「憑空出雪霜，歷史上不是沒有！」

所有人的目光一下全被吸引過去，他舔了舔嘴唇，得意地侃道：「古代六月飛雪的事情，史書上記載過幾次。其中，最著名的就是竇娥冤，之後就是北宋時代的兩廣飛花了。」說著，特意轉頭看了看長風。

楚州山陽縣女子竇娥無罪有冤，被判死刑。她相信老天會還她公道，於是許下「三宗願」——血濺白綾、六月飛霜、三年大旱。這故事相當有名，無人不知，無人不曉。

但，「兩廣飛花」是什麼？

長風本身並不是太熟悉歷史，怎麼也想不出相關的故事來，更奇怪的是，老杜說到這四個字的時候，還有意無意地看著他，難不成要他幫忙解釋？

如此一番折騰，已經晚了。老劉看再耗下去也不是辦法，短時間內恐怕不會有結果，便提議另外找個清涼的地方，喝點茶，靜下心，再來談事情。這倒是一個不錯的提議，王博士立刻打了一通電話，安排他們前往研究所後山的涼亭。

軍人的效率就是高，不用半個小時的工夫，他們就來到了研究所後山山頂的一座涼亭。這個涼亭相當大，比之其他的涼亭要大出兩三倍。到那裡的時候，附近已經有保鏢巡視，亭中的方桌上面放了幾道小菜，有廣州特色的魚皮、鳳爪和西安的特色小吃——涼皮。有趣的是，除了茶水，還有冰鎮的生啤酒。

王博士和任天行獨自倒了一杯茶。文質彬彬的老杜、嬌弱的王丫頭和學究派的老劉卻跟著長風倒滿了生啤酒。王丫頭甚有男子豪氣，舉著杯子客氣了一番之後，一杯倒地乾光。啤酒杯是偌大一杯，一杯就相當於一瓶上下，任天行驚得兩眼直瞪。

時近五月，西安今年的夏季來得比往年要早，已經有些熱了。山風過處，倒是涼風習習，舒暢無比。

大家都陶醉在這自然美景中，不知不覺多喝了幾杯。酒入腸胃之後，話也多了起來。「長風，你看出那個盒子有什麼不對勁了沒？」老劉非常精明，一眼就瞧出長風發現了一些問題。

王博士跟長風是第一次見面，但早就聽老劉說過這個人的神秘，好奇地等待著答案。一個沒有冷凍系統的保險櫃，毫無預兆地冒出冰霜，的確十分怪異離奇。任天行對這樣的事情不在行，但他知道，長風一定會有線索，因為他親自領教過這個人的「金錢引路」，自也迫不及待地將目光投過來。眾人中，只有老杜不然，好整以暇地坐在那裡，似乎心中已有答案，不過是想聽聽長風有何高見。

長風掃視了一眼，問了一句：「諸位對於我們的古文化，能接受多少？」

「古文化？」大家都一臉疑惑，不明白他嘴裡的「古文化」所指爲何。

「比如說，風水、道術。」

「長風，你是說，那盒子的消失，跟這些有關？」

老杜聽到這兩個名詞，不等長風回答，搶先笑道：「這自然是完全能理解！我們在風水易理方面的研究，成果頗豐，成果頗豐啊！」跟著一轉口，「只是，道術這方面，古書太過誇大了。電視劇、電影或古代小說對道術神乎其技的描述，也幾乎都是杜撰出來的。盒子消失，跟這個關係應該不大。」

如果老劉沒有跟長風一起經歷過陰變，如果王婷婷沒有親自見過那個黑影，如果任天行沒有親眼見過「金錢引路」，他們一定認同老杜的說法。但這個時候，三人什麼也沒有說。

長風淡淡笑道：「杜老先生的看法確實中肯，您在玄學方面也有相當大的貢獻，不如您發表一下高見吧！」

王婷婷緊跟著問道：「什麼是兩廣飛花？」

老杜笑道：「兩廣飛花，正史上沒有記載，只在秘史中流傳。」

喝了一口酒，他繼續道：「古書記載，北宋年間，金國完顏世家中，有一奇男子叫完顏空，滿腹才氣，但卻不求功名，反而喜歡遊戲人間。而且，對北宋的玄學特別感興趣。爲了滿足自己的求知欲望，便孤身到北宋，遊覽名勝大川，拜訪奇人異士。」

「完顏空經過江浙一帶，專門拜訪了茅山，在大茅峰跟一道人談天論地，一住就是三年。三年之後，道人仙逝，委託完顏空幫了一心願。那道人修道之前，俗家在兩廣交界的一個小鎮，家中有一兒子，放心不下，希望給他兒子送去一玉佩。完顏空於是辭別了茅山，往兩廣去。」

「完顏空到達那道人的故居，正是九月，兩廣之地最熱的時候。怎麼也想不到，道人的兒子早被官府處死了。」

「得知故人之子被殺，完顏空大怒，獨自找當地的縣官理論。這縣官昏庸無比，竟然說被處死之人偷了王財主一家的銀兩，後見無法償還，竟還想用自己的妻子抵債，死有餘辜。」

「完顏空不信，私底下四處打聽，得知是王財主看上其妻，串通奸衙門，狼狽爲奸，強搶民女並逼死那人。他甚爲悲憤，但無憑無據，無法上公堂討回公道，便在那人葬身之處立壇做法，公開說道：如若死者是冤死，老天有眼，必定霜雪三日，梅飛七天。」

「聽聞這一番話，縣衙之人皆嗤之以鼻。就算冤死，如今炎夏，又在兩廣之地，哪來的霜雪和梅花？不想這完顏空果眞了得，一番做法之後，居然風雲乍變，大雪連續下了三天，而且有滿天的梅花飄舞。王財主和那縣太爺驚恐不已，病死家中。」

老杜一番話說得相當精采，如若是講評書，完全不遜於單田方，聽得眾人悠然神往。

王婷婷入了神，一邊吃一邊問：「那個完顏空做法，是怎麼個做啊？跟電視裡那些道士捉鬼是不是一樣？」說著還有意無意地瞟向長風。自從經歷了小亞的事情，她就一直想了解這方面的事，如今遇到大好的機會，怎肯放過？

老杜笑道：「電視裡演的不能當眞。完顏空的做法方式，書上也沒有記載。除了我們研究玄學的，一般人自然更不會去留意。」說完也瞟向長風，似笑非笑地看著他。

這一舉措，成功轉移了在場之人的注意力。王婷婷立刻聯想起什麼，瞪著眼問道：「你不是姓完顏嗎？完顏空跟你有什麼關係？」

「笑話！」長風用力敲了一下她的腦門，「世上所有姓完顏的，難不成都跟我有關係？妳姓王，難不成跟王安石有關係？」

王婷婷一臉正經道：「是啊！王安石就是我家先祖。」

長風失笑，哈哈兩聲道：「開玩笑吧妳！」

卻在此時，一旁的任天行嚴肅地接了一句：「據我掌握的資料，王小姐的確是王安石的後代。」

第18章 談玄學

王博士一臉敬佩，回憶道：「我二十多年前，在北京房山做考研工作的時候，有緣見他一面。」說著停下感歎了一聲，又徐徐道：「不知道古先生如今怎樣……」

這個任性的大小姐，竟是王安石的後代子孫？

如若是從其他人口中說出此話，長風定當懷疑，但從任天行嘴裡說出來，肯定不假。這傢伙能用不到半天的時間就弄來一張國際刑警證件，要想調查某個人的祖宗十八代，還不易如反掌？

沉寂了一會的氣氛一時間又被逗了起來，長風不想回答王婷婷的問題，只好猛吃菜。下酒的魚皮倒是很正宗，又涼又辣，滑滑嫩嫩的，入口又脆，讓人食欲大開。

老劉開口問：「竇娥冤的六月飛雪和兩廣飛花，都只是故事，或者說是野史記載，就算有其事，對我們又有什麼幫助？」

老杜沒有直接回答，轉而問道：「長風先生爲何認定，那消失的盒子跟玄學有關？」既有此問，玄學肯定和整件事情有關。

長風反問：「我想先聽聽杜老先生對玄學的看法。」

如此一問，老杜的精神立馬上來了，說道：「玄學之所以被人們如此稱呼，跟它的方法論之『玄』確有關係。至於人們所謂的『玄』，大約有兩層意思：一是說它不可捉摸，二是說它百無一用。」

「從研究的領域來看，玄學主要研究易理、風水，比如五行相剋、陰陽八卦、占星卜卦、測字解夢等等。」

「能卜卦、算命，還會看風水，豈不是和街邊算命的一樣？」王婷婷咯咯地笑。

長風臉色一變，喝道：「不要亂說！」

老杜倒是大量，一點也沒動怒，得意地道：「這些學究範圍，豈是街邊那些以口才騙人爲生的人能比？」

任天行和王博士一直都是只聽不說，眼神無比專注。有趣的是，王博士似乎不認爲街邊算命的人都是騙子，反駁道：「我曾經跟一個江湖奇人有過一面之緣，與他促膝而談，他跟我說過玄學方面的一些事情……」

王博士一句「江湖奇人」，頓時讓大家感了興趣。這個人奇在哪裡？能讓王博士這麼誇，想必不同凡響。

「玄學中的風水術數，是整個學問的精華所在。從古至今，凡人死入土、成家建基，都要看風水是否好。一個好的風水寶地，能直接影響這個人家的凶吉旺衰。玄幻最神秘的部分，則在占星卜卦、算命測字。我本也不信這個，那個奇人卻親自給我卜了一卦，如今想來，一一應驗。至於術數之學，古代的九章算術，對當今現代的數學影響巨大，可以說是今日數學的始祖。」

「王博士，那個奇人是誰？現在在哪裡？他給你卜了什麼卦？」王婷婷只關心這個。

王博士一臉敬佩，回憶道：「他乃世外高人，我們怎麼能比？我二十多年前，在北京房山做考研工作的時候，幸運有緣見他一面。」說著停下感歎了一聲，喝了口茶，才又徐徐道：「不知道古先生如今怎樣……」

「能讓王博士如此神往，這位古先生必定是高人。要是有機會相見，定當請他好好指教。」老杜由衷道。

「姓古的人也不少啊！我認識一個。」王丫頭笑道：「古天樂！」

想到姓古的人，長風不禁微微一笑，主動道：「我有一個老朋友，他可厲害了，茅山派的正統後裔。也姓古，叫古晶。」

其他人還沒反應，王博士的臉色先一變，急忙問道：「你說他叫什麼？」

「古晶！」長風再說了一次，心中奇怪他怎會如此問？莫非這麼巧，古晶正是他口中說的那位奇人？

「是他！果然是他……」王博士喃喃幾聲，緊張地抓著長風的袖子再問：「他現在在哪裡？」

其他人見王博士反應如此之大，全都感覺奇怪，只有長風見怪不怪。聽到古晶之名而不激動的，他反而沒碰過。在廣州，就是那些身價千萬的富豪大亨，也以能請到古晶自豪，比自己結婚更得意。

他平靜地道：「古晶自然在他住的地方。王博士若有興趣，有空到我那裡坐坐，我帶你去找他喝茶，他手中的『楓橋露水』可不少。」

「『楓橋露水』？果然是他，哈哈！果然是他！好！好！一定去，一定去！」

激動了好一陣之後，王博士感歎道：「玄學博大精深，神秘莫測，就算窮一個人的一生，也不能究其一二。」

此話一說，老杜卻是不以爲然。

這一幫學者，都是國之棟樑。棟樑級別的人物，在每一行都可算是宗師了。有如此大的名頭在前，自然免不了一定程度的驕傲和自信。如今，王博士的一句「窮一個人的一生，也不能究其一二」，無異於從側面貶低了老杜的成績。

任天行見王博士失言，急忙岔開話題，發表自己的看法道：「根據我的理解，玄學是比較傳統的學科。擺在古代，可以算是一門非常正宗的學問。以前古代有所謂的玄門正宗，不少門派爲了爭得這名頭，不擇手段地爭鬥。元世祖忽必烈南下開創屬於自己的朝代後，便親自吩咐手下，專門成立一個玄門門派，在各地以正宗自居，穩定民心，並想以其文化同化漢人，由此衍生出近百年的玄門鬥爭史，直至明初。」

想不到任天行對歷史如此熟悉，只聽他又道：「可惜這幾百年來，由於各種原因，玄學的精華都逐漸失傳了。」

他的用意雖好，還是多少碰到老杜的痛處，越聽越不是滋味，但仍點了點頭，問道：

「玄學的精華失傳，是我們民族的一大遺憾。任先生能否說一下，玄學鼎盛的時代，和今日有何不同？」

「舉個例子，如今的社會裡，會特異功能的人少之又少，甚至不少人根本不相信其存在。確實擁有這種特別能力的人，則被視爲國寶。但在古代，玄學方面知識深厚者，幾乎都有機會獲得這種能力。」

王婷婷瞟了長風一眼，笑嘻嘻地問了一句：「鬼怪之說，是否正屬於玄學？」

老杜聞言哈哈大笑，對她道：「王小姐就是單純得可愛！何來鬼怪之有？那些都是電視電影裡杜撰的故事。我研究玄學將近四十年，未曾見過。」

「恐怕不見得！」王婷婷認眞地道：「沒見過的，不代表沒有。」

老杜嘿嘿幾聲，目光轉向老劉和任天行。本來以爲這兩人會站在自己這一邊，想不到二人的表情清楚寫明了，他們更認同王婷婷的說法。

長風不語，只無奈地笑了笑。

第19章

鬼神之爭

長風突然站了起來，眼睛往山下看，手指飛快掐算著。跟著把桌上的碟子拉到一邊，拿起一把筷子，迅速地擺出九根，在中間放上一個茶杯。

談起玄學，眾人似乎都有自己的話要說。眼見話題越扯越遠，還是任天行比較明智，咳嗽一聲，止住討論。

王丫頭癟著嘴瞟了長風一眼，扯了一下嗓子，正正經經地說道：「鬼神的存在與否，暫且把它們放到一邊，有空再研究吧！沒有裝任何冷凍系統的櫃子，居然出現結霜現象，當中的東西神秘失蹤，對此，杜先生有什麼高見？」

「玄學中，不管是風水還是易理，都圍繞著兩儀、四象、八卦之說。比如古人常說的，太極生兩儀，兩儀生四象，四象生八卦。」

老杜說到自己的專業上，琅琅上口，一臉自信。當然，能來這裡參加這種研究之人，怎麼也差不到哪裡去。玄學雖然在社會上沒有像其他行業或者一樣被政府大力推廣，但在暗地裡得到的扶持也不少。

執政者的想法，說穿了就是一邊扶持正統的玄學，一邊破除那些坑人拐騙的迷信。但是迷信之事，已有幾千年的歷史，哪裡是短短幾十年能全部破除的？不得已之下，只得一概把科學的地位提高，盡可能降低迷信在人們心中的地位。對於玄學的扶持，只能在暗中低調地進行。

「兩儀，就是我們常說的陰陽。『四象』一詞最先出自《易經．繫辭》，即太陽、太陰、少陰、少陽。」

「風水中的『四象』作為方位，先秦的《禮記·曲禮》已有記載：『行前朱鳥而後玄武，左青龍而右白虎。』《疏》曰：『前南後北，左東右西，朱鳥、玄武、青龍、白虎，四方宿名也。』這裡，朱鳥即朱雀。」

「『左東右西』的概念與我們看地圖有區別。現在的地圖都是上北下南、左西右東。古人的地圖卻是倒過來的，下北上南。」

「其後，風水先生將『四象』運用到地形上，以它們的形象及動作譬喻地形，又附會吉凶禍福。」

老杜對玄學果真有很深造詣，開口就能說出一大堆古書上的記載，讓人暗暗佩服，果然不愧為玄學第一把手。若能跟古晶見上一面，相信他的見識能提高到另一個層次。

「不管是兩儀還是四象，五行還是八卦，都有著它們的本質，就是既生生相剋，又生生相生。櫃子裡出現的霜雪，如若是以生生相生的說法來解釋，一點都不難。」老杜肯定地道。

不管是六月飛雪還是兩廣飛花，故事始終是故事，是好事者、文人杜撰出來的，又或者真有其事，如今已經無法考究。但就目前所見，一個櫃子莫名其妙結了霜，而且不會化掉，裡頭的東西失蹤了，卻是千真萬確。如此怪異的現象如何用科學來解釋？又該怎麼用玄學解釋？

「杜老，能否說得更加詳細一點？」

王博士不愧是老學究，說話口氣和思考方式有著過人之處。考古學家，本來見識就博，他做這一行這麼久，不可能聽不懂老杜的話，只是想要更進一步地理解。

「用玄學來說，就是櫃子裡在某一個時候，因爲裡面有某些元素，發生了『生生相生』的事。咱們打個比喻，用化學來解釋，就是櫃子裡發生了化學反應，從而導致櫃子內壁像冰箱一樣結霜。至於櫃子裡產生的化學反應，恐怕需要一些外置的因素引導，比如我們常說的催化劑。」

「你是說，裝在櫃子裡的盒子，是催化劑？」任天行脫口而出。

「有這個可能！」王博士對老杜的解釋好像非常滿意，點了點頭道：「一樣物體被埋在地下上千年，有可能在本質上發生變化，從而產生一些不一樣的物質，只是我們的肉眼無法看到，無法察覺到。比如美國加州某個教堂的聖母像會流血淚，若不是人爲，就只能用這種方式來解釋。」

美國加州有一座教堂，當中的聖母雕像每幾天就要流一次淚，「淚水」看上去像是血，是鮮紅色的。

長風卻不以爲然地搖頭，認爲有些牽強。當科學解釋不了某件事，用玄學解釋似乎是唯一的辦法，但玄學的範疇太大了，老杜所掌握的只是其中的一部分，或者說，只是一小部分。

注意到老杜爲此氣結，他抱歉地道：「實在對不起，老杜，我沒別的意思。科學解釋不了的東西，用玄學去解釋，那是辦法之一，不過玄學的範疇實在太大，事實上，還有另外一種解釋法。」

「另一種解釋法？」王博士一臉驚異。敢在頂尖的專家學者面前委婉地說他研究的專業只是整個領域的一小部分，並且能提出另一種觀點的人，實在不多。

老劉也對長風的話感到好奇，但沒有太多的驚訝。任天行是個員警，對事對物都講究的就是證據，王丫頭則是一臉期待。

長風灌下一大口啤酒之後，繼續道：「老杜，你是否看過一本漢代時由東洋人寫的書，叫《支那異志》？」

「小島秀夫的《支那異志》？」

「不錯！」

聽說起這本書，連鎮定自若的任天行眼裡也泛出一絲好奇。

「我們中國人，過去被日本人稱爲支那人，我們則稱日本人爲東瀛人、東洋人，或者倭寇。這些稱呼是否有污辱民族之嫌，眼下暫且拋開，單純就事論事就好。」

「《支那異志》的作者叫小島秀夫，是一個喜歡遊歷之人，遊歷中國幾年後，回去就寫了這本書，至今還放在日本的博物館裡，被列入古書保護的名單中。民間雖有手抄本流傳，內容卻只佔原書的一小部分。」

「既然是異志，想必有與眾不同的內容。」王丫頭期待地問：「裡面主要寫什麼？」

「裡面提到，作者路過茅山大茅峰的時候，見一道人，身穿黃色長褂，前有八卦之圖，背有陰陽之相，手持木劍，口中念念有詞。呼而大喝打雷，周圍眼能見處，必當雷聲滾滾。喝而口念風來，狂風必當大作。作者見此人能呼雷喚風，視為天人，對其跪拜不已。」

「按照年代推算，那正好是張天師的時代。擁有手拿木劍便呼風喚雨的高強法力，說不定，他見到的就是張天師本人。」

「這個道士能呼風喚雨，讓櫃子裡結霜，肯定是小菜一碟！」王婷婷興奮得直點頭。

「你的意思是，有人在做法？」老杜以為長風刻意拆他的台，冷笑道：「那些道術法術之說，都是小說杜撰的，不可當真！古時民智未開，不過是有人為了謀生計，以一些小伎倆迷惑眾人而已。」

長風聳了聳肩，不表態。

老劉和任天行的臉色微變，但沒多說什麼。只有王丫頭耐不住，漂亮的臉蛋生起一股寒潮，冷冷對老杜道：「你口中所謂的玄學，研究的學識，不也是古書上留下來的嗎？

你怎知寫那書不是杜撰的？真是坐井觀天！」

老杜臉色大變。身為玄學領域的領袖級人物，平時被人阿諛奉承慣了，如今被人一個小姑娘當面批判，面子如何掛得住？臉上一紅一白，連脖子都給氣紅了。幸好當場人多，大家也都是理智之人，不至於立即發作。

「不要無禮！」長風見場面尷尬，又喝了一下。

王婷婷本以為自己是幫忙出惡氣，不想居然被長風喝罵，臉色一下子也沉了下來。

「不對勁！」正在這當口，長風猛然站了起來，眼睛往山下看，手指飛快掐算。

眾人不知道他這是在做什麼，但見他這般掐算手指，也微微略猜出一二，都露出驚訝神色。長風不語，把桌子上面的碟子拉到一邊之後，拿起一把筷子，迅速在桌上擺出九根，然後在中間放一個茶杯。

老杜看出了門道，不敢相信地問：「你在擺九宮？」

長風微微點了點頭，手上虛畫了一個符咒，用力往那茶杯一指。

茶杯「喀嚓」一聲憑空跳起，翻轉了幾回，倒蓋在桌子上面。九根筷子不停地震動，發出「咯咯」響聲。

「風雨雷電兵！急急如律令，去！」伴隨一聲大喝，九根筷子「嗖」地一下豎起，閃電般向山下飛去。

所有人都愣住。如此詭異的事情，就在自己的眼皮底下發生了！就連見識過長風厲害的老劉，此時也目瞪口呆。

九宮的九九八十一中陣列法十分複雜，能擺出就已經很了不起了，這個年輕人竟還能讓九根筷子莫名其妙飛走！老杜愕然怔愣，目瞪口呆。

下一秒，手機樂音響起。

那是任天行的電話，他接起來，只聽了一句，面色立馬變得凝重，渾身竟散發出怒氣來。掛上電話，他將目光投向長風，沉聲道：「出事了！張院士離奇死亡！」

第20章

離奇死亡

光粉在窗上鋪著，顯露出三個黑點。第一個黑點非常的細小，就像一根針。第二個點像是鐵釘。第三個點卻是一個如拇指大的黑影，居然是一片黃色花瓣。

張院士的死，果然是「離奇死亡」。他就坐在電視機旁邊，兩隻眼睛死死盯著螢幕，眼珠幾乎凸出來，呈現血紅色，眼袋周圍則轉爲紫黑；嘴巴張得大大的，大到能看出他口中的假牙痕跡，一道唾液從嘴角流出。

這些還不是最可怕的，最讓人感到驚悚的是，張院士那如銀絲一般的短髮，如今全往上豎立。脖子中間有鮮紅的血流出，像被人用高超的刀法砍了一道，頭顱明明全斷了，卻還留在脖子上。

王丫頭第一次見如此場面，嚇得全身發抖。不止她，就是在場那些取證的和照相的，包括聞訊趕來的三名法醫，也同樣一臉驚詫，連長風都感到難以理解。只有任天行一臉冷淡，指揮著法醫和其他同事在房裡取證拍照，把「PS光粉」都用上了。

「PS光粉」是國際上最先進的取證光粉，在一個地方散上，帶上特殊的眼鏡，就可以看到那個地方的所有痕跡，包括指紋、腳紋，哪怕僅僅如蚊子大小的一個跡象，也逃不過法眼。這可算是破案中最實用的，比起功能和效果，絲毫不輸其他光粉。當然，成本也相對的高許多。

張院士死得離奇。他的死，完全像是謀殺，卻找不到任何可疑痕跡。

和其他研究人員一樣，他住在研究所東面的房舍裡。因爲他們屬於重要人物，所以這些房舍的周圍裝置高精度的監視器，房門前還有紅外線熱度感應器，全都直接連到研究所的中央系統去。除開保全設備，門外還有任天行親自帶來的人手負責保安巡察，個個都是警隊精英，身手不凡。

如今，張院士在房舍內離奇死亡，絲毫沒有動靜。如果不是有人路過房間，見房門沒鎖，恐怕到現在還不會被發現。怪不得要說死因離奇，眞是離奇到了極點，讓人不能不震驚。

一個穿著T恤衫的年輕人匆匆忙忙走了過來，對著任天行敬了個禮，然後向長風點了點頭，正是先前去機場接人的黃風。

任天行問：「有什麼線索？」

黃風道：「死者屋裡有被人翻過的痕跡，但財物沒丟，不像謀財害命，倒像是要找什麼東西。經過PS光粉的檢測結果，房間裡只有兩個人的指紋，一個是死者的，一個是服務員的。」

「那就是說，屋裡被翻過的痕跡，很有可能是死者自己翻的了？」任天行一臉疑問。

黃風接著道：「如果有第三個人在場，一定會留下痕跡，除非他沒有重量。」

說到重量，長風和任天行相視了一眼，立即醒悟過來。一個人能在一間屋子裡翻東西而不留下痕跡，除非腳不著地。那麼，必定得以某處當著力點。任天行掃了眼四周，喊了一聲：「大家注意一下！牆壁上、天花板上可能會有線索。」

「天行，你叫人找找附近，看看有沒有發現筷子！」這時，長風想起自己之前擺的那九宮陣。

兩人跑到窗前，任天行先灑上一層光粉，之後遞出一副眼鏡。長風接過戴上，就見其他地方都是黑的，只有光粉所灑之處是紅色的，且發著光。若有人從窗口進來，只要輕輕一碰，那裡的光粉顏色就會暗淡下來，甚至顯示出痕印，可以透過電腦分析出指紋。

光粉在窗上鋪著，顯露出三個黑點。兩人不由同時驚呼，低下身仔細觀察。

第一個黑點非常的細小，就像一根針，插入窗台上面的牆壁上。插入之處，正好是大理石間。

長風問：「這個黑點，會不會是以前就有的？」

任天行搖頭否定，「如果以前就有，小點裡面的顏色跟外面必定一致，PS光粉不會發出異樣的光。」

第二個點稍微比第一個點要大，像是鐵釘，而不是針的大小。細看附近，還能找到一些落下的石灰屑。

第三個點卻是一個如拇指大的黑影。長風摘下眼鏡一看，居然是一片黃色花瓣。

其他工作人員見他們有所發現，馬上把器材和相機拿來，進行取證和檢測。雖然發現極少，但總比沒有要好。

王丫頭嘴裡擠出一句話：「如果是殺手做的，我敢說，這個殺手一定是世界級的。」

任天行轉頭向黃風道：「去查一下出入境記錄，和我們手中的資料比對一下，看看有沒有發現。還有，儘快查出使用暗器『八角菱』的那些人的下落！」

「任老大，那邊有發現！外面發現六根插入石壁的筷子，還有三根穿透了兩棵手臂粗的樹。」

「走！去看看！」

九根筷子是長風用來擺設陣法的，不但能自行飛起來，還能插入石壁，穿透手臂粗的樹幹。就算是狙擊槍，也沒有這樣大的威力，能從半山腰打到這裡。

任天行和老劉驚訝得合不攏嘴，老杜眼裡也露出近乎敬畏的情緒。

長風的目光在四面不斷地搜尋，然後停在一棵樹前，用手輕輕撫摸被穿透的洞口，將指尖放在自己的鼻子上聞了聞。

「什麼情況？」王婷婷好奇地問。

「氣！邪氣！」他擠出一句回答。

一名帶眼鏡的法醫，手裡拿著一個資料袋，走到任天行面前，說道：「死者大約死了一個小時左右，頸部流出的血漿剛剛凝固，還沒有被氧化。」

「死因呢？」任天行問。

法醫的回答非常經典：「不明！」

身爲法醫，竟然分析不出死因？長風心中不屑，不禁冷笑道：「死因不明？」

這麼一個表情，讓老劉和王博士都變了臉色。黃風急忙解圍道：「大家別急，聽聽法醫的進一步解釋。」

那法醫感激地向黃風點了點頭，而後從容不迫地反問所有人：「若我說，死者在同一秒鐘內遭遇割喉、電擊，以及極度的驚嚇，你們信不信？」

在場人都愣了一下，一瞬間，時間彷彿凝固。

作爲一個合格的法醫，自然不可能信口開河，這個職業甚至比搞科研還要講究證據。科研人員有時候還可以做個假設，或者是幻想，法醫卻不行，必須堅持實事求是，只以證據來推斷一個人的死因，不帶有一絲的主觀意念。

長風點了點頭，說道：「我信！」

王博士口中喃喃道：「今年的第四個人了，下一個是誰？」

這句話適時提醒了所有人，前面已經有三個研究員死亡了。

長風向任天行望了一眼，說道：「去前面那三個人死的現場看看。」

第21章

死因分析

王婷婷想了一下，壓低了聲音道：「進屋的時候，我似乎問到一股花香。窗台上的那片花瓣，本身也散發著同樣的香氣。那形狀跟香味，就跟菊花一樣。」

前面三個人死的地方沒什麼奇怪，唯一相同的，是每個人的房間窗戶上都有兩個黑點，只是不見花瓣。

這至少證明了，兇手是同一個人，或者同一夥人。任天行低頭沉默了一下，對黃風說道：「叫裝甲車來，把在研究所做研究的人全部送走，帶到基地去，天亮就安排他們回去。記住，不許帶走任何資料，違者按軍紀處分。」

接二連三地出意外，研究所裡的防備比起白天更加森嚴。附近山上的那些崗哨也活動起來，偶爾可以聽到士兵的呼聲。裝甲車在十五分鐘後就趕到現場，軍人的效率不是一般的高。

長風和王丫頭在一工作人員護送下回到休息的地方，老劉隨後也跟著過來。

此時已經將近凌晨四點了。兩人談論了一番，住對面的王婷婷又不請自到，毫不客氣地把桌子上的那杯茶給搶了過來，啜了一大口。

老劉哈哈大笑，瞇著眼睛道：「你們倆果然是天生的一對！」

「誰跟他是一對啊！」兩人異口同聲地抗議。

老劉更樂了，笑得說不出話來，捂著肚子道：「還說不是？」

王丫頭兩頰一紅，「哼」了一聲，低頭品茶，只是脖子上的紅潮掩飾不了心中的尷尬。看著這樣的王婷婷，長風不由得心動了一下。平時沒怎麼注意她，後來知道這個弱不禁風的女孩其實有相當好的身手和背景，才稍微留意。如今再看，這種嬌氣卻又不怯懦的神態，的確相當可愛……

長風心潮稍稍有些翻騰，卻被無情地破壞。也不知道老劉是故意的還是無心的，笑得手都拿不穩茶杯，一滴熱茶就這樣濺到了長風手上。

聽他呼痛，王婷婷吃吃地笑起來。

老劉不好意思地嘿嘿幾聲，假裝看不到，緊接著道：「剛剛那個老杜想來找你，跟你請教點事情，被我推了。」

「推了好，跟那種擺架子的人，沒什麼好聊的！」王婷婷罵了一句，轉口問道：「你說，張院士的死是不是很奇怪？」

「有什麼奇怪的？不就是他殺嗎？明顯的，兇手是同一個人。」臉上尷尬未褪，長風只好以笑掩飾。

老劉嘴動了動，似乎想說話，但忍住沒說出口。

王婷婷掰著指頭數道：「我覺得可以分析一下：第一，死者屋裡沒有任何外人的指紋和其他痕跡，屋裡雖然凌亂，像是被人翻過一般，但是值錢的物品一樣不少，說明翻東西的人在找某樣東西。在現場沒有任何指紋的情況下找東西，如果不是死者本人，那麼找東西的這個人，一定經驗老到，具有反偵查知識，說不定是一個超級殺手！」

「也說不定，是內賊！」長風淡淡回了一句。

老劉微微點頭，問了下去：「第二呢？」

王婷婷想了想，得意洋洋地繼續：「第二，死者受到三種致命傷，第一是脖子中間的那道痕跡，八成是被某種武器直接切斷頸子，而且速度非常快，快到不用半秒，所以頭顱沒有掉下來。其餘的兩個致命傷，根據法醫的說法，一是嚇死，一是電死。我們國家的家用電，一般是兩百二十伏特到兩百四十伏特。要把人電得頭髮豎立，最少要一萬伏特的電。至於，被嚇死……」

「被嚇死的成分，我看偏少。」長風早就料到她要拿這個話題來做文章，接著話說了下去：「如果前面被切斷脖子而死和被電死都成立，死者當時有可能因此受到驚嚇，導致出現這種狀態，反而對破案造成誤導。」

「那死者爲什麼緊緊盯著電視機？難不成電視機裡有什麼東西？」王婷婷緊咬不放。

「這說不定是個巧合，也說不定是殺手故意布的圈套，分散我們的注意力，又或者，是其他原因！」長風陰陰一笑，「妳想知道眞相，見到張院士的時候記得問問他。」

王婷婷罵了聲「討厭」，一臉氣鼓鼓的，老劉的面色卻轉爲蒼白。一個人才剛死不多久，就拿人家來開玩笑，確實有點過分。叫別人見到死者後問問死因，這話說起來不怎麼樣，眞要想起來卻是毛骨悚然。

老劉臉色蒼白，無力地擠出一句話，「會不會還有陰變？」

聽到「陰變」，長風心裡一跳，神情立刻轉爲嚴肅，冷靜道：「不可能。」

這麼一說，老劉鬆了一口氣。

王婷婷的好奇又起來了，追問道：「什麼是陰變？」

長風和老劉相互望了一眼，誰都不想再提起這個話題。老劉點子多，趕緊岔開話道：「王小姐眞是心思細膩，難怪讓一向獨來獨往的長風帶在身邊。剛剛聽妳分析得頭頭是道，有其二必有其三，不知道能否指教？」

薑果然是老的辣，王丫頭被誇得飄飄然，哪裡還記得繼續問「陰變」的事？掰著第三根手指道：「第三嘛，就是這個殺手不簡單，一定是一個超級殺手！」

老劉問：「何以見得？」

「黃風告訴我，任天行帶來的那些人，都是千裡挑一的，其中一半人還參加過反恐訓練、野外生存訓練等，不管是反應能力還是身手，都已屈指可數。當時負責安全工作的人員有三人在値班，加上嚴密的防範措施，殺手卻能神不知鬼不覺地混進來殺人，這份身手，絕對不可小覷。另外，殺手如果是從窗子進來，那兩個小洞就是某種工具打上去的著力點。」

長風和老劉點頭同意。王婷婷卻突然閉口不語了，想了一下之後，才壓低了聲音道：

「而且，我還有個重要發現。」

「什麼？」

她眨了眨眼睛，說道：「進屋的時候，我似乎聞到一股花香。窗台上的那片花瓣，本身也散發著同樣的香氣。那花瓣的形狀跟香味，就跟菊花一樣，我認爲就是菊花的花瓣沒錯。」

「花香？菊花？」長風不禁喃喃自語。當時他沒有留意香味，如今聽王婷婷說起是菊花的味道，同意之餘，似乎也覺得過往曾經在什麼地方遇過，偏偏怎麼也想不起來。

老劉問：「會不會跟九菊派有關？」

「有可能！看來，我要去會會他們。」

老劉點點頭，猛然想起一件事，立即追問：「對了！在儲物室裡，你到底有什麼發現？」

「老杜推測說，因爲盒子的一些屬性，產生了相生相剋的事件，這是一種可能。王博士同意盒子可能是一種催化劑，這種可能也的確存在，但是，這兩種可能都不會在這裡發生。合理的解釋只有一種：有人在搞鬼！」

「你是說，有人動了手腳？」老劉明白過來，隨即搖頭。這麼多人看守，而且還有監視器，全都沒發現問題，怎麼會被人做手腳呢？

王婷婷問：「怎麼看出來被人動了手腳？」

「一股氣！邪氣！」長風伸出手，掌心處印著三個黑色如痣一樣大小的點，「這是清梵心咒給的提示。張院士的死亡現場，也有一股一樣的氣！」

老劉低呼一聲，擔心道：「怎麼會這樣？」

「有人在用邪法作祟！」長風嘆了口氣，對老劉說道：「你去查一下張院士，還有前面死的那幾個人的資料，包括他們的背景、生活，以及目前參與的專案和負責的工作內容。」

老劉遲疑了一下，為難道：「他們參與的專案？這個……」

長風淡淡地說：「這些人對這幾個人下手，一定是有目的的。如果能提供完整的資料，對你們破案將很有幫助。」

正說著，手機響了。

三人都一陣錯愕。凌晨四點了呢！

長風趕緊看了一下來電顯示，半夜三更的，居然是古晶打的。由於剛剛想不起來那菊花的事情，心裡有點憋氣，索性拿起來就一通大吼：「老東西，我還沒死呢！半夜三更就打電話來催！」

電話另一頭「嘿嘿」笑了幾聲，道：「你要死了，我還不感興趣呢！不過，你這個半死不活的學生怎麼辦？」

「什麼？」長風驚呼，心裡有股不妙的感覺。

古晶語氣一轉，苦笑道：「都是你給我惹的麻煩，那個叫唐心的學生，半夜三更來找我幫忙，現在半死不活地躺在我這裡，要不是他背後有一道平安印，早就一命嗚呼了。虧得我用聚魂棺把他的魂魄給鎮住，不然等你回來，恐怕就是一具行屍了。他人還沒醒過來，我看你得馬上回來一趟，你知道，聚魂棺不能久用，否則不堪設想。」

「好，你先保住他的命，我處理完這邊的事情，馬上回去。」

第22章

龍牙

李寶國穿著一身中山裝，倒是皮挺得很。眉毛又粗又濃，濃眉之下，眼睛就像刀一樣閃亮。

一時之間，長風感覺到自己的思緒像流水一樣湧出，心裡大駭！

下過逐客令後，長風放了一缸熱水，整個人泡進去。

舒服地躺在浴缸中，水泡和熱氣讓每個細胞都得到釋放，緊繃的腦子一下鬆下來，神志反而清明不少，於是又想了一下張院士的事。

做一個假設，假設張院士的死是殺手所爲，對方必定是一個經驗豐富的人，具備能繞過任天行的部下行兇的本事。如此手段，目的何在？斷頸、電擊、驚嚇三種死法，竟然能在不到一秒的時間裡施展。如果沒有深仇大恨，何必下如此狠手？

能避開任天行的部下，做到殺人於無形，又能絲毫不留痕跡，能有如此身手的殺手，必定屈指可數。再加上窗台的那一瓣菊花，以及留在室內的花香，會不會是女人？

如果這個殺手是女人，並且跟九菊派有關，尋找的範圍，想來可以縮小一大半。

長風拿起浴缸旁邊的電話，撥了總台，叫他們轉任天行的手機，把自己的看法告訴了他，叫他動用國際刑警的力量，篩選一下國際有名的殺手，看看能不能找到蛛絲馬跡。

任天行十分贊同，同時也坦白道：「如果是眞正的超級殺手，國際刑警能掌握的資訊也十分有限，頂多能夠大致地判定是何人所爲，但拿不到對方的具體資料和背景，更不可能有詳細的記錄。」

這一點長風自然明白，越是厲害的人物，越不會暴露自己的身份。事實上，不少有名頭的殺手都是組織故意編造的，目的除了宣揚自身手段和能力高超，也有引開警方注意力的用意。隱藏在暗處的人，往往才是眞正的高手。

他問道：「你那裡有沒有九菊派的資料？」

「日本有九菊、禪宗、紅川和黑府四大神秘派教，九菊是其中之一，據說後台是右翼分子，歸屬山口組。其他資料，我們還在跟日本警方聯繫。」

長風沉默了一下，沒有說話。古晶的電話，讓他擔心起唐心來，想及研究所的事情不是一時半刻能解決，便跟任天行說了一下情況，表示要先回一趟廣州。讓長風欣慰的是，任天行什麼都沒有多說，甚至連回廣州做什麼都不過問。這也正是此人聰明的地方。他知道，如果不是碰上十萬火急的重大事件，長風也不可能在此時離開西安。

「如果時間允許，我希望你能等到明天下午再走。上午有一位重要人物要到，說不定會對張院士的死有新的看法。這個人，名叫周芷慧。」

周芷慧在外一點名聲都沒有，也不是什麼神探，一般人絕對不認識她，但在異能界中，卻是無人不知的重要存在。這是一個國寶級的人物，具備超凡的感應能力。

聽說她小時候，有一回快要放學的時候，忽然站起來對班導師說，記得等一下要在身上攜帶止血藥。導師以爲這孩子胡言亂語，沒有放在心上。想不到當天放學下班後，在回家途中被住家附近工地落下的重物砸傷，因失血過多而死。

從那個時候起，凡是周芷慧口中說出來的話，全部都會應驗。

此外，她身邊有一個人，一個叫李寶國的人。這個人雖然沒有預知能力，但能感應到周圍人的思想行爲。別人腦海裡想什麼，他用眼睛一看，就能看透。

像他們這樣有異能的人，從小便會受到國家的關注和特別培養，並被收納入龍牙組織，歸其所管。不只是中國，放眼其他大國，美國、英國、俄羅斯、日本等，也在二戰之後開始了對特異功能的研究。據說，日本的右翼組織吸納有不少異能高手，特別是惡名昭著的山口組。

長風不知道周芷慧的眞正身份，但能帶李寶國來，這便表示她在龍牙裡面的地位非常不簡單，大概已經逼近於領頭者了。對這位聞名已久的人物，他倒是有興趣一見，看看對方到底有什麼能耐。

想著，想著，竟在浴缸裡睡著了。

早上九點多，王丫頭跑進長風房間，見不到他在床上，喚了幾聲，這才注意到浴缸裡躺著一個一動也不動的人。

「長風！」經歷了張院士的死，她直覺以爲長風成了下一個目標，不由失聲驚叫。

那聲音眞是尖銳駭人至極，長風猛地張開眼睛，嚇得直接蹦了起來，罵道：「死丫頭，跟誰學的鬼叫？」

「沒死就好……」王婷婷見長風會動，先舒了口氣，繼而留意到他赤身裸體、一絲不掛，當即兩頰一紅，又驚叫一聲，一溜煙跑出了房門。

長風莞爾一笑，原來「坦誠相待」有這麼大的效果。很快梳洗好，到對面叫上王婷婷。想到剛剛那場面，王丫頭的那張俏臉「騰」一下又紅了。長風見狀嘿嘿直笑，還故意說了一句：「今天給妳佔便宜了，改天我要討回來。」

「天天有人死，你怎麼沒死？」王丫頭罵了一句，之後故意轉換話題：「看不出來啊！你打扮起來還眞有點人樣。」

「什麼叫有點人樣？」長風抬起下巴，得意地誇了自已一句：「一直以來，我走的都是帥氣路線。」

王丫頭瞪大了眼，噘著薄薄的小嘴，反問道：「是嗎？想不到我近視眼也有個好處，省了挺多電話費。」

這跟電話費有什麼關係？長風納悶地問：「怎麼說？」

「我眼睛要是好，豈不是天天要打電話到動物園，叫管理員來把猩猩抓回去餵養？」

被她一通奚落，長風啞口無言，無奈道：「算了！好男不與女鬥。晚點有空收拾一下，咱們下午回廣州。」

「回廣州？」王婷婷沒想到如此快就要走，說道：「剛剛黃風才來電話，說有個貴客來了，咱們要是有時間，可以去會會，現在他們在張院士死亡的現場呢！」

「我知道。現在就去見識一下吧！」

兩人離開住所，一前一後往張院士住的方向去。在門口負責安全工作的人，還是昨天的人，只對他們點了點頭，就透過對講機跟任天行打了個招呼。

一進入室內，任天行就分別給他們做了介紹。除了黃風、王博士等人，旁邊還站著兩個陌生人，想來就是周芷慧和李寶國了。

「周師姐，給你們介紹兩個人！這位是長風，這位是他的助手王婷婷。」

周芷慧掃了長風一眼，微微點頭，有意無意遞給李寶國一個眼色。

長風大方伸出手，意味深長地道：「妳好，咱們『又』見面了。」

任天行愕然，好奇地問：「你們認識？」

「自然認識，周小姐和她的朋友跟我交往非常久了，幾乎是看著我長大的，嘿嘿！」長風冷笑。其實他跟周芷慧沒有直接的關係或交情，偏偏從小就一直受到她所屬的龍牙組織騷擾。

李寶國生著一張國字臉，嘴巴旁邊的鬍子剃得乾乾淨淨，看起來十分的白淨，穿著一身中山裝，倒是皮挺得很。眉毛又粗又濃，說起來，完全是標準的成熟男人樣。

濃眉之下，他的眼睛就像刀一樣閃亮，落在長風身上。

一時之間，長風感覺到自己的思緒像流水一樣湧出，心裡大駭，終於知道了李寶國的厲害。這人不但能看透人的心思，還能把人家腦子裡想的東西剽竊走！趕緊偷偷捏出一個「不動明王印」，穩住了自己的思緒，臉上露出莫測高深的笑，伸出右手。

「幸會，幸會。」

李寶國也一直看著長風，沒有握手之前，長風給人的感覺就是非常普通的一個人，充其量屬於那種有文化、有氣質的書生。但在握手之後，長風變了，深邃的眼睛放射出懾人的目光，竟讓他感覺渾身不自在。這種感覺，就好像在窺探一個死人的思緒。

他不由沉沉道：「完顏先生好氣魄。」

聽到自己的姓氏，長風一驚，微亂了陣腳。眞沒想到在他沒防備的時候，一些秘密已經不經意地洩漏了出去。

任天行湊過來，拍了拍他的肩膀道：「以李師父的能耐，要想知道你心裡想什麼，並不難啊！」

長風輕輕點頭，背後起了冷汗。只不過是幾秒鐘的時間。李寶國就憑眼光知道了一部分事情。如果時間再長一點，豈不是什麼秘密都沒了？

幸好這類人不多，不然眞是世界大亂了。

「周小姐，李先生，對張院士的死，有什麼看法？」既有此異能，想來一定會有點發現。

果然，李寶國輕輕笑道：「殺手不是人！」

這麼一說，在場人都譁然變色。不是人，那是什麼？鬼？怪？妖精？

就聽他繼續道：「不是普通的人。」

衆人舒下一口氣。

「不是普通的人，到底還是人。是人就好辦！」王丫頭脫口而出，其餘人紛紛點頭。

長風又問了一句：「李先生所謂的不是普通的人，定義是什麼？」

李寶國神態謙虛地道：「不是普通的人就是不普通，不普通就是特殊。我相信，完顏先生明白我的意思。」

長風故作不知，不想讓太多人曉得他的事，故意道：「能在不知不覺中裡殺了張院士，當然不是普通人所爲，想來這個殺手非常厲害。這個，就要看任天行的本事了。」

王丫頭和老劉自然懂得他故意轉開話題，任天行也算精明之至，於是都保持沉默。

李寶國一笑，接著道：「行兇之人腳步輕盈，甚至沒有重量。以他使出的力道和現場來看，身高一米五上下，是男性，但身上有一股菊花的味道，很有可能使用菊花味的香水。」

周芷慧一副略有所思的樣子，說道：「我聽小任說，日本九菊派已經到了西安，只可惜我們手中的相關資料少得可憐，目前還在收集中。」

任天行點了點頭，說道：「我們已經嚴密布控，在西安他們不敢明來。還有，紅川的忍者也出現了。」

「兇手會不會是忍者？」

「沒有證據之前，什麼都有可能。」

李寶國都把殺手的身高體重甚至喜好都看出來，果然不同凡響。長風心裡暗自佩服，不禁多留意了一下他。

王丫頭卻不懂人家的厲害，反而格格笑了起來，說道：「一米五個頭的男人，基本上就是三等殘廢，而且還噴香水，根本是變態了！我不懂啊！李先生說這個人甚至沒有重量，這是什麼意思？就算是個嬰兒，多多少少也得有點重量。」

任天行發話了，「你們看看窗邊的三個小洞，這是用鋼釘打上去的，洞都不深，按照極限演算法，所能承受的最大力度，不超過三十公斤。另外，根據給出的報告，洞壁裡面沒有擠壓的痕跡。沒有擠壓，說明沒有承受過重量，或者承受的重量很小。」

李寶國不在乎王婷婷的態度，只問了一句：「誰能答出來，什麼人沒有重量？」

什麼人沒有重量？這個問題相當奇怪。殘疾人？老人？婦人？小孩？以上答案全都不可能，因爲男人、女人都有重量。就算剛剛出生的嬰兒，多少也得有點重量，而且不可能用殘忍的方法殺死一個大人。

大家沉默了一陣，每個人都思索著說出一些答案，但只一出口，立刻就被其他人否定。王博士見識非常廣，開口說道：「我們以前在埃及做考古研究的時候，曾經參觀過國外的研究機構挖掘出的一具矮人屍體。那個矮人十分特別，長得非常勻稱，看起來就像是天生的矮人，而非營養不良的後天矮人。只是，放在這裡解釋也不通啊……」

「紅川和黑府的忍者，再厲害也不會變態到這個地步！」

長風不語，絞盡腦汁苦思。

用筷子擺出的九宮陣是一種徵兆，儘管飛向了目標，卻沒有留下任何線索，只留下一種氣味，一種邪氣。但是，有邪氣，不代表是靈異之物。一個人如果惡念太大，也會身帶邪氣，就像任天行身上會透著正氣一樣。

一個沒有重量的人且滿身邪氣的人，到底會是什麼模樣？

第23章

重回廣州

馬俊峰從口袋裡捏出一張黃紙，黃紙頃刻化成粉末，他接著以右手拇指輕微點在各手指的第一第二節關節處，倒像是在給別人算命一般，同時暴喝……

離開研究所，不用再對上李寶國逼人的視線，長風才輕輕地舒了口氣，撥了個電話，急急對古晶道：「古老，唐心現在怎麼樣？我晚上到廣州。」

古晶愣了愣才道：「這麼快？唐心暫時沒事，我已經用聚魂棺封住他的靈脈了。不過，這孩子很奇怪，非常棘手！」

從認識古晶以來，這是長風第二次聽到他說「棘手」兩個字。

「你是哪一班的飛機，我叫我徒弟馬俊峰去接你。」

「你徒弟？」長風驚訝一下，認識這麼久，這老頭都孤身一人，從未聽說有徒弟。

古晶哈哈大笑道：「想不到吧？我自己也想不到！哈哈！對了，怎麼這麼快就從西安回來？」

「被逼的。」長風無奈道：「我來西安之前，就發現唐心不對勁了，但沒想到如此嚴重。另一方面，西安有一個我極不願意見的人。」

古晶詫異道：「還有你不願意見的人？哪位大俠？說來聽聽！」

「李寶國。」

「李寶國！」古晶失聲叫起來，「龍牙的人？那個永遠踢不開的葫蘆？」

古晶自然知道龍牙是什麼組織，自然也知道李寶國是什麼人，難怪長風如此顧忌。

龍牙組織從小就開始關注完顏長風，故意在他身邊安排了不少人，灌輸一些特定的思想。當然，那些思想並不是邪門歪道，問題是無論他走到哪裡，那些人就跟到哪裡，結果造成了反效果，激發出長風的抵抗甚至是叛逆情緒。

萬幸的是，長風十四歲那年，發現自己具備一種能力，能把身上的「光芒」完全隱藏起來，跟普通人一模一樣，以此騙過了所有觀察他的人。龍牙的人沒有再看到他的異能，以爲以前的超能力只是短暫性的，大失所望之下，逐漸地離開了他的生活。

但是，長風知道，龍牙不會眞正死心。若是有一天，再被組織中的人發現他的超能力，他們將不會放過他。爲什麼格外顧忌李寶國？原因正在此。

從明代開始，就有人在暗中培養具備異能之人，最典型的莫過於東廠有個殺手組織，叫「血玲瓏」，那裡面的人，十有八九都有身懷異能。只可惜當時太監當道，百姓遭殃，他們淪爲走狗，成爲最恐怖的殺人機器。

到了現在，國家暗中花費大量的精力培養死忠的秘密部門，這些部門的職責，就是參與最秘密的事件，比如領導人物的安全工作，又或者進行各種各樣的秘密研究，比如這一次的事。

中國最出名的兩個秘密部門，是龍牙和刀鋒。

刀鋒的成員，是國家武裝部隊精英中的精英。裡面的人物，都是從特種部隊中千裡選一的，身手與才智一流，足夠獨當一面。龍牙的成員到底是怎樣，則沒人能說清楚。

大家只聽說，刀鋒中人遇到龍牙，也要退避幾分。

國家的政策就是，遇到有進入龍牙資格的人，不能收爲己用，也必定要想辦法套住，免得落入其他國家手中，反過來對付自己。

長風在刻意暗藏自己異能六年之後，遭遇到大學時代的「陰變事件」，爲了顧全大局，不得不用出埋藏已久的能力。從那時以後，又有人開始關注他。還好他認識古晶，幫了很大的忙。

長風可不想被龍牙的人黏上，見到李寶國之後，恨不得立刻走得遠遠，再也不要見面。還好他聰明，給自己留了一條後路，有國際刑警的身份在手，就算龍牙要查，也得費盡周章。

王丫頭卻不知道這其中種種，以爲長風怕見到李寶國，忍不住諷刺道：「怎麼了？該不會是怕被人揭發以前泡妞的糗事？」

長風無奈，不想回話。

她只得換個話題，「殺死張院士的兇手，會不會是忍者？」

「忍者的可能性太小，他們要面臨的，第一個就是怎麼進入研究所。而且，再厲害的忍者，也不能同時使出致命的三招。」長風憂心忡忡，嘴裡喃喃說道：「可能性更大的，是九菊派的人。」

王婷婷點頭說：「我得把這消息告訴任天行。」

「不用費心了，我們能想到的，他早就想到了。」長風如今根本不擔心西安這裡的事，他現在心裡最急的，第一是避開龍牙的人，第二是唐心的狀況。

送他們離開研究所的，還是黃風。

任天行雖然不能相送，但他們剛剛上車，他就發來了一條簡訊：李先生很熱情，要請你吃飯。不過，想請一位優秀的國際刑警吃飯，不是那麼容易的，非得是一頓豐盛的大餐不可。

見到這簡訊，長風鬆下一口氣，對任天行的好感大增。

任天行眞是不簡單，居然能看出了長風的難處。簡訊表面上看起來非常普通，暗地裡卻指出了，龍牙組織對他十分感興趣，隨即又表明，自己會給他一個合理的身份掩護，讓龍牙徹底死心。見人家如此夠意思，長風不禁想起兩人在廣州的第一次見面，如今回想起來，慚愧至極。

一路上，王丫頭倒是挺乖巧的，沒有打擾長風，只一個勁地跟黃風談天說地，嘻嘻哈哈直笑。小夥子黃風有美女相陪，精神抖擻自是不在話下。

到了機場，他們買了頭等艙的機票，上機之前，還去機場的餐廳裡「奢侈」了一頓，反正刷的是任天行給的銀行卡，羊毛出在羊身上，不用白不用。

王婷婷見長風要了瓶一九七三年的法國紅酒，驚得合不上嘴，簡直不敢相信，一臉佩服地道：「長風啊長風，平時你上班的時候，就算給你十倍的工資，也不會這麼闊氣，怎麼今天像個暴發戶一樣？」

長風微微一笑，難得有機會讓這個大小姐吃驚，故意逗她道：「有漂亮的美女相伴，就算再窮，也要扮一次闊，不然怎麼追美眉？這可都是我的老婆本呢！」

王婷婷兩頰一紅，一臉嬌羞，又做出了難得的淑女模樣。

一直到上了飛機，王婷婷才想通，驚叫了一聲：「你敢這麼花錢，肯定花的不是你自己的錢！是老劉或者任天行的，對不對？」

長風微笑點了點頭，誇道：「終於開竅了。」

王丫頭也眞不含糊，立刻換上一副勒索打劫的嘴臉，低聲在他耳邊說：「見著有份！回頭陪我逛街，我也沾沾光！」

「只要妳不煩我，什麼條件都好說。」長風淡淡回了一句，心裡默默爲卡裡的餘額哀悼。

坐頭等艙的一般都是有身份的人，不然也不會花這份冤枉錢給航空公司。長風閉目休息，就聽耳邊傳來後面兩排幾個乘客的低聲交談，話中提到「山口組」，立刻吸引了他的注意。

一個身材魁梧，年約三十出頭的漢子，輕聲對身邊一人道：「李先生，廣州這邊的市場，我們要不要插手？聽說山口組在這裡有分會，我擔心他們得知我們的行蹤，會對我們不利。」

「龍大哥，不用擔心，興華會的黃老大已經安排人來機場了，有他們在，山口組還不足爲慮。咱們這次來，就是爲了直搗通海的後門，讓他們後門起火，引開他們的注意力，再把匹克和犬養困在日本大米市場，沒有辦法抽身來顧及股票的事情。這樣，通海就算有十條臂膀，也不敢跟犬養通氣。」

幾人連連稱妙之後，又嘀咕了一陣。

長風心裡琢磨著，連山口組都不放在眼裡，他們是什麼人？

山口組是日本右翼派的暗殺組織，實力相當雄厚，不僅涉及黑社會行業，還涉及經濟和政治領域，勢力擴張之廣，遠達海外。甚至有一說，只要有日本人的地方，必定有山口組的人搗亂。

犬養其人，長風也是略有所聞，他是右翼派的一個領袖人物。犬養家族和森田家族聯合掌握了日本右翼的九成權力。自從森田光照在半年前因在華投資失敗而跳樓自殺，犬養一家在右翼派就沒有對手了。

能和興華會有關係的人，想來一定是自己人。興華會的黃會長，正好跟長風有很深的關係，只是此人很少回國，一直待在美國唐人街。

對身後幾人，長風十分的好奇，忍不住回頭看了一眼。他的動作，王婷婷看在眼裡，於是也好奇地跟著看了看。兩人的舉動立刻讓後面的人警惕起來。其中，被稱為「龍大哥」的漢子更是虎視眈眈，想來是那位李先生的保鏢。

兩個小時之後，飛機開始下降。

安全著地之後，長風不急不徐地讓衆人先下。他和王婷婷沒動，後面的三位似乎對他有所顧忌，也沒打算動。那個龍大哥尤其緊張，目光一直沒離開過長風的身子。

長風知道他們誤會，見差不多沒人了，主動起身一笑，走了出去。動作間，瞄到那位龍大哥立刻跟著站起來，保護在李先生身前。李先生卻沒有多大反應，從容不迫。

出了機場，一個面色有點蒼白的年輕人對長風猛招手。

「師叔！師叔！」

此人正是古晶的徒弟，馬俊峰。馬俊峰雖然一臉病容，看起來卻非常的瀟灑，嘴角有兩個小酒窩，笑起來十分迷人。見到長風，先恭恭敬敬地叫了一聲「師叔」，然後疑惑地看著王婷婷，不知道該怎麼稱呼。

長風跟古晶可算是忘年之交，受他一聲「師叔」並不為過，輕鬆一笑，介紹起王婷婷來。誰曉得馬俊峰聽完之後，竟很有禮貌地對王婷婷道：「師嬸好！」

王婷婷聽不出當中奧妙，只覺得這稱呼挺有份量的，樂得眉開眼笑，笑了好一會兒才明白過來，大吼道：「完顏長風，你占我便宜！」

馬俊峰倒是乖巧，知道這丫頭不好惹，也不敢亂說話，急忙幫忙提東西，逕自帶著兩人出了出口。

剛剛跨出去，就遇到坐在長風後面的三位，以及來接應他們的五個人，個個都是西裝革履，有股電影裡的黑社會的味道。

雙方再次相逢，這讓那位叫龍大哥的更加警惕，拉著那位李先生往自己身後躲，充滿敵意的眼神看向長風，冷笑道：「眞是巧了！」

一行人中，兩個身材高瘦的男人立刻對視了一眼，開步向他們走來。兩人的腳步帶起的節奏感非常強，王婷婷詫異地看了一下，驚呼道：「小心，這兩個人是高手！」

兩人以爲長風等三人要對自己的客人不軌，絲毫不客氣，閃電一般襲向長風和王婷婷。「嘿！」王婷婷見不妙，嬌叱一聲，凌空起了個飛腿，兩腿踹向右邊那高個，秀拳卻打向另一個瘦臉之人。

高個迅速收回打向長風的兩掌，轉而用肉掌擋住王婷婷的腳勁，隨即悶哼一聲。這女人看起來弱不禁風，想不到腳勁相當大，還能在極短的時間內連續踢出幾腳。

王婷婷落地後攻勢不停，左腳往前一步，一個轉身後踢，踢向那瘦臉的下巴。動作如行雲流水，攻勢乾淨俐落，還帶隱約的霸氣。

瘦臉臉色一變，但是絲毫不驚，上半身微微向後仰躲開，右手手掌合起，以手爲刀，直接劃向王丫頭的腿。

就在這時，馬俊峰出手了！他從口袋裡捏出一張黃紙，黃紙頃刻化成粉末，接著以右手拇指輕微點在各手指的第一第二節關節處，倒像是在給別人算命一般，同時暴喝。

「滾！」

長風心裡大驚：大密宗手印！他怎麼會這個？

第24章

奇人

區偉業的面色突然變得陰沉，冷冷地回答：「第五種人裡面，有一類人，叫『守夜人』。『守夜人』要是找你，你就算變成鬼，他也能把你從地獄裡拉出來。」

暴喝聲中，兩個打手全莫名其妙摔倒在地，滾到了一邊。

「俊峰，不要傷他們！」長風趕緊阻止爭端擴大，心裡暗想著，古晶什麼時候有了這麼一個了不得的徒弟？

見自己人被放倒，另一邊的其他人臉色都變得更難看，只有李先生不驚不慌，撥開了前面的人，淡淡誇道：「好身手，好本領。」

這位李先生眼裡有著一股懾人的威力，只打量了王婷婷和馬俊峰一眼，就把注意力放在了長風身上。

「過獎！」馬俊峰虎視眈眈地盯著他們，絲毫不客氣，暗中又捏了一個手印。

兩個被打倒的人驚駭看著馬俊峰，臉色非常難看，身體就像發了羊癲瘋一樣不停抽搐。他們從小在興華會中長大，接受各種嚴酷的搏擊訓練，是會中的精英，想不到才一出師就吃了敗仗，更可怕的是根本就不知道自己敗在哪裡！

李先生向那龍大哥微微點了點頭，又對長風笑道：「對不起了，我朋友不知道禮數，起了誤會，我李烽代表他們向你們道歉。」

「不打不相識，我叫完顏長風。」李烽的身上表現的那股非凡風度，倒讓長風產生了結交的心。

李烽想來也是個性情中人，哈哈大笑之後，兩人的手握在了一起。姓龍的那位眼角一皺，之後也很豪爽地跟長風打了招呼。

馬俊峰見狀況緩解下來，笑了一下，眼睛對著那兩個倒地的人一眨，兩人嗶的一下就站了起來，一臉舒泰。這一手露得太驚人了，簡直像在變魔術，眾人都面面相覷。

李烽這個人搞的是金融證券，身邊的那位貼身保鏢叫龍濤，看言行舉止，似乎是軍人出身。長風對股市方面不清楚，過往沒聽過這個人，只是看他器宇軒昂，有心結識，便道：「如果在廣州有什麼解決不了的事情，我很樂意幫忙。」

正客套著，三輛黑色賓士開到了他們身邊。龍濤身影一晃，趕緊又擋在李烽面前。下來的是一群全身黑色西裝的人，各個都是精神抖擻，油光滿面。出了車之後圍成一圈，負手而立。最後下來的是一個面貌清秀的年輕人，把嘴上的煙頭扔在一邊，先一臉興奮地對著李烽喊道：「李大哥！」轉眼見到長風，又是一驚，笑道：「長風大哥也在，眞是巧了！你們倆原來認識啊？早知道我就不自作多情了，本來還打算安排你們見個面呢！」

車上下來的這個年輕人，居然是長風在廣州爲數不多的朋友，區偉業。見此情景，雙方的誤會霎時煙消雲散。

「哇！還有一位美女！」區偉業見到王丫頭，兩眼直冒光，豬哥模樣頓時顯露無遺，色瞇瞇的眼神直往人家身上轉。

王婷婷媚笑著打量這年輕人，眼裡露出一股算計的意味。長風一看，心裡大叫不好，這區偉業惹誰不好，偏偏惹上這母老虎！又見王婷婷的拳頭已經微微在握，急忙湊了過去，給區偉業使了個眼色。

龍濤見狀也咳嗽了一下，趕緊靠過去握住區偉業的手，大聲謝道：「區老大，勞駕您親自前來，黃會長說欠你個人情，回頭一定加倍補償。」

區偉業尷尬地笑了笑，自知失態，嘴裡則不滿地哼哼道：「什麼人情不人情的？要說人情，黃老大欠著長風大哥的，恐怕還也還不清！」隨即打了個手勢，讓手下開車門請李烽上車。

龍濤驚詫地瞟了長風一眼，心裡想著，這人到底是什麼來歷？

區偉業這個人，完全可以說得上是年輕有爲，廣州的最大黑幫之一「洪門」，就由他掌管著。早先，認識他的人都覺得他入黑道實在太可惜。可後來的事實證明，他的黑道之路，走得出乎所有人意料。就連幫會裡的那些前輩，對他也佩服得死心塌地。

過去，警方有過多次嚴打行動，各個幫會都受到重大的打擊。但從區偉業接手以來，警方的嚴打對洪門完全沒有效果。幫會裡的每個人都有錢賺，而且人心穩定，逐漸有成爲南方黑道霸主的趨勢。

「長風大哥，不如一起來吧！」

「不了，我們有車。」馬俊峰微笑著謝絕，指了指旁邊的一輛桑塔納。

區偉業也不囉唆，點點頭，隨後悶騷地轉向王婷婷，眨了眨眼睛。

長風心裡暗暗偷笑，都認識幾年了，他這性格還是這樣，還黑幫老大呢！看來追求那個雪條西施還沒成功，性子定不下來。

且說李烽他們一夥上車後，瘦臉和高個保鏢立刻唉聲道：「他們到底是什麼人？想不到連女人的拳腳也這麼厲害。」

龍濤點頭說：「那女的出手的力道霸道，快又狠又準。叫馬俊峰的更加不得了！區老大，他們到底是什麼人？」

區偉業淡淡道：「王婷婷和馬俊峰，我是第一次見到。王婷婷的家世不錯，先前在新加坡留學的時候，一個人單槍匹馬挑過道館，正好當時我的幾位兄弟在新加坡，所以聽說了此事。至於旁邊的馬俊峰，我還真沒聽過，回頭叫癩痢剛查一下。」

龍濤和李烽聽得拍手叫好，李烽兩眼射出精光，豪氣地道：「我們這次的日本之行，也要學學人家的踢館精神，讓犬養家族和森田家族破產！」

勝券在握的高昂氣勢頓時充滿了車廂，龍濤跟著哈哈笑道：「看看犬養那小子能橫多久！」

區偉業也跟著起鬨，本來就一副唯恐天下不亂一般的性子，再加上聽到對付的是日本人，更是興奮。

「李大哥，要打日本鬼子，怎能少了我這份？山口組在廣州就那點能耐，逃不出我的手掌心。就算沒有黃會長的託付，以李大哥的爲人，我區偉業也會一馬當先。」

李烽感激地謝了一下，問道：「區老大跟長風兄弟很熟嘛！他到底是什麼人？」

區偉業點了點頭，把手上的煙掐滅，換了個語氣道：「要說長風這個人，還眞不知道從哪裡說起得好……你有沒有聽說過，這個世界上有一種人，統稱『第五種人』？」

「第五種人？」李烽搖了搖頭，他從來沒聽過。

龍濤的反應卻非常激烈，聽到這四個字，差點失聲大叫。瞪大了眼睛，不敢相信地看著區偉業，緩過氣後才對李烽道：「第五種人，說白了就不是人！」

「不是人？怎麼說？」

「應該說，不屬於我們普通人！」龍濤皺眉想了一下，終於想到了一個解釋，「我也不知道怎麼說，就是……就是會特異功能，有超能力的人。」

李烽恍然大悟般點頭，眼裡閃過一絲精光。區偉業也點了點頭，又道：「第五種人裡面，有一類人叫『守夜人』，長風就屬於這一類。」

「什麼是守夜人？」

區偉業的面色突然變得陰沉，冷冷地回答：「『守夜人』要是找你，你就算變成鬼，他也能把你從地獄裡拉出來……」

另一邊車上，王婷婷好奇地問長風：「那個區偉業是混黑道的，你怎麼跟他扯上關係的？」

「那是四年前的事情了……」

長風與區偉業的認識，源於一件非常離奇的事。

區偉業的老家在佛山的一個小村落裡。那時村中出了莫名其妙的事情，小孩經常失蹤，村裡的女性一到半夜就起來活吃生雞鴨，滿嘴是血。當時區偉業大學畢業，打算回家鄉一趟，因而遇上前去解決問題的長風和古晶。

馬俊峰開的車非常平穩，絲毫沒感覺到顛簸，很顯然受過這個方面的訓練。意識到這點，王丫頭不禁一訝，好奇地問道：「小馬，想不到你開車居然也有一手，是不是練過啊？」

長風敲了她一個響頭，笑著罵道：「妳個小丫頭，叫人家小馬，也不怕人家笑話！」

馬俊峰憨笑道：「沒關係，沒關係，王小姐愛怎麼叫就怎麼叫。如果按輩分說來，你們都大我一輩。」這話倒是實在，長風和他師父古晶以平輩論，他作為古晶的徒弟，自然要低一輩。

王丫頭得理不饒人，格格笑道：「最起碼也要叫我一聲師姑。」話沒說完，又笑起來。鬧了一陣之後，她突然想到了剛才的事，瞪著眼睛問長風道：「對了！剛剛我明明沒出第二招，怎麼他們倆就倒下了？是不是你施了什麼邪法？」

「我還以爲妳腦子不轉了呢！」長風指了指馬俊峰道：「問問小馬，他的大密宗手印是怎麼練的？」

「大密宗手印！」

王婷婷驚得合不上嘴，好不容易才吐出一句：「西藏活佛的絕技？天啊！我見過詠春、太極、金剛指、羅漢拳，沒想到這個密宗印還有人能練成！」

她驚訝，正在開車的馬俊峰身子也顫了一下，沉聲道：「連密宗手印都瞞不過你的法眼，不過慚愧，我只學會了皮毛。」

「皮毛？」王婷婷繼續驚叫：「能不出手就把兩個人撂倒，這叫皮毛？小馬師父，你那是怎麼練的？教教我吧！」

第25章

凶宅

別墅竣工後，買了諸多的高科技設備來安裝。安裝設備的工程師，為了加班，不得不在別墅裡過夜。結果第二天，所有人都選擇辭職，怎麼也不肯再留下。

密宗，也稱眞言陀羅尼宗、眞言宗、瑜珈宗、金剛頂宗、毗盧遮那宗、開元宗、秘密乘、密乘，是佛教的一個支派，源自金剛乘。七世紀興起於東印度的波羅王朝，密法在西元前二十年就傳入了中國。

密宗通稱密教，以顯自宗所詮教理最爲尊密，深妙奧秘，故以秘自稱，對稱於顯。密宗認爲法身佛大日如來所說的金剛界、胎藏界教法，方爲佛自內證境界，故不得對未灌頂行者宣示其法。

西元八世紀，善無畏、金剛智、不空來華，史稱「開元三大士」。在大唐皇室扶持之下，創立中國密宗，後來又傳入日本。密宗在藏傳佛教得到了很好的保留，現在宗派的類別大致分爲藏傳密宗、東密（真言宗）以及唐密。

馬俊峰會密宗手印，讓長風大感不解。

古晶是茅山派正宗後裔。雖然這門派經過一千多年沒落，期間更被一些江湖騙子藉名坑蒙拐騙，但內部眞正的嫡傳弟子，必定有一番眞本事。試想一下，倘若茅山派沒有光輝的一面，何以讓江湖騙子趨之若鶩？世人又何必相信他們所說的茅山派道術，讓他們欺騙自己？

一個道家的弟子，怎麼會密宗的手印？不過，馬俊峰在用手印的時候，還多了將黃符捏碎的程序，說明他的手印還沒學到家，必須借用道家的符印之力，怪不得要說，自己只學會了皮毛。

王婷婷賊兮兮地看著長風：「怎麼樣練密宗手印啊？是不是像鐵砂掌一樣……」

話沒說完，一雙小手已被長風捏在手上。

長風指著她的十指和手臂，說道：「聽清楚了，密宗手印，稱兩手名二羽，亦名滿月。兩臂亦稱兩翼。又十指名十度，亦名十輪十峰。右手名般若，亦名觀、慧、智等。左手名三昧，亦名止、定、福等。十度號，從左小指起以次數之上，即檀、戒、忍、進、禪；從右小指起以次數上，即慧、方、願、力、智。」

長風說得極快，明擺著是要唬弄人家，開車的馬俊峰差點笑出來。剛剛接觸的人，根本記不住這麼多術語。

長風就是故意的，這丫頭不知道要纏自己多久，不如嚇一嚇她，好讓她知難而退。

接下來，就見他跟個老師似的，一口氣吐出好長一串有關密宗手印的介紹。

「五輪密號亦然。從左右小指起次第向上數之，即地水火風空。密宗，以左手爲常靜，故名爲慈悲之手，渡頑愚衆生，右手爲常動，故名爲智慧之手，渡上根利器，稱爲『悲智雙運』渡盡無餘凡夫。合此雙手即表示斷除『貪嗔癡疑慢』之煩惱障惑，是遠離身語意之無始無明。其合掌的姿勢名爲『印』，即斷身業的殺盜淫等三惡業。念佛號等密語，及觀諸尊相好莊嚴，則成涅槃實相之常樂我淨。」

王婷婷瞪大了眼睛，臉上湧出怒意，最後冷哼了一聲，緩緩地閉上了眼睛，過了好半晌才再睜開，接著竟重複起了長風的話。

「密宗手印，稱兩手名二羽，亦名滿月。兩臂亦稱兩翼。又十指名十度，亦名十輪十峰……」

「天啊！怎麼就有妳這麼一個怪物啊！」長風打從心底發出一句不知道算是誇獎還是貶低的話。這丫頭簡直不可思議，記憶力好得過分！

古晶住的別墅，位於廣州大道中往番禺方向走，在五羊新城和番禺之間一塊靠近河邊的地方。車子駛進別墅，王婷婷首先跳下來，看了看四周，讚嘆道：「哇！這別墅眞漂亮！眞是有錢，買得起這樣大的地方！」

馬俊峰哈哈大笑道：「這別墅是人家送的，我師父沒花一分錢。」

這別墅，是廣州的一個房地產商，爲了感謝古晶給他們在開發區看風水，特意贈送給他的。古晶另外花了兩年時間，把它的整體設計整了一下。

以風水學來說，這個別墅的地處眞不怎樣，開門不見山，看到的是一條公路的排水口，迎面而來的還是臭水味道。周圍雖然很「綠化」，種的卻都是槐樹、柳樹。此外，大門前面的路也不怎樣，中段有一個坡度和一個彎道。

這本來是房地產商做的一個樣品屋，據說要設計成「資訊化別墅」。誰知從奠基到竣工，莫名其妙連著死了好幾個人，讓房地產的老闆都感覺到邪門。

別墅竣工後，爲了體現資訊化，買了諸多的高科技設備來安裝。安裝設備的工程師，都是高等教育出身的，爲了加班，不得不在別墅裡過夜。結果第二天，所有人都選擇辭職，怎麼也不肯再留下。好不容易用超高薪勉強留住幾個，不多久也都染上怪病，根本做不下去。

怪事接連出現，老闆爲了確保手裡的其他樓盤不受影響，吩咐了相關之人不要把事情傳出去，並四處尋訪高人。正好此時古晶幫忙解決了其他開發區的問題，這位老闆乾脆把棘手的房子送給他。

王婷婷問道：「這房子到底出現了什麼怪事？」

馬俊峰淡淡道：「據說挺多的，例如上廁所的時候，看到腳下有一雙手伸出來，還有半夜聽到小孩子的唱歌聲。還有人做飯的時候，看到飯鍋裡煮的竟然是一顆人頭！」

王婷婷沒想到有這樣離奇的怪事，一時間只覺得自己背後涼颼颼的，渾身直起雞皮疙瘩。

「我師父本來不想要，但一看到格局就同意了，因爲這房子要給其他人住，必定出人命。可惜啊！房子本來也不至於差，壞就壞在設計師根本不懂風水。」

風水學，是中華民族的瑰寶。歷經幾千年的歷史，直至科技昌明的時代，仍有深遠的影響力，深深影響著無數人。

馬俊峰把之前別墅的格局說了一遍，王婷婷不解道：「奇怪！這設計師創意非常好，怎麼會出問題呢？別墅正門坐東朝西，面向的是廣州的五羊新城，晚上能看到夜景，也有一條通往市區公路的馬路，交通方便。周圍這麼多的樹，旁邊的一條河還可以釣魚，我沒看出不妥的地方。」

長風無奈地搖頭，心裡想著，玄學的東西，果然不是一般人能理解的，這個格局本身就存在大問題！

馬俊峰笑道：「坐東朝西，那是凶宅！按照風水學說，誰願意去西邊？西邊表示極樂。周圍的綠化雖然好，但妳看都是什麼樹？柳樹，槐樹啊！」

「柳木容易成爲變怪，槐字中有個鬼。《淮西縣誌》載：『有宋氏者，屠牛爲業，以槐木爲居，成半月，闔家死床，都無傷痕。』槐樹、柳樹的木材不能用做房內家具的材料，不可以製作成床、椅子、桌子。」

「這麼講究？」

「別不信，要敢用槐木、柳木來做棺材，死人有可能魂魄不散，不能投胎，甚至變成殭屍。在別墅周圍種如此多的這種樹，陰氣凝聚非常厲害，會讓陰靈集中的。」

古晶費了兩年的工夫，終於把大凶之宅打造成自己的天堂，樂得在此頤養天年，沒事就養個花種個草，逮個蟋蟀餵個鳥。昔年的棺材地，終於變成了「金棺材」。

三人來到別墅東側的客廳，馬俊峰給他們倒了茶，憨笑道：「師父還在店鋪，估計很快就回來。唐心現在在靈靈堂，師父說了，等他回來再親自帶我們去。」

既然古晶這麼交代，長風急也急不來，就跟馬俊峰聊聊家常。當然，他不會多問與大密宗手印相關的事。要問，不如直接問古晶。

王婷婷給家裡打了通電話，在一邊低聲不知說了什麼，沒幾句就掛掉，然後湊過頭來問古晶的事情。長風簡單地告訴了她一些，這讓她產生了興趣，特別聽到古晶是「茅山派」的嫡傳弟子，更是兩眼放光。

作爲古晶的徒弟，馬俊峰單單一個手印，就能讓兩個大活人動彈不得，神奇之至！如今要見此人的師父，能不讓她興奮嗎？

沒多久，古晶就從外面回來了，手裡還提著東西。見到長風，本來嚴肅的臉色放緩許多。王婷婷對古晶非常好奇，左看右看地打量。古晶又何嘗不是？也暗暗地打量著王婷婷，順口對長風說了一句：「小子，這是你的妞？眼光不錯啊！」

別以爲古晶是故意損人，他可是唯一瞭解長風的人。那點心思，他怎能不知道呢？

回廣州之前，長風在電話裡簡單地跟他提到了王丫頭的事情。古晶聽說他被著丫頭纏著脫不開身，於是笑著安慰說，一旦有機會，定會幫他捉弄一下這丫頭。如今，機會就在眼前了。

只可憐這丫頭不知道，還以爲只有自己最精明呢！

一聽這話，果然，王丫頭臉紅起來，露出恨不得找個地洞鑽進去的糗樣，不能承認又不能否認，難堪得要命。長風心裡暗自得意道，哼！看妳還敢纏著我不？活該！

把手上的東西遞給馬俊峰，古晶便帶著長風去靈靈堂看唐心。

靈靈堂是古晶開壇做法的地方，處於別墅的最高處，整體大概有二百多平方米寬，其中有一半是露天的。

長風曾經來過許多次，對靈靈堂裡面的鼎特別感興趣。

這是一個非常古老的鼎，是古晶花了大價格，好不容易才從日本一個收藏家手裡買回來的。普通鼎的腳有三到六隻，這個鼎卻足足有八隻。按照古晶的說法，意味著腳踏八方。鼎身上還有一堆看也看不懂的，類似甲骨文的文字。

鼎爲圓形，被八隻腳分成八個區域，上面的文字不一，彷彿在鼎上貼了八張大黃符。不止如此，鼎的材質也有學問，非鐵非銅。古代的時候鑄鼎，就三種工藝：鐵、銅和陶瓷，照講不會有例外，這個鼎卻偏偏成了例外，像是以含有銅成分的礦石打磨而成。遍佈表面的銅銹之下，掩蓋的卻是石頭一般的材質。

三株正燃著的大香插在鼎裡。鼎的前面有一張長方形的桌子，桌上鋪著黃色幡布，上面還印有太極圖案。桌面另放了一盤水果、一缸糯米、一缸小米，還有一把桃木劍和一個鈴鐺。這些倒像是電影裡那些鬼片演的，道士開壇做法的工具。相比之下，不過就是多了一缸米。

王婷婷好奇地看著四周，感覺非常新鮮，但見長風臉色沉重，不敢多言。

鼎裡的香燭正在燃燒，露天暴露陽光的地方被一大幡布擋住，隔成一個房間，幡布上面寫滿了各種奇怪的咒文。

另一半地方放了一張單人床，床上躺著的人，正是唐心。

「先給先人行禮上香！」古晶領著他們進入靈靈堂，第一件事就是燒香拜祭祖師。每人三炷香，由師徒兩人起頭。二人手裡拿著香，點燃之後至於頭頂，對祖師爺進行叩拜。

「請祖師爺受香！」

古晶橫擺著香，之後那香輕輕動了一下，居然自然點燃，根本不用打火機。馬俊峰隨後跟著拜祭，只是那香點燃的時間，明顯要比古晶慢了些許。

這個小把戲自然難不倒長風，但卻難為了王婷婷。

王丫頭一臉驚訝，無助地看著長風一眼。長風拿著香，嚴肅地說：「閉上眼睛，集中精神，誠心禱告，心誠則靈，不要想別的。」

她微微點了點頭，拿起香來照做，給祖師爺彎腰叩首。如此拜了三下，睜眼再看，手中的香絲毫沒有點燃。她抬頭看了看古晶，又看看長風。長風淡淡地再說了一句：「心誠則靈，心靜為先。」

王丫頭這下子完全不敢怠慢了，深深吸了一口氣，又拜了三下。這三下，可不像先前馬虎，每一個頭起頭落都很認真。

第三下才拜完，手中的香就一震，頂端緩緩飄出三道煙來。

第26章

靈靈堂

長風心裡一動，也看了一下，感覺不止是頭髮根部變紅這麼簡單，應該還有其他地方不對勁。

瞄向根部頂端，髮絲與頭皮連接之處，竟有一滴非常小的水珠。

人體內有三把火，只要運用得當，就能發出意想不到的功能。古神話中哪吒練的三昧眞火，就是練就自己體內的三把火。三把火融爲一體，便能隨心所欲地驅使。香自燃，是靠體內的火種來點，只有意志堅定的人才能運用。

古晶開懷大笑：「王小姐不錯！這臭小子當年跟我學道，光是用心火點香，就整整學了半年。」

馬俊峰見師父在外人面前揭自己的醜，滿臉通紅，吶吶道：「師父，人家怎能跟王小姐和長風大哥比？他們可是人中龍鳳……」

笑罷，古晶走到唐心的面前把脈。王婷婷見唐心臉色極差，忍不住問道：「怎麼會弄成這樣？」

「三魂七魄，他只剩一魂一魄。」古晶右手打開旁邊的一個盒子，裡面裝的都是針灸用的長針，拿出略微長的一根，嘴裡喃喃有詞，突然朝針頭一吹，往唐心脖子下的三寸之處刺去，「滋」的一聲，只剩一點點就沒入體中。

這乾脆俐落的一針，把王婷婷嚇了一跳。馬俊峰在旁邊，看了看唐心的臉色，繼續給古晶遞上其他的針。

古晶一邊插，一邊說道：「這小夥子如果背後沒有長風的平安印，早就沒命了。如今躺著，也只是半死不活。」話說完，已在唐心的身上插滿二十一根針。

他這一手，認穴之準，出手之勁，就算當代的所謂的「針灸高手」見了，也只能大歎望塵莫及。

等古晶施針完畢，長風把唐心的眼皮翻開看了一下，跟著咬破自己的食指，在唐心的眉心畫了一個「敕」字，再將手上滴出的血抹在鼻孔，嘴巴和耳朵等七竅之處。

古晶道：「用這方法雖然能暫時封住唐心的陽氣，但若不在十個小時內找到他的魂魄，後果更糟。」

長風點點頭，說道：「我知道，但是我想不出更好的辦法，而且聚魂棺的時效即將到了。再拖下去，就不止是唐心一個人的事了。」

「俊峰，把聚魂棺拿出來！」古晶顯然也沒辦法，他太瞭解聚魂棺了，這是一個至陰至邪的東西，不能讓它接觸活人太久，否則將引起陰變。

馬俊峰大喝著應了一聲，嘴裡喃喃念了一段古怪的經文，兩指對著唐心的腦門一指，叫道：「起！」

唐心整個身子瞬間浮至空中，被一股淡淡的光籠罩，發出「滋滋」怪聲。

古晶拿出兩道符，往唐心身上一甩。那兩道符咒打在身上，立即沒入體內。下一秒，一股紫色的光從領口處冒出來。

「嘛呢嘛呢哄！收！」在古晶的敕令下，紫色光團呼的一下閃到他手裡，是一具發出妖異光芒的紫色小棺材，正不斷顫動。

長風接過棺材，仔細看了看，對古晶說道：「生死劫，不過還有一絲轉機！運勢走北，卦位有偏！」

古晶點了點頭，徐徐道：「要破這個劫，會有血光之災。昨天晚上見到唐心，他已是口齒不清，在我這裡晃悠悠地轉。要不是看到他手上的那字條寫著我的地址，我還不知道他是誰呢！」

「那字條是我寫的。去西安之前，我就感到他不對勁，但是西安那邊事情太急了……我想不明白，他怎麼會這樣？」

唐心非常聰明，而且求知欲特別強，性格和作風都非常合長風的胃口。心理學是一門非常深奧的學科，往往培養十個人，只能有一個得其精髓。唐心，正好就屬於這種出色的人才。

去西安之前，長風便看出他不對勁，只是行程已定，而且，這是他命中的最大劫難，並非第三者能夠插足。無奈之下，只好捏了一個平安印打在他背上，希望在他有難的時候多少發揮作用。別小看這平安印，效果跟茅山派的平安符不相上下，是長風小時候在西藏跟活佛學的，花了三個月的時間才學會。果然沒白捏，起碼保住了唐心的性命。

王丫頭都快憋壞了，畢竟少有機會見這等怪異之事，怎能放過？急忙追著問道：「古師父，唐心昏倒之後怎麼樣了？」

「看看他的面相！」古晶手指唐心的眼睛，眼皮基本已是青色的了，和醬紫色的臉擺在一起，兩隻眼睛就像燈籠一般，非常詭異。

「他的眼皮泛青，臉色無血，屬於精力衰弱而死的症狀。但心臟還在跳動，說明了尚未死透。」

古晶以食指和中指掐著唐心的一束頭髮，輕輕一扯，髮絲立馬脫落。他接著把髮束遞給往王婷婷，「仔細看看，有什麼不對？」

王丫頭還沒看出所以然，馬俊峰在旁邊驚訝地道：「頭髮根部怎麼是紅色的？」

長風心裡一動，也看了一下，感覺不止是頭髮根部變紅這麼簡單，應該還有其他地方不對勁。瞄向根部頂端，髮絲與頭皮連接之處，竟有一滴非常小的水珠。如果眼裡不好，根本看不見。

他喉嚨咕嘟一下，嘴裡吐出兩個字：「頭皮！」

古晶點了點頭，又問：「頭皮滲水，表示什麼？」

馬俊峰搖頭，王丫頭自然也不知道，全瞪大眼睛看著長風。

長風心中一涼，緩緩道：「人被認定為死亡，從醫學上來講，就是器官停止工作，比如心臟停止跳動。從道術上來將，人死燈滅，三魂七魄離體。死後，從肉身變成骨架的腐化過程中，頭顱裡面的水分會通過頭髮排出。頭皮滲水，表示屍體即將腐化。」

王婷婷問：「但是唐心沒有死，怎麼會這樣？」

長風苦笑道：「唐心沒有死，頭皮卻滲水，說明魂魄已經不全，即將要死，或者正在步入死亡。」

古晶點了點頭，說道：「不錯！唐心的意志力非常的強大，居然在殘魂缺魄的狀態下憑著意念找到我這裡。我用針灸法把他體內的積累的水和瘀血逼了出來。只是，肉體好治，缺的這魂魄，我束手無策，只好用聚魂棺暫時保住他的性命，等你回來。」

看著整個靈靈堂的佈置，長風知道古晶費了很大的精力。那露天之處，用黃色幡布死死擋住，布上畫上了太極圖案，太極圖兩邊寫了兩道符咒。太極圖的正中央，正是那個鼎。他在心裡暗自算了一下，以靈靈堂的位置，陽光東起的時候，正好照在黃色的幡布上。兩道符咒的用意，在吸收陽光精華，反照在鼎上。鼎上的三炷大香被這股力量牽制著，散發的煙氣便能透過幡布，直接逼進唐心的鼻子裡。

心念猛一動，他想起了古人的一個陣式，正跟這個陣式一模一樣，不禁失聲道：「普光回魂陣！」

巧妙運用自然之力來穩住唐心的其他魂魄，讓剩餘的魂魄不至於游離，除了「普光回魂陣」，沒有其他陣式能辦到。古晶點了點頭。這個陣據說在宋朝年間就已失傳，想不到他還有這一手，怪不得如此自信。

施展這個陣式，天時、地利、人和之中，以地利最爲重要。長風終於明白過來，古晶何以捨得花大錢從日本人手上買回這個鼎。不過，根據古書的記載，施展這個陣非常傷元氣。思及此，他不禁拍了拍古晶的肩膀，感激地道：「費心了。」

古晶哈哈笑道：「要客氣，以後再算這帳吧！擺陣捉鬼、風水算卦我在行，但要說跟靈體接觸，還是得你來，我可不想折壽。俊峰這孩子跟我不久了，還沒學到點眞本事，你有空帶他玩玩。」說著，給馬俊峰使了個眼色。

別看馬俊峰憨厚，人其實挺聰明，聽了師父這一番話，趕緊恭恭敬敬地對長風鞠躬道：「師叔有需要弟子幫忙的，儘管吩咐。能得師叔教導，俊峰三生有幸。」

長風聽他如此文謅謅的，罵了一句：「別師叔長師叔短的，把我叫老了！我最怕文謅謅的這一套！古老哥，你說，你徒弟怎麼就沒學到你一點好的地方呢？」

馬俊峰被說得呵呵直笑，傻呼呼地撓著後腦勺。

唐心只剩下一魂一魄，這可不是鬧著玩的，必須儘快找回來。一個人的魂魄，最喜歡流連在自己生前待的地方。唐心只是長風的一個學生，私底下的瞭解並不多，因此，開展這個工作相當費勁。幸好有王婷婷和馬俊峰在，算是有了兩個幫手。

爲了儘快把唐心的魂魄找回來，先要弄清楚唐心的事。王婷婷於是利用了她的關係，派出二十多名員警幫忙調查。

與之同時，馬俊峰和古晶忙著準備開壇的工具。如果不能及時找到魂魄，就得用茅山派的招魂旛把魂給招回來。這是最後的一條路，畢竟用招魂旛招魂，不是說要招哪個就來哪個，萬一來個惡鬼，麻煩就大了。就算不是惡鬼，來的是周圍的遊魂野鬼，也等於替自己添麻煩，特別還是在時間緊迫的時候。

王婷婷知道事情嚴重，又打了個電話，沒過五分鐘，別墅外邊傳來了警車的聲音。她沒有耽擱，上了車，呼嘯而去。

古晶笑道：「好高的效率，一個電話剛剛放，人就來了！長風，這丫頭倒是一個好幫手，做事雷厲風行。」停了停，又蹦了一句：「長得也不錯，可以考慮一下。」

長風差點暈菜，苦笑著問：「你覺得可能嗎？」

古晶意味深長地道：「若是上天注定，你跑都跑不掉。」

第27章

追根究柢

上周，唐心回了老家一趟，回來的時候神色不好，行為變得怪異。出事的前一天，他的一位室友回憶道，他看了一則新聞，跟著拿起電話打給了某個人……

長風提起了在西安的事情，特別提到幾位科學家被殺，讓古晶皺緊了眉頭。再聽到菊花花瓣，嘴角微微一抽道：「難不成是九菊？」

長風心情無比沉重，沉聲說：「希望不是……」看來，需要查一下這方面的情況。

說到九菊，可能知道的人不多，就像是龍牙這個組織，也沒什麼人曉得。但這兩個組織，都握有令人喪膽的力量。

「龍牙」培養的，都是先天的異能者。他們會用各種方法激發這個人與生俱來的潛力，讓他得到更大的力量。

至於「九菊」，除了這方面和龍牙相似之外，還涉及了玄門。

根據古晶手中握有的資料，大約在唐朝的時候，茅山派的一個弟子到東瀛傳道，九菊就是那個時候誕生的，說來還是茅山派的一個分支。這個門派的人實在太邪門，除了有異能，還會道術。任何人都不願意跟他們打交道。哪怕讓美國的反恐小組碰上，大概也是儘量避開。

如今，只希望一切不是他們所爲，不然又少不了一番惡鬥。

長風給任天行打了個電話，告訴他與九菊相關的事，讓他通過國際刑警那邊下手，看看有沒有更具體的情況。

電話那頭，任天行沉默了好一陣，良久才道：「要眞是九菊派所爲，就算賠上老本，也要讓他們得點教訓！」

「好！一個也別放過！」長風哈哈大笑，大聲稱好，對於任天行這個人，好感和敬意又多了幾分。人家這麼敢說，自己怎能落後？這裡有個茅山派的嫡傳弟子，還怕那茅山的分支不成。

「那些忍者，有消息了沒？」

「還沒有下落。」

「長風，唐心的事情，也許剛子能幫得上忙。」

「哎呀！對！我怎麼把這小子給忘記了？」長風拍了一下腦袋，沒再跟古晶多聊，急忙道別，叫馬俊峰開車送他回市區。現在最要抓緊的是把唐心的事情調查清楚，免得影響晚上的計劃。

下午六點，是這個城市人潮最多、最忙碌的時候。下班的人、出門吃晚飯的人、準備擺夜市做生意的人，全都擠在路上。

長風坐在天河崗頂附近的一家肯德基裡，躲在一個人稍微少的角落，正美滋滋地享用他的晚餐。

都說麥當勞、肯德基是垃圾食品，但肯德基的炸雞還是很吸引他的。垃圾食品又怎麼了？中國本地的速食業，有幾個能做出這麼香的垃圾食品？再說了，對於忙了幾天的人來講，再垃圾的食品也是美味。

王婷婷撥電話來，得知長風在肯德基吃炸雞，馬上掛了電話，不到十分鐘就出現在他面前。這正是堵車最厲害的時候，大小姐效率之高，眞連飆車族都自歎不如。

更要命的是，她一來，一大半的全家桶就進了她嘴裡，絲毫不客氣。那吃相，眞是令人不敢恭維！左右手開弓，一邊一個雞翅，嘴裡還叼了吸管喝可樂。這模樣，讓櫃檯裡那個一直注意著長風的服務員美眉瞪大了眼，差點沒吐血。

「丫頭，妳這麼能吃，以後誰敢娶妳？」長風不敢相信地看著她，嘴裡蹦出這麼一句話。天哪！吃完了全家桶，擦了擦嘴巴上的油，居然還叫了一份薯條，她眞的是正常女人嗎？

「要你管啊！」王婷婷瞪了長風一眼，又道：「唐心的事情有著落了，不過時間太趕，只能查到部分。」

「哦？」長風淡淡應了一句。

她這麼匆忙地奔波，都是因爲自己，自然不好意思再取笑。不過看那一臉得意的樣子，自己要是眞顯露出有求於她的神色，豈不是讓她得逞？

王婷婷果然有點失望，問道：「怎麼？不想知道他的事情？」

慢慢喝了口可樂，長風不鹹不淡地說：「唐心是我學生，我瞭解的，一定比妳多，員警能查到的，也就是學校資料庫裡面記錄的罷了。當然，妳還是可以說說你們查到的訊息。」

話音剛落，王婷婷拍桌而起，氣呼呼地大罵：「你太過分了！有消息也不跟我說，害得我為了這個事跑東跑西！」

「噓！噓！小聲點。」長風趕緊看了周圍，旁邊幾桌的人的目光都落在他們兩人身上，只得很抱歉地笑了笑，接著聳聳肩。

幾個年輕女孩捂著嘴笑起來，一男的在一女的耳邊悄悄說了句話：「情侶吵架呢！那男的典型的怕老婆，今晚有的受了。」

這句話的聲音雖小，還是清楚傳進了兩人的耳朵。長風臉皮相當的厚，絲毫不覺得害臊，還故意嘿嘿幾聲。王婷婷自然也聽到了，臉立馬就紅了起來，一直紅到脖子，只好乖乖把肚子裡的那股氣生生吞了下去。

長風心裡暗暗偷笑，要是這裡沒人，說不定他會放聲大笑。哼！看這丫頭還敢纏著自己不？

為了掩飾羞態，王婷婷趕緊把話題轉回到唐心身上。

唐心家在浙江湖州一個叫下昂鎮的地方，位於湖州城南十三·六公里處，東苕溪東岸，典型的江南水鄉，也是改革開放以來的新興鄉鎮，鎮上的水產可是遠近聞名。

唐心一家也算是個小康家庭。想不到他考上高中那年，從小就疼他的姨媽竟在陪同去學校報到的路上突然精神失常，診斷結果，竟然莫名患上了醫學上常說的「失心瘋」。

唐心總感覺姨媽患的病是因自己而起，心裡有愧。正好當時有報導，說患精神疾病的人，找心理醫生治療那是最好的。於是他刻苦用功，終於在四年前考上了廣州某所的大學，主修心理學。

「想不到唐心不但聰明，還很孝順。只要再給他兩年時間，一定會有所成就。」長風欣慰地點了點頭。

唐心在學校裡的人緣相當的好，雖然不屬於活潑搶眼的類型，但是穩重懂事，總能很恰當地處理身邊的人際關係，與不同的人相處。因此，他在學校裡沒有任何敵人，幾乎沒有人不喜歡他。

根據王婷婷掌握的資料，上周，唐心回了老家一趟，回來的時候神色不太好，行爲也變得怪異。出事的前一天，他的一位室友回憶道，唐心看了一則新聞，跟著拿起電話打給了某個人，說了幾句，隨即就出門去，沒再回來。

也就是說，唐心該是打了那個電話後，出門去見某人，接著便出了事。

這王丫頭的背景眞是夠強夠硬，居然通過關係，把唐心打的那個電話號碼也查了出來。長風看著王丫頭遞給他的電話號碼，感覺有點眼熟，但怎麼也想不起來是誰的。

「怎麼？你知道這號碼是誰的？」

他搖頭，「不知道。」

「最簡單的方法，就是打過去問！」

「如果唐心的狀況跟這個人有關，豈不是打草驚蛇？暫時先不要吧！」

王婷婷呼出一口氣道：「就這麼多了！跟你知道的比，是多是少？」

長風哪裡知道什麼啊？認眞講起來，大概只知道唐心的名字跟性別而已。故作鎭定之後，嘿嘿笑了幾句，見王丫頭兩秀目瞪著他，急忙道：「差不多，差不多。」又見她露出憋氣委屈的表情，心裡一軟，稍微誇了一下，「不過，裡頭還是有不少資料比我的詳細，眞行！」

這麼一誇，王婷婷的臉色才稍微好了一點，又問：「那現在怎麼辦？就坐在這裡？」

長風緩緩道：「我在等一個人，這個人能幫上忙。」

王婷婷心裡好奇地一動，能幫得上忙的人，是個什麼樣的人？能在長風身邊的，都是一些奇怪的人，前面有個考古的老劉，有個身份很特別的任天行，然後有個叫古晶的怪老頭，還有他的徒弟……

想到這些，她的眼睛咕嚕咕嚕直轉，一邊找辦法套出長風的話，一邊又因爲任天行而聯想起西安那邊的事情，脫口問道：「對了，西安那邊的事情怎麼辦？那把槍丟失了，研究所裡面的人也神秘被殺，任大哥那邊似乎很著急啊！我們繼續在廣州待下去，眞的好嗎？」

長風看了她一眼，搖了搖頭，意有所指地道：「妳以爲我回廣州，單單是爲了唐心？不止如此。就算沒有他的事，我也得走這一趟，因爲我要請一個幫手，一個熟悉茅山道術的高人！」

第28章

洪門約

龍濤本想說什麼，但還是吞了下去，從身邊拿出一樣東西。長風接來一看，是一塊銀牌。更準確地說，是用銀子打造的一個牌子，形狀就像菊花。

六點半，天還是亮的。廣州已經進入夏季，天黑得自然也晚。

長風和王婷婷找了一輛計程車，往上下九商業街趕去。心裡尋思了好久，爲了預防不測，還是給古晶打了個電話，叮嚀他若眞到萬不得已，就直接開壇用招魂旛救唐心。

車子開沒多久，長風的手機響了，是區偉業打來的。

「長風大哥，你在哪？」

聽著區偉業著急的聲音，長風非常驚詫，問道：「在車上。怎麼這麼急？你出什麼事了？」

「請來我這裡一趟，要快！別問爲什麼！」

以區偉業的身份和地位，權勢和財力，居然還有求於人的事情？這個倒是奇怪了。他的地方離這裡很近，不到十分鐘的路程，長風便不再多想，急忙讓司機轉道。

區偉業的家業非常的大，混黑道的一般勢力都是滲透到社會各個層次的，能做到像他一樣的沒幾個。長風以前曾經調侃過他，說他大學肯定念的「黑社會系」，還是第一名畢業，不然怎能混得這麼好？

區偉業笑了笑，說了一個讓幫派保持穩固的秘訣。

中國，可以說是黑社會的老祖宗。從古到今，靠的都是打打殺殺，誰狠誰就能說話。但是，如今的時代不同了。想要逃過政府的打擊，首先必須換個方法，包裝自己。

黑社會之所以叫黑社會，主要在於做的都是一些犯法、違法的事情，黃、賭、毒的行業最爲廣泛，還有打架鬥毆、非法謀取暴利、走私等等。這些都足以影響社會的安定進步，和政府的關係必然緊張。

如果黑社會組織能把這些弊端合法化，讓政府部門不能找到把柄，不就相安無事了？黑社會能合法嗎？不能。但區偉業頭腦眞是不簡單，居然讓幫派涉及的行業全合法了。除了毒不沾，洪門勢力所涉及的歌舞廳、夜總會、茶吧、酒吧，還有網吧，這幾個龍蛇混雜的地方，全部整頓過，將所有賣淫的小姐都轉到暗地裡去經營。

在這個環節上，區偉業使了一個手段。表面上看，賣淫的小姐跟這些場所沒什麼關係，客人要，自己在舞廳裡找。但實際上，所有小姐都受到控制，幫派則從交易中收取一定比列的提成。

涉及賭博的行業，也按堂口承包制，哪個堂口的人敢做、擅長做，就讓他們做，每個月的盈利抽取部分作爲獎勵。如果出事，必須個人承擔，幫會裡會安排此人一家往後的生活，也就是所謂的安家費。

不僅僅如此，這小子還相當理解一句話：「罪不責衆」。他居然跟房地產公司、廣東當地的一級電腦軟硬體代理商合資，做起白道生意，而且相當出色。幫會的人開始不理解，爲什麼他們混黑社會的，還需要精力去弄這個？不過能賺錢就好，也沒多研究。

等到區偉業越做越大，大到整個省的飲用水、民生食品等行業都涉及的時候，這些人才明白老大的厲害。現在，政府根本就動不了洪門一根汗毛，除非他們敢犧牲民生用品業，以社會的大動盪爲代價。

區偉業對此非常自豪，笑道：「那些官員恨不得把我吃下去！不過，哪怕我眞的送上門讓他們吃，他們也不敢。要沒有了我，你看這個社會怎麼個亂法！所以，他們是又恨我，又要巴不得保護我，別讓我出事。另一方面，他們每個月的薪水、獎金，不都是我這個納稅大戶給的？他們有些人還暗地裡說要和平共處，要我不要鬧事呢！」

可想而知，這個人不簡單。不是一般的不簡單，是非常的不簡單。可如今，卻有了他搞不定的事情！

維多利廣場並不大，對面就是天河城，旁邊有個購書中心。廣場旁邊一棟四十多層的「天洪大廈」，就是洪門的總壇所在。

洪門總壇就在這棟大廈的最頂端，佔用了三層樓。辦公室裡面掛著一塊非常大的匾，寫著四個金字：義天和地。

辦公室裡，除了區偉業，還有三位客人，正是先前在機場上遇到的李烽和龍濤，以及另一個保鏢。長風微笑點了點頭，他們也站起來回禮，臉上憂色重重。

氣氛非常沉重，長風見他們沉默起來，自己也不說話。原本活蹦亂跳的王婷婷也感覺到不一般，大氣都不敢多喘一口。

其實不是不說話，是不知道從何說起。

如此大約有一分鐘左右，長風先開口了：「社區，我要咖啡，謝謝。」

能把區老大當成服務員，喊著他的綽號要他給人倒咖啡，想來長風是第一人。李烽等人的給臉色頓時給話逗得緩和不少。

長風自然沒存心叫區偉業倒咖啡，只是想把僵局給打破，不想區老大倒是老老實實地沖了一杯咖啡來。

這杯咖啡可不好喝。不是味道不香，而是代價不低。

果然，區偉業開口說了：「長風大哥，我們遇到麻煩了。」

長風看著他，沒有回話，心裡掂量著，能讓這個人物遇到麻煩的，一定是非常棘手的事情。洪門涉及的業務和人際關係非常廣，勢力滲透各個社會層次，在華南地區，可是黑道的一霸啊！

區偉業撓了撓頭，又道：「要是一般的事情，我還不敢勞駕你。」

旁邊的李烽這個時候也插口說了一句：「我的一個朋友出了點問題，還請長風大哥出手相助。」

李烽給長風的印象相當好，雖然不曉得他到底是怎麼樣的人，但能讓區偉業親自去機場迎接，還讓在美國華人黑社會的老大、興華會的黃會長破格安排人員保護，肯定不太一般。要知道，區偉業和黃會長兩個人都是一方霸主，不管哪一個，只要輕輕跺一跺腳，華人社會都得跟著搖。

再者，李烽這個人，看起來屬於做事精明、光明磊落之人。在機場時就有相見恨晚的感覺，如今他有事，怎能說不管？

他們見長風一直沒回話，眼中有些失望。長風看出這幾人誤會了，終於開口道：「李兄弟和龍兄弟都開口了，我怎能袖手？更何況還有社區在，就算是火坑，我也得跳啊！」

區偉業哈哈大笑道：「就知道長風大哥不會袖手不管的！不過這一次，恐怕比跳火坑還恐怖。」如此一說，給了龍濤一個眼色。

龍濤嘴巴動了動，本想說什麼，但還是吞了下去，從身邊拿出一樣東西，遞過來。

長風接來一看，是一塊銀牌。更準確地說，是用銀子打造的一個牌子，形狀就像菊花。再仔細一看，不是一朵，是九朵，外面一朵大菊花，包著裡面由八朵小菊花鑄成的花瓣。王婷婷湊過來看了一眼，奇怪道：「怎麼是朵菊花？」

長風心裡一沉。西安張院士死亡現場，留有一瓣菊花，之前才跟古晶談起九菊派的事情，如今，菊花再次出現……九菊派，看來是避無可避了！

李烽見他臉色有變，心裡有幾分驚喜，趕緊道：「九朵菊花，雕功非常細緻。這是日本最神秘的門派之一……」

區偉業深深呼了一口氣，接過話道：「九菊派！」

王婷婷不明白其中輕重，眉頭一皺，冷冷說道：「不就一個門派嗎？惹上我，我掀了他們的老窩！」

日本四大神秘門派，紅川、黑府、禪宗，九菊，以禪宗聲望最高，但是論陰毒，九菊派卻居首位。

王婷婷不懂得這九菊派的來歷，長風只好把在古晶那裡聽到的相關訊息大致說了說。聽完，王丫頭驚得嘴巴都可以塞進一個饅頭了。

長風又氣又好笑地敲了她一個響頭，罵道：「死丫頭，看妳這熊樣！」

「才不是呢！」王婷婷趕緊辯解道：「不是怕他們，來了照打！只是聽你們說的，好像很神秘哦！莫非比李寶國那種人還要神奇？」跟著眼皮一翻，瞪著銀牌問道：「這東西哪裡來的？」

區偉業歎了口氣，用很沉的聲音道：「剛子出事的時候，手裡就抓著這個東西。」

「什麼？剛子出事了？」

長風正想找剛子，讓他幫忙打聽唐心的事情，這會兒卻聽到他出事，頓時大驚。「他怎麼樣了？」

「就因爲不知道怎麼樣了，才叫你過來的。」區偉業嘆氣道。

李烽非常歉意地說：「要不是剛哥幫我打探消息，也不至於這樣……如今他在醫院裡，醫生全都束手無策……是我連累了他……該死的犬養！我一定要他付出代價！」

區偉業咬著牙，恨恨地道：「媽的！剛子要是有什麼三長兩短，我非要他們償命！什麼九菊派，我就讓他們變成九鳥派！」

看著這兩人咬牙切齒的表情，長風總算明白了，他們爲什麼會有如此深的交情。

第29章

剛子與十三菲

房門被推開，進來的是一位美女，戴著墨鏡，穿著皮質小背心，身材火辣，手上還捧著一束花。她顯然沒想到房裡有這麼多人，大吃一驚，問道：「你們是誰？」

區偉業，是黑社會的老大，也是一個典型的抗日份子。他的抗日熱情可以用「變態」來形容，根本就到了瘋狂的程度。

舉個例子吧！前些日子有一個大型項目，如果他參加，轉手就有近千萬的收入，但他一聽當中有日本人參與，立刻就沒了興趣。不僅如此，還私下利用各種關係和手段，把日本人從這個項目中擠了出去。擺明了是損人不利己的事情，大家都不贊成，他卻樂在其中。

只要是日本人想在廣州立足，區偉業一得到消息，就算自己虧損，也要竭盡所能去抵制，把他們趕出廣州，美其名曰「現代化抗日」。

他跟李烽在一起，那是標準的物以類聚。

長風沉聲說道：「先帶我去看看剛子！要眞是九菊派對剛子下手，我保證他們出不了廣州！」

「等的就是你這句話！」區偉業用力點頭。

李烽和龍濤兩人相視一眼，隨即又偷偷打量起長風來。

他們始終不明白，長風到底是什麼人？竟讓這個黑道老大甘心情願地看他眼色做事，難道是廟堂中人？

車上，區偉業把事情經過告訴了長風。

龍濤從特種部隊退役之後，就成為李烽的左右手。這一次廣州行前，他跟剛子聯繫，希望能幫忙查一下山口組在廣州的情況。

同一時間，興華會的黃會長得到消息：由於李烽曾幾次搞得犬養家族損失幾百億的財產，他們為了報復，派出了山口組最得力的殺手進行暗殺。

那些殺手前去美國，被興華會的人給打了回去。在北京，因為有李烽的老爺子罩著，安全上的保障也不用說。在上海，那是李烽的老家，有龍濤這樣從特種部隊出來的人隨身護衛，任何計謀都不可能得逞。但在廣州，事情卻出現了變數……

這次他們特意先在廣州停留，而後才轉道去日本，就是為了與剛子會合，得到犬養家族的更多資料。

長風認識的人裡，能讓他佩服的真的不多，古晶、區偉業之外，剛子絕對是另外一個。剛子沒有古晶這樣的本事，也沒有區偉業這樣的勢力，但他絕對是獨一無二的。他從事的職業，從古到今一直存在，簡單說，就是賣消息。

剛子外號叫「癩痢剛」，以前人們都這麼叫他，但現在還敢這麼叫他的，恐怕只有長風他們幾個人了。其他人，就算是王丫頭的二叔、公安廳的廳長，也要稱呼他一聲剛哥或者剛子，不敢直呼癩痢剛三字。

剛子不知道從何處學到的本事，只要你想要的消息，出得起價格，他就會幫你找出來，而且消息絕對可靠。

昔年在瀋陽，發生連環殺人案，一個殺人狂連殺了二十一條人命，員警懸賞五十萬找這個人的下落，一找就是十多年，然而一點消息都沒有。後來，負責這個案件的新警官上任，剛子主動聯繫，說你只要給我一百萬，半天之內，我就給你找出人來。

新官上任，自然要做出點成績，但是一百萬，對於一個新上任的警官，甚至是一間地方警察局，都是非常困難的。再說剛子當時也沒什麼名氣，這位警官其實並不真正相信他，於是滿不在乎地答應下來，但說要先得到資料才給錢。

答應後不到半天，兇手的姓名、地址、相貌就被送到了警察局。根據這份消息，果然成功破案。

人抓住了，那警官卻想賴帳。這時候，剛子又給他寄了一份資料，裡面記載了他從小到大的各項關鍵事蹟，甚至連第一次跟女友發生關係的地點、時間、女方姓名和現在的下落等等，都寫得一清二楚。

剛子實在搞笑，寄這份資料，主要目的其實是嚇唬嚇唬人，並不是真的要錢。比起來，他更希望能把自己的名聲打響。

最後，雙方達成協議，警官沒有付錢，但按照剛子的意思，在破案後的記者招待會上，把消息的來源一一告知給記者。

經過報刊雜誌的瘋狂宣傳，剛子頓時大紅，找他打探消息的人越來越多，他開的價格也越來越高。不過物有所值，凡是能付出錢的，都能得到自己想得到的。

然而，生意越好，仇人也越多。白道黑道都想找到剛子，但是一找十多年，一點線索都沒有。

剛子住的是特殊病房，不是一般人能住進來的，每日五千人民幣的費用就能把人給嚇住。當然，這點錢難不倒區偉業。

剛子躺在病床上，臉上戴著氧氣罩。

李烽輕輕地坐在病床旁的凳子上，沉聲說：「剛子的病情很奇怪，檢查不出病因，人完全沒有知覺，跟植物人一樣。」

長風走過去給剛子把脈，眾人不敢出聲打擾，全都屏息以待。

剛子的脈搏跳動還算正常，就是比普通的要弱一點。

「剛子，剛子，我是長風，你能聽到我說話嗎？」長風一邊把脈，一邊低聲叫喚。每叫一聲，脈搏就加劇跳動一下。這反應讓長風放心許多，至少沒什麼大礙。想了想，決定仔細檢查一下剛子全身，看看有沒有其他傷痕。

「社區，把剛子的衣服脫了。」

話音剛落，房門突然間被推開，進來的是一位非常酷的美女，戴著墨鏡，穿著皮質小背心，身材火辣，手上還捧著一束花。她顯然沒想到房裡有這麼多人，大吃一驚，問道：「你們是誰？咦！區大哥也在！」

「十三菲，妳的消息倒是挺快啊！」區偉業調侃著對著這美女說了一句，兩眼盯在她胸前。

原來她就是道上有名的十三菲！長風在心裡暗自說了一句，暗地裡對她多注意了幾眼。她的美，跟王婷婷完全不一樣。王婷婷是典型的美女，這個叫十三菲的女人則不同，一臉冷酷，曲線火辣到極點，個子高挑如模特兒。

十三菲冷冷道：「剛哥出事，我怎麼能不來？區大哥，到底是哪個王八蛋下的手？媽的！老子非剁了他們手腳不可！」一邊罵一邊走到剛子旁邊，推了推他，放柔了聲音問：「剛哥，你怎麼樣？」

長風淡淡回了句：「暫時還醒不來。」

「醒不來？」十三菲大怒，開口又罵：「媽的！這醫院的醫生都他媽吃素！錢可沒少花，昨天送來的時候，那主治醫生還說什麼來著？老子要剁了他！敢跟老子耍心眼！」這麼一個美女，開口閉口就是老子，看來不好惹。

區偉業見她要找醫生去，急忙拉住，說道：「得！得得！大姐大，先別添亂子。那醫生要眞這麼著，妳以爲我區偉業還能站在這裡？」

十三菲想了想，也是，人家老大都還在這裡，自己急什麼？冷靜下來之後，問道：「到底哪個王八蛋幹的？是不是白雲的那個刀疤老？早知道當初老子就砍了他！」

「九菊派下的手。」龍濤很少說話，一開口就直奔主題。

「九菊派？」十三菲顯然是第一次聽說這個門派，非常驚異，「什麼時候冒出個九菊派？什麼來頭？」

「九菊派沒聽說過，山口組應該聽說過吧！」區偉業道：「山口組曾多次打聽剛子的下落，都被我擋了回去。估計他們在這有一個秘密的地方，洪門的人暫時還找不到。等我有消息之後，他們就沒法得意了！」

十三菲聽到「山口組」，先愣了一下，隨後立即道：「區大哥，什麼時候動手？算上我一份。」說話間，眼裡冒出一股冰寒的殺氣，就像一個從地獄裡爬出來的女煞星。

第30章

李烽的真實背景

李烽接著道：「我敢說，這些日本人，現在最想殺的人，一定非我莫屬。」這話不是開玩笑，也不是給自己貼金，但這人到底是做什麼的，大多數人都不清楚。

區偉業很快安慰了一下十三菲，然後把她介紹給眾人。

如此美女，長風自然樂意結識。區偉業介紹的時候，對他是推崇有加，以致於十三菲也對他有些另眼相看。

握著大美女的小手，長風嘿嘿直樂，一時真有點捨不得放開。

王婷婷用如狼一般的眼睛白了他一眼，又在他背後狠狠捏了一下。見長風還是一副豬哥樣，區偉業又誇個不停，忍不住冷笑道：「長風有一個非常鮮明的特點，菲姐以後可要注意了。」

「哦！什麼特點？」區偉業和十三菲異口同聲問道，旁邊的龍濤和李烽也轉過頭來。

「他啊！標準的豬哥附體！」

眾人哈哈大笑。

出乎意料，笑聲竟引起了剛子的感應，脈搏突然間跳得非常厲害。這讓原本稍有些輕鬆的幾人又沉了下來，重新將注意力投在難解的病情上。

區偉業擔憂地道：「醫生請的都是最好的，但是看不出傷在哪裡，跟植物人一樣，但又沒有植物人的特徵。專家說是短暫性昏迷，我看不像，九菊派那些混蛋手段不會這麼輕。都一天了，到現在還沒什麼動靜，我怕出意外，只好請長風大哥過來看看。」

「你準備一個放大鏡來。」

長風說著，把剛子的衣服掀開，旁邊的龍濤自動上來幫忙，很快把剛子的上半身脫光，露出白皙的皮膚。

龍濤跟著把剛子扶起來，長風的手指非常熟練地遊走，所有人的目光都隨之移動。食指從剛子的脖子慢慢移動到肚臍處，身子前後都仔細看了一遍，用食指作為觸點去找細小的傷痕。與之同時，也在暗地裡用眞氣拂過剛子身上的各個穴道，這是在西藏跟喇嘛學來的密宗「渡穴」手法。

所謂「渡穴」手法，是利用食指的感應，在皮膚的最上層表面，以體內的氣勁運送到指尖，感應所接觸的皮膚附近的血液運轉情況。因為範圍非常小，所以要逐一地點，盡可能把全身都找透。

這其實並不神秘，跟現在用火罐或者針灸的道理相同，只是把形式換了換。事實上，一般人在冬天的時候，手指跟自己的皮膚接觸，也會有類似「渡穴」的感覺，生出靜電一般觸動的刺激。

「渡穴」手法，講求的是把人體的這種能力集中在食指上，以隨時運用。這也跟武俠小說裡寫的，用眞氣去試探其他人體內脈絡差不多，只不過沒有小說裡寫的那麼玄、那麼強。那些畢竟都是虛構的。

手指走了一遍，長風的眉頭微微皺起。剛子身上，除了胸部和背部有幾道以前留下的疤痕，並沒有發現任何不正常。

查不出異狀來，他不由思量，這九菊派到底在剛子身上做了什麼手腳？那邊的唐心剛剛出事，這邊的剛子又發生這樣的事情，西安的事也沒解決，這一連串的怪事，一下好像全集中了。

不！也許剛子的傷不在上半身，有可能在下半身。或者，根本就沒有傷痕……有傷痕還好，起碼能知道問題在哪裡，要是沒有，那就非常的棘手了。

「放大鏡拿來了沒？」

「已經叫人去拿了。」

長風點了點頭，拿起電話走到一邊，決定先給任天行打個電話，問問西安那邊目前的狀況。十三菲和王婷婷則湊到病床前，又細細地檢查起來。

電話撥通，任天行顯得很高興，但是聽他語氣，好像壓力非常的大。

他說，長風走之後不久，李寶國也離開了研究所。不過離開之前留下不少的線索，調查工作總算能繼續進行下去。另外，上面的人看了他的報告之後，又派了個龍牙的人來幫忙，此人名叫謝坤。

去年國寶「運石」在香港展示的時候，謝坤就作為其中的一個保鏢隨行。聽說「運石」在香港展示期間，好幾個國家的間諜，甚至連黑手黨都想出手，全被他一個人給

「請」了回去。

聽完這些，長風說起了九菊派的事和眼下的難題。任天行愣了愣，隨後憤怒道：「這幫傢伙實在是欺人太甚！上次被謝坤打了回去，還不懂收斂！要眞是他們在西安搞的鬼，我讓他們永遠留在中國別走！」

聽任天行的語氣，似乎之前跟九菊派的人交過手。

「如果九菊派眞的在廣州，你們要注意一個叫『小犬亂次郎』的，這個人極有可能是九菊派的最高領導人。」

長風邊聽邊點頭道：「你們要小心，最好不要跟他們正面接觸，我會儘快回西安。」

任天行想了想，問：「你說，九菊派在廣州出現，會不會跟西安這邊的事情有關？」

「很有可能，我們都得小心。」

長風掛斷電話之後，李烽走了過來，壓低聲音道：「你們說的九菊派，估計是衝著我來的。」

這一說，衆人身子都震了一下。

他接著道：「我雖然不知道九菊派是什麼來頭，但是我敢說，這些日本人，現在最想殺的人，一定非我莫屬。」

這話自然不是開玩笑，也不是給自己貼金，但這個人到底是做什麼的，在場的大多數人都不清楚，更不清楚為何日本人為何最想殺他。

龍濤發話了：「不瞞大家說，李先生這次從上海來廣州，就是為了找剛子拿點資料，接著再轉道去日本。」

「這些資料是什麼資料？竟能讓日本人如此著急。」

「不！並不是這些資料的問題，關鍵在李先生本人的身份上。」龍濤的語氣中帶著自豪，「大家有沒有聽說過，上海有一個金融機構，叫華天？」

「華天世紀？」十三菲失聲叫出來，瞪著眼睛看向李烽，不敢置信地道：「你……你……你就是……華天的李烽？」

長風和王婷婷對視了一眼，不明白這華天世紀是什麼來歷，能讓冷酷的十三菲如此驚詫。又驚呼了幾聲之後，十三菲才說了一句話：「怪不得這些日本人全部集中到廣州來，我算是明白了！」

這個李烽，來歷大不簡單。

他是近來金融界裡最神奇的人物，出道不到三年，白手起家打天下，短時間內便打造出自己的金融帝國，不僅利用高超的操盤技術打敗中國所有操盤手，美國金融界十大操盤手中的六位也成為手下敗將。

更讓人佩服的是，他還曾經識破日本的財團犬養家族和森田家族的聯合陰謀，單槍匹馬出擊，讓兩大財團虧損兩千多億，森田家族的負責人爲此自殺。

龍濤道：「九菊派如果是衝著我們來的，就一定是爲犬養家族效力。」

王婷婷敬佩地看了李烽一眼，用力道：「李大哥，你加油搞垮犬養家族，其他的事情留給我們。」

李烽感激地點了點頭，他見過王婷婷的身手，自然不敢小視她。

此時，放大鏡終於拿來了。

長風先檢查剛子的眼睛，除了有點血絲外，基本正常，瞳孔沒有放大也沒有縮小。這可不是好兆頭，越是看起來沒問題，眞正的問題就越大。十三菲見長風臉色嚴肅，似乎很不妥，刷的一下急了起來，問道：「剛子他怎樣了？」

長風搖了搖頭，沒回答她，繼續用放大鏡檢查下去。十三菲沒耐性，還想追問，被區偉業給攔住。

這是醫學用的放大鏡，倍數比市場上賣的要高出不少。如此一路細細地看下去，總算在剛子背後的頸部根處，發現極小的可疑痕跡。

第31章

破咒

罐裡面的熱水發揮了作用，通過皮層滲透到整個背部，每一寸肌膚都變得紅嫩。圓形痕跡明顯地顯露出來，就像古代銅幣一般，裡面還有一個四方口子。

見到異狀，王婷婷忍不住驚呼。

龍濤果然不愧是特種部隊出身，非常有耐性，扶著剛子十多分鐘，手都酸得額頭出汗了，仍然一動不動。聽王丫頭驚呼，微微一笑。

如果沒有放大鏡，根本就看不出頸部根處的這個痕跡，它是圓形的，跟錢幣差不多大小，幾乎是肉色，得在放大鏡下仔細地看，才能多少分出一點差別和層次。

「準備一壺熱水、一個火罐、一碗濃度很高的鹽水。注意！必須是食用鹽浸泡的鹽水，不能用醫學的鹽水！」長風對區偉業說道，之後又叫十三菲準備一塊紅色的布，把這個特護病房所有透光的地方都擋住。

不到幾分鐘，東西就全了。十三菲的身手非常俐落，沒幾下就把窗口、門都鋪上了布，房間儼然成了沖印房。

「等會不管你們看到什麼，千萬不能出聲！社區，叫外面的保鏢注意，任何人都不許進來！任何人！」

社區跟長風認識的時間不短，又見他平時老談一些古裡古怪的事情，所以見怪不怪，二話不說就出去了。李烽和龍濤兩人是剛剛結交，雖然心裡有疑問，卻不好意思問。王丫頭跟著長風沒幾天，但已知道他的作風，不敢多言，乾愣地看著。

除此之外，就屬十三菲了。這丫頭今天第一次見，完全不明白長風到底是什麼人，不過也沒多說話，心裡想著，連區偉業都言說必從，必定有因，自己還是靜觀其變好。

龍濤把剛子趴著放好，長風先用火罐把一張紙捏了起來，微微一笑，說了一句：「看好了，這是中華絕學，蒼龍吸水！」

金庸爺爺的小說裡有「降龍十八掌」，當中一招名叫「雙龍吸水」，長風這一招卻是蒼龍吸水。

他用手指捏住一張白紙，暗暗又捏了一個手印，精神一下集中起來，嘴裡吐出一個字：「燃！」立即用意念使得那張紙「嘩」一下燃燒了起來，隨即把紙扔到火罐裡面。

李烽和龍濤見他手上的那紙張無火自燃，全都一臉驚訝。太不可思議了！在他們的認知裡，除了魔術師，還有誰能辦到？

王婷婷又驚呼：「心火！」

長風點頭，難得剛剛在古晶那裡學到的這招，現在倒是說上了。

火罐裡的紙很快便燒得差不多。一般人用火罐，是把紙點燃，放在裡面，利用燒出來的煙把火罐裡的空氣逼出，然後將罐子放在人的穴道上。罐子內外的空氣壓力差會形成一股吸力，把堵塞在穴道附近的脈絡給清通，從而達到治療的效果。

不過，長風用的火罐跟常人不一樣。見紙張燒完，他將右手手心放在罐口附近來回地動，燃燒後生成的煙，被他手心裡的一股力死死壓在罐中不能出來，形成一道漩渦。

火罐倒置，開口又沒東西堵著，裡面的氣體居然不會露出來，其他人更是大吃一驚。

時候差不多了，長風將手心挪開，左手手腕用力，心裡形成一日輪印，暗暗念起大日如來心咒。

火罐口猛地湧進一股力量，裡面的白色煙霧變得如同漩渦，竟然有一個風眼，旋了起來，速度非常快，快得彷彿煙霧都變黑了。

對著盛有熱水的水壺，一股強大的吸力從罐口爆發出來。水壺裡的熱水凝成一股熱水柱，全被吸進罐裡。只有巴掌不到的火罐，轉眼就吸光了比它的體積大十倍以上的水量。罐口散發的煙霧宛如蒼龍，張大了嘴。

眾人譁然驚歎，長風沒理會他們，在「蒼龍吸水」的最後一刻，最後一滴水被吸進去之後，立刻扶穩剛子，從上至下把罐子狠狠「蓋」在剛子背部中間，兩肩胛骨的位置。

火罐死死吸在皮膚上，附近的皮膚變得通紅。罐裡面的熱水發揮了作用，通過皮層滲透到整個背部，每寸肌膚都變得紅嫩。頸部根處那圓形的痕跡，明顯地顯露出來。

那痕跡就像古代銅幣一般，外形是圓的，裡面還有一個四方口子。長風心裡暗暗吃驚，果然一如預想，是「金錢咒」！

進入病房看到剛子的第一眼，他就估計是被金錢咒所傷，但這個邪咒，以前只是聽說，沒有親眼見過，所以不敢妄說，要一步一步證實。現在經過「蒼龍吸水」驗證，該是確定無疑。

所謂「咒」，就是祝。古時候，使用惡毒的咒語來驅鬼逐邪，袚除不祥。流傳到現代的，以道家的驅鬼咒、佛家的平安咒為多。還能借用「咒」的力量的人，已經少之又少。南洋的降頭術、苗疆的巫蠱、湘西的趕屍，可作為代表。

借用神吏的力量使用咒語，如果用以害人，必遭報應。用咒者必定要非常的小心，以免受反噬。

「金錢咒」是咒語中的一種，茅山派常用。九菊派是古時候茅山派傳過去的分支，推測起來合情合理。既然能夠確認，解決起來就容易不少。

咒語，其實就是藉神吏的力量，以媒介作為借力的橋樑，比如黃色的符紙、銅鈴、桃木劍等，從而達到自己的目的。

長風跟古晶認識的時間不短，瞭解了很多道術方面的學問。

「金錢咒」是古代常見的手法，茅山道人或者行走江湖的道長大都會這一手，用錢幣為媒介，可以驅鬼驅魔，還可以把人的魂給打散。在道術裡，並不見得有多厲害，但看在常人眼中，已是超乎想像的鬼神之術了。道術傳到近代日漸沒落，會這種術的人，想來已相當稀少。

見金錢印顯露，長風拿了一把手術刀，用刀尖沿著印記劃了一道口。金錢咒的厲害，起於一股打到人身上的無形力道。要救中咒者，首先必須把這股力量逼出來。

十三菲上下打量著長風，拉著區偉業在一邊悄悄問：「他到底是什麼人？會不會出事？」區偉業微微一笑，沒有回答。

刀尖劃破皮膚，紅色的一層血冒了出來。其他人都緊張地屏著氣看著，一言不發，大氣不敢喘。

印記旁邊的血被那一刀劃得冒了出來，但沒有流下來。長風給龍濤和王婷婷一個眼色，示意兩人把剛子扶起來半坐著，然後以右手抓一把鹽水，毫不猶豫地往印記撒去。

鹽水和血相遇，發出「滋滋」的聲響，就像老鼠在偷食一般。包括第一次嘗試破此咒的長風在內，所有人心裡都發毛。

以醫學的角度看，鹽水和血相遇，不該發生什麼大變化，血會在鹽水裡凝結。從長風手上撒出去的那一把鹽水，卻冒出煙來，而且像跟血起了化學反應一般，發出令人渾身緊繃的怪聲。

第32章

南洋邪術

不得了，塞在剛子嘴裡的濕床單慢慢被凍了起來！堵在嘴裡、鼻子裡的床單結成冰，氧氣進不去，人絕對逃不過缺氧而死的下場。南洋降頭，果然邪門之至！

長風知道自己的方法起了效果，但不夠理想，乾脆又抓了一把鹽水，直接放到印記那裡，右手手心直直蓋在印記上。

「神兵火急！急急如律令！破！」

這一下，本想加大效果，緊接著發生的種種，卻讓他大驚失色。手心和印記接觸，煙味瞬間變濃。金錢印那裡像是受到了觸發一樣，一股力量直衝手心而來。

這股力量就像火炭，手上像握住了燒紅的鐵塊，疼得長風兩額頭直冒虛汗，心就像被誰撞了一下，砰砰直跳。

把金錢咒的種下的力量逼出來，本是治療的唯一方法。萬萬沒想到剛子體內暗藏有另一股非同尋常的詭異力量，大得出奇！施法者肯定不簡單！金錢咒就算再厲害，也不會有如此力道，除非施法者在咒上還施了法，讓破解者在沒有防備的情況下遭暗算。

這一招眞夠損的！居然是咒中咒。也幸虧是長風，要是另一個人來破解，說不定會出意外。只不過，他還不知這另一個咒是什麼，只能一點一點琢磨。

如果這時把手移開，自己一點事也不會有，但他不敢，因爲他沒有把握在這之後，剛子又會變成什麼樣？

王婷婷看出長風神色不對，手就像堵住一個冒煙的口子一樣，滋滋直響，不禁道：

「長風，你的手……」

這個時候，衆人都意識到長風遇到了麻煩，想幫忙但又不知能從何幫起，只能驚詫地看著。李烽第一次見到這般情況，表情也是非常的驚訝，一臉擔憂，但是沉得住氣，非常的鎮定，一點慌亂也沒有。這一點讓長風看在眼裡，心中多了幾分敬佩。

剛子此時有了點反應，眼皮動了動，過了幾秒鐘，眼睛徐徐睜開，流露出痛苦，眼角滲著紅色的淚。

十三菲從進入病房以來，眼光幾乎就沒離開過剛子，此看到他的反應，激動驚呼道：

「醒了！醒了！剛子，你忍住，我們會救你的！」

區偉業趕緊將她拉到一邊，輕聲道：「噓！輕點，別打擾長風。」

十三菲立刻不出聲了，秀目一直盯著長風和剛子，但只安靜了幾秒，跟著又叫起來：

「剛子嘴裡有煙出來！哎呀！鼻子裡也有！」

這股力量衝在長風手心上，疼得他上下牙齒直打顫，只能慢慢運氣頂住。聽到十三菲的叫聲，心裡大喊糟糕，最不想見到的事情果然發生了！嘴巴和鼻子跟金錢印一樣冒煙，那是「南洋屍蠱」！

知道第二個邪咒竟然是「南洋屍蠱」，他大驚地叫起來：「快掀開他的嘴巴，塞上東西，快！」

王婷婷眼明手快，一下見掰住剛子的下巴，區偉業和李烽抓著床單往他嘴裡塞，可是床單透氣，一絲絲的氣還在往外冒。

「鹽水！沾上鹽水！」長風右手用勁把頭部根處的「金錢印」之處按死，一邊用左手指著鹽水。

幾人換上沾上了鹽水的床單，嘴巴是堵上了，可是鼻子依舊冒煙。

王婷婷用力把床單往鼻子塞，十三菲心疼地道：「輕點！小心把鼻子撐破了！」剛子的鼻子不能硬塞，最讓他們鬱悶的是，這高挺的鼻子居然是假的，估計以前墊上橡膠。李烽和王婷婷都急了，王丫頭喊道：「鼻子堵不住啊！長風你快點想辦法。」

區老大怒罵道：「他媽的！這什麼菊的，到底給剛子做了什麼手腳？」一旦他動了眞火，廣州可要震盪個好一陣子。

「哎呀！剛子的鼻子怎麼改冒冷氣啊？」

「嘴巴結冰了！」

長風低頭一看，不得了，塞在剛子嘴裡的濕床單慢慢被凍了起來。再這麼下去，人鐵定完蛋！堵在嘴裡、鼻子裡的床單結成冰，氧氣進不去，人絕對逃不過缺氧而死的下場。南洋降頭，果然邪門之至！

但是，他現在不能放手，否則那股力量衝出來，不知道會有什麼後果。那力量就是降頭術產生的，比金錢咒厲害太多了。

如此詭異的咒中咒，長風還是第一次遇到。不得已之下，只得把全身的眞氣運向右手，手心那股炎熱的感覺才減輕。

小時候在西藏，那幫喇嘛硬逼著他學內功，他當時還不以爲然，經常偷懶，心裡想著，練氣有什麼好玩的？每天早晚都要坐在那裡，一點意思都沒有！跟念咒或者是學手印比起來，眞是悶多了。如今方才明白內功的好處，不禁後悔以前沒好好學，果然是應了「用時方恨晚」的話。

這時，他的身子已經有點虛了。跟這股力量對抗沒幾分鐘，竟彷彿一口氣跑了幾公里一樣，額頭都是汗。

再看剛子，嘴巴和鼻孔開始結冰。不能再等下去了，必須速戰速決。

南洋降頭非常的邪門，背後的道理其實跟下蠱差不多。九菊派眞不知道怎麼跟那些人扯上了！

他咬破左手食指，對著剛子的鼻子抹過去，艷紅的血跡留下，立刻把鼻孔裡即將結的冰融化。緊接著，他以自己滴出來的血在右手背上畫了一個八卦，食指剛剛畫完，嘴裡就念起了金剛薩埵心咒。

金剛薩埵心咒一起，右手掌背畫著的八卦滲入手中，本來手心就像握著火炭一般，如今卻傳來絲絲的涼意，那股力量也被八卦逼了下去。

最終，他對著金錢咒的地方捏了個大金剛輪印，壓制住那股力量。右手終於可以移開了。緩了一下手，搓了搓手心，只見整個掌心變得烏黑，就像充血一樣。

王丫頭忽地一下把他的手拉了過去，臉上湧出擔憂，問道：「沒事吧？」

長風微笑著搖了搖頭說沒事，心裡卻暗叫沒事才怪！手心就像灌鉛一樣疼！不過，他臉皮再厚也還是愛面子，再加上不想讓別人擔心，自不可能承認，反倒刻意拍了拍王丫頭的肩膀，叫她放心。

把了一下剛子的脈搏，非常弱，可無論如何，至少心臟還在跳。

剛子嘴裡塞的床單已結成冰了，硬得就跟棍子一樣，扯都扯不動。要不是剛剛及時把鼻子解凍，說不定真要窒息而死。

長風擔心剛子的安全，顧不得右手得疼痛。「金錢印」那裡下的降頭術被他用大金剛輪印鎮住，暫時應該沒事，但要怎麼才能把人完全治好？

「長風，剛子體內怎麼會有寒氣？而且這麼重！」

「他被下了屍蠱，這是南洋的降頭術！」

「降頭術？」李烽和龍濤兩人大驚失色，這玩意過往只有聽說，據說非常邪門，誰知道會邪門到這種地步。

王婷婷睜大眼睛，問道：「九菊派中，難道有成員是南洋那邊的？」

長風沒有回答，嘴裡喃喃念起了金剛薩埵降魔咒，兩手捏起內獅子印。印記一捏，目光落在剛子的額頭上，之後咬破右手拇指，一個印記打在兩眉之間。拇指血跡一被印上，紅色的血立即滲透進額頭裡。

這個內獅子印是小密宗的獨有印記。小密宗，是西藏密宗最神秘的教派。密宗分大密宗和小密宗，大手印聞名遐邇，小密宗卻有它更神秘的絕技——九轉印，又叫九字真言，或者奧義九字切。內獅子印是九個手印中的一種，以萬物之靈力任我接洽爲眞義。

印記一打出，剛子嘴巴裡結的冰開始慢慢融化。其他幾人都不敢說話，他們何曾見過如此怪異的場面？

剛子的臉色漸漸好轉，長風卻不覺得高興。他雖然壓制住了那股力量，卻沒有根除，更說不準它何時會再復發。

「社區，把剛子抬上車，我們去古晶那老傢伙那裡。老不死的對這個是行家！」長風舒了口氣，只能如此了。

「古晶？」區偉業一臉驚訝，不敢置信地問：「你說古老爺子？」

怪不得古晶曾誇口說過，華南地區九成的大人物都聽過他的名字。最開始長風還不信，如今見洪門老大都做這種反應，終於相信古晶沒吹牛。

洪門的業務涉及到房地產，跟各地業者都有業務來往。廣州，又是對外開放的一個重點城市，地皮是一寸土一寸金。中國人比較保守，不像外國人那樣，買房的其中重要一條，就是看風水如何。因此，開房商在興建一個樓盤之前，必定得請風水師來看。古晶在房地產業裡，名聲比什麼都響亮。請他來幫忙看風水，比請市長吃飯還要難。

區偉業萬萬沒有想到，長風跟古晶也認識，而且，還敢叫這位大師「老不死的」！

第33章

跟蹤風波

趕到別墅大門前，就見馬俊峰已經在門口前一百多米的地方等候，手中握住一把香。一待車子駛進大門，立刻在幾個不同的地方插上香，並貼上一張黃符。

一起上了車，一夥人往古晶家趕去。

三輛車，前後成一列往廣州大道開去。前面是王婷婷、十三菲和龍濤三人帶頭開路，兩女孩照顧著剛子。長風、區偉業和李烽坐在中間一輛，後面是跟隨來的保鏢。

給長風他們開車的那個小夥子生得非常俊俏，他不由得多看了幾眼。

車子剛剛剛剛進入廣州大道中，這小夥子立即警覺起來，兩眼注視著後視鏡。

區偉業發覺不對勁，往車後看了一下，問道：「高健，有什麼不對？」

「區老大，後面有輛車跟蹤我們。」高健指了指一輛深色的越野車，「就這輛，深色越野車。」

長風也看了一下，感覺那輛車開得非常悠閒，不緊不慢。他怕出誤會，連忙問道：「會不會是路過的車？看起來不像。」

高健搖了搖頭，肯定地說：「我們從洪天出來，這輛車就在了，先跟到醫院，再從醫院跟到這裡，一定錯不了！」

照這麼說，跟蹤他們的人技術非常好，能做得如此隱藏。高健也不簡單，能夠不動聲色地看穿對方的伎倆。

區偉業趕緊給後面的保鏢打了個電話，讓他們先走，注意保護好剛子他們的安全。又給前面的車輛打了個電話，叫十三菲他們繞道走，甩開後面的車。

前面是個十字路口，這個時候差不多七點半，已經進入垂暮，天色變黑了。紅綠燈一閃一停的，正是下班高峰期。

高健刻意把車速降低，想看看對方的反應。

由於車多，後面的車見他們的車慢了下來，不耐煩地拼命按著喇叭。如此到了路口，交警招手示意，要把他們攔到一邊，讓其他的車先過去。高健卻不理交警，假裝看不見，依舊慢悠悠地開，想把後面跟蹤的車先拖住再說。

沒辦法，旁邊的車只能慢慢地過。跟蹤的那輛越野車這時就算想開快也沒辦法。兩車相距大約有一百多米。

一個戴墨鏡的交警非常生氣，猛對高健吹哨子，戴著白色手套的手一直指著他們，看沒人理會，乾脆氣急敗壞地跑來。

區偉業一臉不在乎，淡淡地說：「沒事，慢慢開，有多慢開多慢。」

高健點了點頭，沒理會那交警，車子一停一動的，還眞有點拋錨的樣子。後面那輛越野車似乎眞認定他們的車出了問題，有點急了，好幾次想衝過旁邊的車往前面趕，但車太多，其他車主也都一心趕路，根本沒給他們機會。

那交警跑到車旁，猛拍了一下窗口，手指指著高健，怒喝道：「靠邊！靠邊！」

高健沒有靠邊，乾脆熄了火，一臉嬉笑，眼光卻放在後視鏡上，偷偷觀察後面跟蹤的車輛。

戴墨鏡的交警罵道：「叫你們靠邊停，沒看到手勢啊？駕照拿出來！」

「員警大哥，說話能不能和氣點？這麼氣哼哼的，不是爲人民服務的態度。」高健仍是笑瞇瞇的，在區老大的示意下拿出駕照。

那警察還算有點見識，看到車牌是洪天的，語氣客氣不少，只是見高健愛理不理的，心裡還是來氣，於是氣呼呼地問道：「車子是不是出問題了？叫你們靠邊，沒看見是不是？回頭自己到交通局拿駕照，你們車子有問題，影響其他車子的通行，我得拖走。」

「員警先生，要不你回頭去洪天找我們拖車吧！現在有事呢！」高健改口稱呼人家員警先生，語氣一下子轉爲正經。

那員警看了他們一眼，冷冷哼了一下，拿出對講機，把拖車叫了過來。短短幾分鐘時間，後面的車輛已經排成了長龍。

車內的幾個人相互看了一眼，看來差不多了，十三菲他們的車相信走遠了。區偉業拿起手機給十三菲打了個電話，確認沒問題後，又給另一個人撥了電話。

第二通電話的內容，是笑哈哈地跟人家描述自己被交警攔住的過程。對方聽了似乎很生氣，怒吼聲響徹車內。

區偉業笑著對長風使了個眼色，同時一臉正經地道：「不行，這樣不符合規矩。怎能勞你大駕呢？影響不好啊！」

對方的怒吼還在持續，堅持叫那個交警過來接電話。區偉業只得「勉強」同意，把手機遞出。原來，這通電話是打給交通局副局長的。這傢伙，看起來是給人家問安，其實是叫人家幫忙，而且得了便宜還賣乖！

那交警被副局長一陣痛罵，只能點頭稱是，好不容易掛了電話，臉色一紅一白地說：「十分抱歉，耽誤各位的時間。」

區偉業能坐到這個位置，必然有他的能耐，對於做人做事，那是老油條了。於是非常客氣地說：「員警先生按章辦事，非常的盡職，領導如果知道，一定會給予獎勵。」

那交警本來被副局長罵得一臉黯淡，聽見區老大這麼有「深意」的誇獎，不由大樂。他又怎會不明白其中的道理呢？還想著區老大以後在副局長面前多誇自己幾句呢！

區偉業見自己的話奏效，示意員警把耳朵靠過來，指著後面那輛跟蹤的越野車，小聲道：「那輛車好像真的有問題，你們應該拖回去，好好檢查一下。」

那交警連連稱是，敬了個大禮。

車子開走後，李烽哈哈大笑道：「區老大手段就是高！真想看看跟蹤我們的那些人，被交警攔住後是什麼臉色！」

衆人雖然在笑，心裡也暗自猜測著，跟蹤而來的，到底是何方神聖？會不會正是九菊派的人？

趕到古晶的別墅大門前，就見馬俊峰已經在門口前一百多米的地方等候了，手中握住一把香。一待車子駛進大門，立刻在幾個不同的地方插上香，並且貼上一張黃符。

區偉業和李烽都看得奇怪，詫異地問：「他在做什麼？」

長風故作神秘地壓低了聲音說：「有沒有聽過迷魂陣？」

「迷魂陣」之名，大家幾乎都在書上聽過、電視看過，但能有幾個人親眼見識過？區偉業和李烽面面相覷，臉上又增添幾分迷惘。

長風在剛子身上做的幾個手印，已經讓他們震驚不已了。一般人一輩子估計都沒遇過這般神秘的事情。如今在短時間內接連碰見，的確不好接受。

長風拍了拍二人的肩膀，說道：「下車吧！天下無奇不有，能見識到，那是有緣，不必大驚小怪。」

下了車，區偉業和李烽還在想著事情呢！相視一眼，想了想長風說的話，感覺也在理，臉色緩和不少。

龍濤和十三菲見長風到達，急忙問道：「跟蹤我們的是什麼人？」

「還不知道，不過八成是九菊派。」

高健在旁邊加油添醋地說了一下被交警攔住的狀況，估計那輛車現在正在交通局呢！兩人樂得哈哈大笑，拍手叫好。

保鏢已在別墅附近做好了防禦措施，馬俊峰也按照古晶的吩咐，擺了一個迷魂陣。剛子被古晶放到靈靈堂去了，跟唐心並排著躺在裡面。

區偉業、李烽和龍濤、十三菲都不算外人，長風於是帶著他們進了屋，並向古晶一一介紹。古晶對李烽比較感興趣，有意無意地瞟了他幾眼，然後意味深長地說了一句話：「天賜良緣，一定要珍惜。」

這話，在座諸人都聽不明白什麼意思，李烽卻身子一震，用力點了點頭。

區偉業非常的激動，客氣地道：「能見古老一面，區偉業眞是榮幸！上次要不是古老幫忙搞定北京路那個商鋪，我們洪天怎麼能如此順利？陳伯回來說起古老的風範，晚生十分仰慕。古老對洪門之恩，洪門上下有目共睹，如若以後有事，儘管吩咐。」

「洪門能出你這樣的後生，那是洪門之福。若不是看在洪門的面子上，老道我也不想管閒事。」

區偉業點頭稱是。長風默默地看著，心裡奇怪了好一陣，過往可眞不曾見這傢伙如此佩服一個人。

第34章

起壇

古晶的十指非常靈活，把糯米裡的銀針拔出來，於各大穴道都插上一針。每一根銀針刺入穴道時，都發出「滋滋」的輕微聲音，從根部冒出一絲絲的白氣。

洪門的起源之說非常廣，有說是明朝遺老爲了反清復明而創立的天地會，後來改稱洪門。也有說是清朝雍正十一年，福建少林寺僧人密謀反清，結果走漏風聲，被清兵圍攻燒寺，最後改組織爲門派。

不管起源的事實如何，洪門一向以「一人有難，大家相幫」爲宗旨，推崇以「義」和「和」兩字爲做人道理。雖然淪落爲如今的黑社會性質，該門派的前人和後人的作風，仍足以讓人敬佩。

古晶跟衆人打完招呼之後，把眼光再放到李烽身上，注視了許久才開口說話：「兩眉緊鎖，印堂泛黑，大凶之相。這次遠行，你要多加小心。」

這話如若是平時聽見，李烽必當是江湖騙子，但一天之內見到如此多不可思議的事情，又是從古晶的嘴裡說出來，讓他不得不相信。

區偉業一聽急了，想叫古晶給一個化解的方法。長風偷偷拍了一下他，說道：「別急，這老頭能說出個道理，必然有解救的方法。」

「那是！那是！」

區偉業當然聰明，急忙配合著大聲稱是。不止是他，就連文質彬彬的李烽也趕緊先稱起了謝，這倒讓古晶給愣住了，指著長風笑罵道：「就你這小子會給我找麻煩！」說完，拿了一個荷包出來。

李烽立即謝過，小心翼翼收在貼身的地方。

古晶在靈靈堂門口站著跟他們說話，沒有請人進去的意思。長風想領頭進去，卻被他給攔住，「這裡已經起壇，普通命相的人進去會折壽的。」

如此一說，所有人都面面相覷。

古晶跟著解釋，這倒不是自己小氣，而是靈靈堂裡面煞氣太重，一般人進去都會不適應，更不用說是在起壇的時候。

馬俊峰此時正好過來，便提議帶他們去參觀一下別墅，一行人紛紛離開。這群人裡面，只有曾經用心火點過香的長風和王婷婷能進靈靈堂。按古晶的話解釋，祖師爺都受了香火，他們還有什麼不能受的？

靈靈堂裡，剛子和唐心並排躺著，兩張竹床間隔不到一米。一件黃色的道袍裹住剛子的身子，上面畫著各種怪異的符號。

長風跟古晶說起了金錢咒和南洋屍蠱的事情，古晶沉默了一下，說道：「解開屍蠱並不難，只是……」

下蠱跟下咒不同，蠱要是被破，下蠱者必定遭到反噬。

古晶要破屍蠱，一定會得罪這個人，雙方不免交手。同道中人，最怕的就是結冤，一般都會相互忍讓，儘量避免交手，免得兩敗俱傷。一旦結了冤，不是你死，就是我亡。

「古老，你是不是擔心施咒的人？」

「下蠱的人手段太狠毒，用上咒中咒，很顯然是要置剛子於死地。南洋一派，據說源自苗疆，用死人作媒來修煉他們的降頭術，非常邪門。破他的法術不難，可一旦破了法術，就會傷他元氣……你要做好準備。」

長風點了點頭，說道：「我明白你的意思，他們的蠱被破，就會跟我們結怨。放心，我不會讓他們有任何機會。」

古晶又道：「那些人心胸多半狹窄，一旦結怨，恐怕連仇人身邊的人也不放過，甚至……」

「放心！不會有機會！」長風冷冷地從牙縫裡擠出一句話。

古晶明白他下定了決心，沒有再多說什麼。

道術，可以說是玄學的一種，但更接近佛家的禪法。

從古到今，道家和佛門一直是社會中的兩股精神支柱。佛門是要人信仰自力，眾生皆具佛性，任何人皆可修持成佛的，引導人們向善，和諧。道家則以《道德經》為主要經典，以老子為教祖，稱「太上老君」，思想以曠達玄遠、氣勢清高而受世人尊敬。從另一個角度上說，道教除了引導信徒積極生活、珍惜生命之外，還鼓勵修眞養性，與萬物和平共處。

只可惜，經過幾千年的流傳，道家和佛門兩大教派都逐漸沒落。十九世紀之後，更是一落千丈。不過，瘦死的駱駝終歸比馬大，沒落，不等於滅絕。佛家依然有著一定的影響力。至於道家的茅山派，就跟佛家的密宗一樣，特別是小密宗，可以說是玄門裡最神秘的一個流派。

南洋的邪術，雲南苗疆的蠱術，都是以前道教的分支演化的。這點道行，在正宗的茅山派眼裡，根本就是班門弄斧。

古晶在大鼎中點燃九根手臂粗的大香，青煙嫋嫋。銀質的針插入糯米中，米裡還摻著朱砂。古晶的十指非常靈活，在剛子的身上不停遊動，同時把糯米裡的銀針拔出來，於各大穴道都插上一針。每一根銀針刺入穴道時，都發出「滋滋」的輕微聲音，從根部冒出一絲絲的白氣。

原本毫無知覺的剛子，嘴裡低聲哼了哼。

「屍蟲，是用屍水養的蟲，入體之後，能跟屍蟲一樣橫走全身上下。糯米，正是對付屍蟲的最好良藥。」古晶又扎入一針，指著針上冒出的白氣說：「屍氣出來只是第一部，第二步，我們要把屍蟲逼出來。這，才是最重要的。」

把了一下剛子的脈，然後看了看剛子的眼珠，他皺了一下眉頭，說道：「金錢咒把剛子的魂魄打散了，一定要在天亮之前找回來。只是你一個人，顧得了前顧不了尾，唐心那裡怎麼辦？」

要找一個人的魂魄，一定要到這個人生前最留戀的地方去，見到他的魂，還不能嚇著，免得嚇散了。也不能老實告知他現在是魂體，因爲那魂魄還弄不明白自己的遭遇。

唐心的事情尚未搞定，現在又多了個剛子，長風心裡十分沉重。一個是欣賞的學生，一個是要好的兄弟，哪一個人都不能出事。偏偏一個人不能分兩身，不過事到如今，只能盡力了。

咬了咬牙，他沉沉地說：「船到橋頭自然直，我不信剛子和唐心的命這麼短！走一步算一步！」嘴上這麼說，心裡同時也有了個辦法，不過還沒有太大的把握。

他對唐心的瞭解太少，連他喜歡做什麼都不知道。對剛子就不同了，他是非常的瞭解，甚至連剛子喜歡穿什麼樣顏色的內褲、曾經跟哪個女孩在哪裡親過嘴，都一清二楚。找剛子的魂，當然比找唐心的有把握。萬不得已，也只能請古晶用招魂旛來招唐心的魂了。

一共二十四根針，分別插在剛子的全身二十四個大穴上。

「丫頭，把他嘴巴弄開！」古晶給祖師爺鞠躬叩首了之後，拿了一炷正在供奉給的細香，左右食指輕輕捏著那炷香的根部，放在剛子嘴裡。

王丫頭趕緊上前，按照吩咐動作。古晶嘴裡念念有詞，右手量著一個尺寸，食指和中指卡在那裡，把香一直往嘴裡插進去。

古晶手裡的那炷香最少有四十釐米長，要照著這麼往嘴裡捅進去，豈不是得插入到喉嚨根部，甚至是胃部？會不會把胃壁給捅出洞來？

王丫頭看得頭皮發麻，喉嚨裡「咕嚕咕嚕」響了一下，強吞了一下口水，乾脆閉上眼睛不看，強制性地讓自己鎮定。

古晶絲毫沒理會她，只專心盯著手裡的那炷香。右手兩指一邊放，一邊把那炷香左右轉動，就好像在鑽東西一樣。

第35章

屍蠱

長風心裡生起一股預兆，屍蠱不會這麼簡單任人宰割的！果然，那小口突然裂成一個大口，一團綠色的影子往古晶身上飛，速度極快，轉眼就到了他面前。

十多分鐘後，那炷香已經被古晶插了快一大半了，只剩下不到四分之一在嘴外邊了。奇怪的是，插入進嘴巴裡的香，居然從鼻孔中穿了出來。

古晶給長風使了個眼色，示意著關鍵的步驟到了。

這一下，長風也緊張起來，打起了十二分的精神。兩人根本不用說話，認識這麼久，早就養成了默契。

古晶從桌上拿過寫好的符咒，放在身邊，身邊還有一小碗糯米，以及很多個玻璃火罐。從額頭開始，每拔一根針出來，便把一張符咒放到火罐裡。等符咒在火罐裡燃燒，化成了煙，便把火罐蓋在扎針之處。

如此二十四根針、二十四張符咒，放了二十四個火罐，剛子身上幾乎佈滿了罐子。

接下來，長風和古晶各拿一根紅繩，在剛子的食指上打了個結，然後把另一頭繫在鼎中的兩炷香上。

「婷婷，妳放開剛子，到一邊去。」長風示意王婷婷放手。

「放手？」王丫頭以爲自己理解錯誤，不敢相信，見長風和古晶兩人都點頭確認，這才慢慢放開手。

紅色繩子非常的細，承受力理當相當弱，沒想到能把剛子給拉得穩穩的，絲毫沒有動搖。

剛子身上的穴道裡，慢慢流出一股股白色如牛奶一樣的液體，流進二十四個火罐中。

古晶的臉色微微緊了一下，輕輕地道：「注意，屍水出來了！屍水一出來，那東西就待不住了。」說著，把裝糯米的碗遞給長風和王婷婷，「抓一把，等會發現屍蟲的蹤跡，就用糯米打！」

兩人依言都抓了一把。王婷婷看了看手上的糯米，又看了看剛子身上的火罐，急忙再抓了一把，這才稍微安心。

過了半晌，火罐裡就充滿了半罐的白色屍水。二十四個火罐，各個都裝到半滿，眞是難以想像。

古晶嘴裡喃喃的說：「好多屍水，這下蠱的人也太惡毒了！又不是殺父之仇，有必要下這種狠手嗎？」

屍水慢慢變少了，紅繩「嗡嗡」抖動了幾下，火罐裡的屍水竟然有被吸回的趨勢。

「對方在做法！長風，出手！」古晶大喝。

長風不敢遲疑，兩手連忙捏起一個印記，對著剛子身上打去，口中喝道：「般若波羅密！敕！」

火罐裡的屍水沒來得及倒吸進去，全被這個印記給打破。幾乎在同一秒，二十四個火罐瓶全部爆裂碎開，屍水落到地上，「滋滋」冒煙，滲入地下，一股噁心的腥臭味撲鼻而來。

屍水沒入地下，剛子身子裡的屍蠱沒有落腳的地方，發狂似地在剛子身上亂竄。剛子背上、胸膛等各處，都能看到一個像老鼠一樣的肉球，在身子裡竄來竄去。

長風和王婷婷、古晶三人，連忙用手上的糯米對準這個肉球打。

三個人打的面積非常大，打中肉球的糯米直接滲入皮膚消失，冒出一絲絲青煙。那蠱痛得顫抖了幾下，竄得更加快了。至於沒打中的，都黏在剛子身上，或者掉下來。白皙的皮膚被米粒打得像蚊子咬一般，一點一點發紅。

三人打出去的米粒，手腕上都帶勁的，特別是王婷婷，絲毫不懂得「憐香惜玉」，完全把剛子當成了人肉靶子。

屍蠱被逼在剛子的頸部根處那金錢印那裡，古晶見狀，喊著：「逼它從金錢印那裡出來！」

金錢印是施法者下手的第一個地方，就在頸部根處。剛子鼻子裡和嘴裡的那炷香還在燃燒，煙氣就從金錢印處散出來。

三人把屍蠱逼在了金錢印周圍，屍蠱甚是淒慘，本來非常有活力，現在已是奄奄一息，爬動的動作也慢了許多。

金錢印的四方口慢慢凸了起來，皮膚就像是乾涸的泥土般裂開一樣，滲出黑色的血。

王婷婷瞪大了眼睛看著那裡，皮膚慢慢裂開了一個小孔，還不斷冒出黑色的血。她雖然沒有見過屍蠱是什麼樣，但見這種狀況，任何人都看得出來，屍蠱就快出來了！這讓她絲毫不敢放鬆，打起了十二分的精神。

破出皮膚的孔流出一股如黑色般的血液，溢出來之後，往下流了一陣子就停住，凝成血痕。接著，小孔慢慢擴大，裡面傳出「絲絲」的聲音，就像一個人半夜拿著剪刀剪布匹，更像棺材裡的老鼠啃死人肉的時候，嘴巴裡嚼食的聲音，一聲又一聲，響得整個人心發脹。

王丫頭聽到如此嚇人的聲音，忙把手裡最後的糯米全部打過去。糯米是屍蠱剋星，幾粒米打到它身上，就像被捅了幾刀，聲音更大了，而且有一種急促的感覺，把她嚇得躲到長風背後去，手心不斷冒汗。

小孔又流出幾道血，就像一個傷口，一個被蛇咬的傷口。屍蠱被打得毫無生氣，已沒有了之前的活力，疲憊地停在小孔旁邊，小肉團一上一下地起伏。

「我就不信你不出來！」

古晶右手捏起銀針，悄悄走過去，想一針往那肉團上扎。

長風心裡突然生起一股預兆，屍蠱不會這麼簡單任人宰割的！想到此，不禁失聲叫道：「古老小心，它在使詐！」

話音剛落，那小口「啪」一聲裂成一個大口，一團綠色的影子往古晶身上飛，速度極快，轉眼就到了他面前，完全沒有之前的疲憊。

更讓長風想不到的是，古晶彷彿早就料到它會有這麼一手，直接伸出右手就抓。用手去抓，那是以卵擊石啊！

屍蠱是什麼東西？能穿入皮膚進入人的身體裡。以血肉之軀去拼，根本沒有贏的勝算。但是，古晶偏偏就這麼做了。

茅山派的嫡傳弟子，不會笨到連這個都不知道。不知何時，他已經在掌心上用黑狗血畫上了一個八卦圖案，口中則喊道：「小心！」

屍蠱是衝向他的，他卻喊小心，其中必有文章。果不其然，兩個字還沒落下，屍蠱已經轉道向長風來。

這玩意兒懂得聲東擊西！長風心裡大駭。下蠱能下到這種地步，對方肯定已經把自己的精血跟屍蠱融合爲一體，讓屍蠱有自己的想法和判斷。這個人現在一定也在某個地方起壇做法，而且道行很高。

只能說，活該此人倒楣，遇到的是古晶和長風！

綠色的影子衝向長風的胸膛，劃破周圍的空氣，「絲絲」的聲音讓人心裡作嘔，速度非常快。

「金剛佛手！」長風大喝，捏了一個佛家手印，兩隻手發出淡淡的金光。跟著使出三分勁道，抓向屍蟲。

食指和中指朝著飛來的屍蟲一捏，把它夾在兩指之間，勁道之大，更大於老虎鉗的一夾。當年大學的時候，為了救老劉，他曾經用這兩根指頭，硬生生把粗如兩指的鐵門給夾斷。

屍蟲卻沒有應聲而斷，反而把部分力道反彈回來，讓長風兩指間隱隱作痛。不過，這一夾還是把它給夾住了。

屍蟲被夾住，拼命掙扎，嘴裡「滋滋」哀喊。

古晶急忙抽出一根銀針，在剛子頸部的金錢印位置刺下去，手指凌空畫一道符，嘴裡念念有詞。隨後，從碗裡又拿出一把糯米，在手中用力一握，擠成了粉末，於金錢印上一抹。

糯米粉黏在金錢印上，散出一股惡臭，竟然變成藍色，且凝結在一塊，「啪達」一聲掉了下來。被衝破的皮膚霎時恢復完好，再無傷口，只是稍微有些紅腫。

第36章

鬥法

一聲炸響，古跡斑斑的布突然起火。繩子一分為二，櫻子悶哼一聲，竟然也撲一下吐出血。中村急忙想過去扶，卻被一股力量給反彈回來。

古晶用符咒把金錢咒破了，然後以糯米把屍蟲留在剛子體內的屍毒清掉，對著長風道：「給剛子上一道平安訣。」

長風聽到這話，知道沒問題了，心裡一陣高興。右手捏著屍蟲，左手做了一個手印，朝著剛子的背遙遙打過去。背上的皮膚立刻像被一個無形的手掌打了一下一般，稍微一凹，很快又彈回來。

大功告成，剛子身上的問題解決了！

王丫頭偷偷瞟了幾眼那屍蟲，臉色一下子變綠，一股想嘔吐的感覺立刻衝上來，捂著嘴哀喊：「哎呀！趕緊拿走，好噁心的東西。」

都說女孩子最怕蟑螂，但拿蟑螂來跟這個比，人家還可愛了不知道多少倍。

屍蟲完全像隻青菜蟲，但身子比較短，綠油油的，身上還長滿了花斑，一共八隻腳，腳上居然有腳趾，每個腳掌都有四根腳趾。頭上有類似蝸牛的觸角，非常的粗，血紅色的。它被長風夾著，拼命掙扎，一會突然加大力道，震得他兩指差點夾不住，一會又變得非常的弱，像投降一般。這畜牲真不簡單，到現在還敢跟人耍手段！

古晶拿了個玻璃瓶來，用一道符在瓶裡過了一次，然後示意長風把屍蟲放進去。

長風一邊嬉笑一邊逗他：「古老哥，晚上下菜可別少我那份啊！」

這話被王婷婷聽到，一陣噁心，一溜煙跑出靈靈堂，嘴裡大吼：「太噁心了！太噁心了！以後別碰我！」喊完最後一個字，人已經跑到了樓下客廳。

長風和古晶相視一眼，哈哈大笑。

瓶子用符咒做了禁制，屍蠱進入瓶子之前，居然知道害怕，用力掙扎了好一陣。長風有心懲罰它，手上故意多加了三分力道，讓那醜惡的小嘴開了一下，哀呼了幾聲。

古晶捏住插入剛子嘴裡的香，從鼻子裡慢慢扯了出來，捏在手上，給祖師爺拜了三拜，嘴裡道：「多謝祖師爺佑護，給祖師爺還神。」

人去寺廟上香拜佛祈禱，叫祈願，如果應驗，再去寺廟感謝祈願的神仙給予的庇護，叫還願。古晶請祖師爺庇護跟別人鬥法，叫請神，鬥法成功了要還神，也叫送神。

三拜之後，右手把那炷香根部的香渣抹出來，放在剛子鼻子上，輕輕一送，香渣從鼻子裡進入身體。接著，他把燃著的香頭給掰斷，至於右手中指上，對著瓶子裡的屍蠱說：「出手狠毒，乃正道所不容，不要怪我。」中指一彈，香頭像一火星，直接透過玻璃瓶，「滋」一聲彈入。

屍蠱被打中，痛苦地翻了幾下，之後一陣顫抖，身子整個拉直，硬梆梆地躺在瓶子裡不動了。

長風以爲如此處理，就算暫時結束了，不想古晶卻道：「別以爲死了的屍蠱沒用，剛子被金錢咒打散了魂魄，還要靠它招回來。看來這次你麻煩不小了，下蠱的人估計是、南洋最厲害的降頭師，而且跟九菊派有關。你一定要儘快鏟草除根，不然，就算你沒事，身邊的人也遭殃！」

長風點了點頭，心中卻是不以爲然，胸有成竹地道：「要不來惹我也就算了，要是眞敢惹上我，我要他們比身在石磨地獄還要慘！要是敢亂來，就算下地獄，我也能把他們給揪出來！」

長風的身分特殊，身邊的朋友不多。但凡能算得上是朋友的，都有過命的交情。比起來，古晶大概還更替那些惹上了活閻王的人擔憂。

石磨地獄是地獄的第十七層，死後若被打入石磨地獄，將被磨成肉醬，後重塑人身再磨，永無止境！能放話讓人比落入石磨地獄還慘，長風到底身懷多大的決心和多駭人的本事，不難想見。

夜空漆黑如墨，一個多小時就這麼過去了。

古晶把裝屍蠱的那個瓶子放置好，長風道：「剛子的事情交給你了，唐心這裡的，我還沒解決呢！」

古晶點了點頭，把剛子身體裡的屍蠱逼出來，用屍蠱的屍體來招魂，他一個人完全能搞定。想了想，他說：「得先把這個下蠱的人找出來，一定不能留！」

長風沉聲道：「他們能費這麼大心思給剛子下套，肯定也有防範措施，找出來恐怕不容易……有了！請陽明君幫忙吧！」

「看來，只能這樣了。」古晶緩緩點了點頭，囑咐道：「陽明君雖然易請，但是折壽，你想好了？」

長風哈哈笑道：「要是折人家的壽，自然划不來，但是要折我的壽，就算借給陽明君十個膽，他也不敢動！」

古晶笑罵道：「媽的！改天老頭我把布達拉宮聖典的萬佛眞缽弄下來，把自己的命也寄在那裡，享受享受！」

說罷，他扯下長風的幾縷頭髮，包在一張符紙裡面，點燃了之後，在長風的額頭點了一個觀音痣，叫道：「你記住，只能有三分鐘的時間。陽明君會送你到對方那裡去，無論如何一定要及時回來！去！」

長風身子一顫，整個人就像木頭僵住，一動不動。

海印橋附近，某棟樓盤上。

一個穿著花短衫的中年男人，不斷扭動著他的頭，嘴裡冒出一股一股的白沫。

周圍坐著的一個女人看得奇怪，問旁邊的一個胖子道：「中村先生，你師弟嘴裡在說什麼？」

中村躬著腰獻媚道：「我師弟在對大地呼喚，沉睡在大地中的祖先們，請給我力量！這是我們南洋一派……」

女的手中把玩著一朵菊花，眼睛冷冷掃去，嚇得中村急忙改口道：「這是他們南洋一派的最神秘咒語。」

那女的冷笑道：「中村，別忘了自己的身份。」

「是是是！」中村連連點頭哈腰。

做法的人突然間停了下來，大聲怪吼，縮了一下頭之後，用力一噴，一口鮮血吐在前面一張古跡斑斑的布條上，冒出嗆人的味道。

中村臉色大變，失聲叫道：「師弟遇上高手了！有人破了他的降頭！」再見他師弟兩眼瞪得像雞蛋一眼，充滿了血絲，知道屍蟲被人打中，急忙跑過去，一掌緊緊壓在天靈蓋上，並慌張地對那女的說：「櫻子小姐，請幫忙。」

櫻子不慌不忙站了起來，在兩人四周轉了幾下，之後對一側的一個高個道：「森田，去查查對方的高手是誰，務必要弄清楚，想辦法剷除。」

那高個點頭，轉身就走。

「師弟，師弟，你要撐住！」中村見他師弟臉色越來越白，眼球白的比黑的多，嘴裡不斷念著咒語，祈求地看著櫻子。

櫻子掰下一瓣菊花，輕輕吹了一口氣，把花瓣吹進做法之人嘴裡，然後拿出一根紅繩，繫在這個人的脖子上，說道：「讓我會會這個高人，走開。」

中村感激地點頭，退到一邊。

就見櫻子拉著紅繩，手指在紅繩上不停彈奏著，不久皺眉道：「屍蟲已經被人打傷了，就算救得了你師弟，也是廢人一個。」

中村身子一震，慘聲大叫：「師弟！師弟啊！」

櫻子淡淡道：「既然是廢人，對我就沒有利用價値，倒不如成全了我，用一個廢人換對方一條命，也算是報仇。」

說完，她陰陰一笑，對著菊花一吹，又一瓣被吹了出來，輕輕落在繩子上。

她尖叫一聲：「去！」

沿著那條繩子，花瓣嗖地一下進入中村那師弟的脖子裡。

轟！下一秒，一聲炸響，古跡斑斑的布突然起火。繩子一分爲二，櫻子悶哼一聲，竟然也噗地一下吐出血來。

中村急忙想過去扶，卻被一股力量給反彈回來。

櫻子怒道：「高手！想不到眞的能破你師弟的降頭術！」

「櫻子小姐，務必救救我師弟。」

「降頭師的降頭被人破了，我就算救活你師弟，他也是個植物人。屍蠱反噬，連靈魂也吞噬，你確定要救？」

中村愣了一下，呆呆看著他師弟，最後眼光落在櫻子身上，咬牙道：「請櫻子小姐出手相救，就算是植物人，我也好跟師父交代！」

櫻子點頭，把手扣在那人手腕上。

第37章

凌虛步

王丫頭的美腿，居然照著長風的下襠踢過去。區偉業正得意呢，沒想到人家來這招。更慘的是前面的長風，如果不小心被踢中，褲襠下面的小祖宗豈不是全毀？

櫻子和中村正忙著救人，忽然有一股灼熱的空氣迸裂開，一個光影一般的人體凌空出現，冷冷看著他們。櫻子臉色一變，冷笑道：「你還眞捨得用本命來追蹤我們！」

那光影喝道：「邪魔歪道，敢在這裡害人！今天讓你們下地獄！」

櫻子哈哈大笑道：「你太大意了！請陽明君幫忙，功力只能使出一半，我今天讓你有來無回。」

中村聽櫻子這麼說，原本還有點慌張，立刻放下了心，從台案上拿了一個黑色的骷髏頭，對那光影扔了過去，嘴裡喃喃著古怪的咒語。

櫻子兩手合十，用力一搓那朵菊花，七朵花瓣應聲而掉，迎著光影飛了過去。

「奉敕下王！破！」

滋滋！滋滋！整個空間就像是一個大氣球，緊繃著滋滋炸響。猛然間，一個地方出了一個缺口，空氣竟像洪流一樣湧出來。

櫻子見狀況不妙，對中村大叫：「快走！」

兩個人在地面上滾動，一直到門口那裡，進門後用最快速度反鎖。只可憐了中村的師弟，在劇烈膨脹的空氣中，化成一堆灰燼。

古晶掐算著自己的手指，驟然睜開眼睛，叫道：「回來，別追了！」

說完，拿起旁邊的一個小白碗，手指蘸了一把裡頭東西，往長風身上灑去，叫道：「恭送陽明君！」

長風身子一顫，開口就罵道：「媽的！就差一點點，跑了兩個！」

古晶笑道：「放心，這次跑了，下次就算你不找他們，他們也會找你。能把施法的人給解決，也算是件好事，走吧！」

馬俊峰正陪著客人在客廳裡聊天，跟他們侃侃而談，氣氛非常熱鬧。見長風跟古晶走下來，幾人臉上卻露出怪異神色。

長風哈哈一笑，問道：「大家都在談什麼呢？這麼高興！」說話間對上王婷婷怪異的眼神，一下明白過來，這丫頭已經跟這些人提起自己和古晶開的噁心玩笑。

王婷婷見長風露出審問的眼光，故意冷哼了一下，視而不見。眾人譁然大笑，笑得很不正常，就連古晶也好奇起來。王婷婷嗔罵道：「笑笑笑！有什麼好笑？」

全場都在笑，就她一人在罵，更讓人確定跟她有關。

區偉業怪聲怪氣地說了一句：「太噁心了，以後別碰我！」然後邪邪地笑著問王婷婷：「長風大哥碰過妳幾次啦？」

「無恥！」王丫頭臉色通紅了，大吼一聲，毫不留情地一腳向區偉業的下巴踢去，露出一股非把人的下巴卸下來不可的狠勁。

區偉業能坐洪門的老大位置，不止是腦子厲害，身手更是一流，哪有這麼輕易被打中？一個轉身就退到一邊，邊退邊笑。王丫頭不肯放過，立刻追上。兩人一來一去，打得難分難解。區偉業雖然身手一流，但被王丫頭緊緊相逼，還是非常的被動。

長風沒見過王丫頭真正的功夫，正好可以仔細看一下，並不出聲制止。古晶、馬俊峰師徒兩人也好奇地在一邊觀看。十三菲第一次見王丫頭出手，頓感興趣，同樣關注著。李烽和龍濤在一旁看兩人過招，心裡感慨，廣州居然有這麼多厲害的高手！

王丫頭出手相當乾淨俐落，並不像其他人一樣虎虎生風，沒有絲毫的破風之聲，無聲無息，讓人不知道下一招是從哪裡出。區偉業則是見一招躲一招，看起來很浮躁，腳下走的卻是八卦方位。如此來回十多招，區偉業終於耐不住了，嘴裡「哇呀呀救命啊」直喊，最後乾脆躲到長風背後，叫道：「長風大哥救命呀！有人謀殺親夫啦！」

王丫頭見他躲到長風背後，左竄右竄的，嘴裡還是亂七八糟，恨得牙癢癢，索性雙手插在腰上，氣呼呼地對長風說：「笨蛋，讓開！」

「社區，聽見沒？丫頭叫你讓開！」長風樂呵呵地來一招移花接木，把笨蛋兩個字推出去。

區偉業也樂哈哈地道：「不敢當，人家王大小姐是說你呢！」

王丫頭見他們倆還有心思逗她，嘴巴一鼓，眼睛溜溜轉了一下。

長風一看，暗叫不好，這丫頭的表情很不友善，不知道又有了什麼餿主意。要是一個不小心，指不定自己要倒楣。

眞的被他給說上了！就見丫頭指著他背後的區偉業罵道：「別以爲有個笨蛋當擋箭牌，我就打不到你！看看我的隔山打牛！」

說完，一條美腿照著長風的下襠踢過去。

區偉業正得意王丫頭拿他沒辦法呢，沒想到人家來這招。更慘的是前面的長風，如果不小心被她踢中，褲襠下面的小祖宗豈不是全毀？

如此一來，別說區偉業了，就連長風也發寒，哇哇狂叫，急得使出密宗的輕功「凌虛步」，身子不彎曲，整個人直接凌空往上浮，離地有兩米高，伸手勾住了屋樑。區偉業反應也極快，竟然死死抓住他的衣服，怎麼也不放開，一起被拉了上去。

輕功一使，除了古晶，所有人都愣然。這簡直就不可思議！背後帶著個一百多斤的人，如何能一躍這麼高，還不見身子和腳彎曲？

區偉業完全愣了，直到下來以後，還死死盯看著長風。

王丫頭和龍濤吞了一下口水，把心中那股尖叫狂吼的衝動活活壓下去。天哪！如果不是親眼所見，任誰也不敢相信一個人能憑空浮起來！這一招，比在醫院出手壓住金錢咒還要驚人！根本沒有任何跡象，人就飄了起來。

龍濤吞了一下口水，喘著氣說道：「要不是親眼見到，打死我都不信有這種功夫。」

十三菲也看得愣了，拉了一下王婷婷，用著極為不正常的音調強迫自己吐出一句話：

「他到底是什麼人？」

王婷婷木木地搖頭，說不出半個字。

儘管長風已經很注意自己的行為了，但只稍微不小心，仍露了餡，展現出自身的驚世駭俗來。幸好在場都不是普通人，還能接受這個事實。為了緩解氣氛，他只好笑笑地道：「丫頭，這一手怎樣？我的彈跳力不差吧！想偷襲我，要斷我子孫，那可不成！」

古晶趕緊幫忙打圓場，把話題岔開，轉移大家的注意力，說起剛才的事情。他是個非常精明的人，知道如果只是說普通事，不能引開對長風的注意力，特意挑降服屍蟲的那一節說，甚至連屍蟲的來歷和防範也加油添醋地說了一遍，令聽者驚呼連連。

剛子還需要招魂，不過有屍蟲在，做起來不難。長風很快和古晶商量了一下，帶著王丫頭和馬俊峰離開，去處理唐心的事情。其他人反正也幫不上什麼忙，就繼續留在古晶這裡，見識一下招魂的奧秘。

第38章

紙人

王丫頭驚呼道：「是紙人！」紙人沒什麼奇怪，但是跟西安事件聯繫起來，似乎就有得討論了。

一個沒有重量的人，會是什麼人呢？

八點一刻，洪門老大區偉業派了四名保鏢跟著長風。這種事情雖然不是靠人多就能解決，但是長風考慮到其他事情，便接受這樣的安排。

馬俊峰知道時間非常緊迫，盡可能把油門踩到底，兩輛車呼嘯著一前一後往大學奔去。車上，長風撥通任天行的電話。

任天行接到電話非常吃驚，急切問道：「長風，是不是有什麼好消息？」

長風沒告訴他剛子的事，只是把腦海裡忽然想到的推測說出來。「我想到那個消失的盒子。」

手槍被拿出來研究，盒子被放在保險箱裡，但是打開保險箱的時候，盒子居然莫名奇妙消失了，裡面還出現冰霜，就像一個冰箱一樣。

聽長風提起這件事，任天行驚喜地問：「怎麼，你有線索了嗎？」

他現在壓力不小，詭異的兵馬俑、一把二千多年前就存在的手槍、四個神秘死亡的科學家、消失在保險櫃裡的盒子……

這些離奇的事件，全集中在一個地方，而他偏偏是被指派調查這起事件的負責人，苦無線索之下，也只能指望長風了。

整理了一下思緒，長風淡淡說道：「盒子的消失和冰霜的出現，我只是暫時推測，具體事實是否和我推測的一樣，需要你進一步驗證。不過，你首先要做一件事，做完了我才能有結論。」

「好，你說。」任天行一口答應。

「馬上檢查所有在研究所裡的人，記住，是所有人。看看有沒有人有異常情況，就是跟往常不太一樣。」

長風故意把「所有」兩個字重複兩次。

剛子中招時，嘴巴和鼻子也曾出現過結冰的情況，如果跟研究所保險櫃裡的冰霜一樣，那麼這件事就有些眉目了。

任天行的效率非常高，不到十分鐘，電話就打來了，喘氣說道：「長風，你要我查這個有什麼用？」

「先不要問，有沒有發現？」

「沒有，研究所包括王博士在內，一共八十二人，每個我都查過了。」

長風喃喃道：「沒有一個有異樣嗎？」

「我都親眼看過了，都很正常啊。」

「那些已經死的人看過了沒？」

如果保險箱裡結冰的現象，跟懂得南洋降頭術的人有關，那麼一定有線索可查，可是這個線索非常不起眼，如果活人身上找不到，只能往死人身上找。

「死人？」愣了一會，任天行大喊：「一會給你電話！」隨即電話就掛掉了。

廣州這個城市，在夜晚是最美麗的。有人說過，廣州的夜晚猶如美人出浴，到處充滿誘人的芬芳。閃爍的霓虹燈和來往的車燈，就像繁星一樣迷人。

長風沒有心情欣賞，這些美景屬於幸福的人的。

馬俊峰和王婷婷似乎串通好的，輪流質問他剛剛使的是什麼功夫，居然能凌空飄起？

「是輕功。」長風答道。

「輕功？」兩人並不相信他的話。真要是輕功，腿不彎如何使力？難不成憑腳尖在地上微微一點，就能躍得這麼高？

密宗功夫與中原功夫的練法本來就不一樣，長風很想解釋給他們聽，但是因為誓言問題，無法坦白回答。

王婷婷對中華武術瞭解非常深，分析武術特點時，讓長風對她另眼相看。

上至達摩祖師一葦渡江、武當的縱雲梯，小至各門各派的輕功，她都能一一說出，只可惜中華武術的精髓，經過多年的歷史變遷，沒幾個真功夫能傳下來，如今剩下的那些都屬於花拳繡腿，沒什麼可看性了。

她說了這麼多，還是沒能把長風的輕功說出個名堂來。開車的馬俊峰也不甘示弱，說出衆多秘密組織裡的輕功特點，特別是清代天地會、紅花會的武功，當時的輕功就算能一躍三丈高，也需要借力才能施展。

他們最後唯一的解釋是，如果長風方才的表現算是輕功，那麼他的腳勁一定非常大，大到腳一沾地，不用彎腰曲腿，只需腳尖一點就能借力了。

應付了馬俊峰和王丫頭之後，長風不禁沉思了一下。張院士的死非常離奇，在同一個時間死於不同的三種手法，屋裡除了那片菊花花瓣，和幾個釘在窗上的小孔外，居然沒有任何痕跡。

他突然想起李寶國說的話：「行兇之人，腳步輕盈，甚至沒有重量。以他使出的力道和現場來看，這人身高在一米五上下，男性，身上有股菊花味道。」

「一個這麼矮的男人，喜歡噴香水，會是什麼樣的人？」長風嘴裡喃喃道。

幾天之內，出了這麼多事，他感到心煩意亂，長長吐出一口氣，頓時覺得心情好多了，順手打開車窗，看著路旁的風景。

車子經過一個街道，一個商店映入眼裡，長風心頭一顫，大聲叫道：「停車！」

車子來了個緊急煞車，王丫頭反應非常快，急忙探頭看了一下四周。後面跟著的保鏢們也急忙下車，從身上掏出手槍，圍著長風的車警惕。

長風不禁苦笑，對他們說道：「沒事，你們先回車上。」

街道旁的幾個路人，見到他們這種陣勢，嚇得都躲了起來。

高健揮了揮手，見到旁邊的路人拿電話要報警，立刻喊道：「員警辦案！」

「怎麼了？」王丫頭和馬俊峰齊聲問道。

「看到那個店沒有？」長風指向商店說道。

順著他手指的方向，王婷婷看到一間「長壽店」，這種店專門賣死人用的東西，像是元寶、蠟燭、花圈和壽衣等。

馬俊峰疑惑道：「只是一間長壽店，有什麼特別的嗎？」

王丫頭看看長風，又看看長壽店，眼睛滴溜溜地轉，隨即驚呼道：「是紙人！」

紙人沒什麼奇怪，但是跟西安事件聯繫起來，似乎就有得討論了。

一個沒有重量的人，會是什麼人呢？

第39章

假員警

「員警？」譚大驚異地叫道，隨即警覺起來，反問道：「半個小時前，也有員警來問唐心的事，還找宿舍的人問話，你們不是一起的嗎？」

長風看到長壽店裡擺設的紙人時，立刻恍然大悟，原來沒有重量的人就是紙人。

馬俊峰追問紙人的事，長風簡單說了一下在西安的經歷，不過保留了兵馬俑的事，畢竟他答應過任天行。

沒幾分鐘，任天行回了電話，一開口，就聽出他有新的發現。

「四個死人中，有一個人死了之後，身體腐爛得非常快，全身都是洞孔，像是被蟲鑽出來的一樣，我看過他們的屍體，死的時候根本沒這樣，這到底是怎麼回事？」

能在死人身上鑽孔的，八成是屍蟲在吞噬屍體，長風於是說：「那個人中了降頭術，屍蟲降。」

「降頭術？」任天行驚訝道：「長風，那些南洋的怪物怎麼會參與其中，你是不是知道什麼？」

長風把剛子的事情說了一遍，然後說道：「我確定下降頭術的人是九菊派的人，我剛剛跟他們交手了。」

九菊派是山口組的一個秘密組織，在西安和廣州做了許多見不得人的事，甚至涉及國家特級機密，說不定背後還牽涉到政治上的鬥爭。不過，這些話他沒說明，接著道：「而且，殺張院士的兇手，我也想到了。」

「是誰？」

「紙人！」

「長風，這時候你還有心思開玩笑！」

長風哈哈大笑：「李寶國怎麼跟你說這個兇手的？」

「他說那個人沒有重量！」

「沒有重量的兇手，會是什麼人？」長風冷冷地反問。

任天行對李寶國非常尊敬，聽到這番話沉默了一陣，最後說道：「長風，這麼說來，對方是先給我們的人下降頭，然後指使這個人去偷手槍和盒子，再用紙人殺人滅口？」

「有這個可能，事情已經有眉目了，很快就會有結果。」

長風掛了電話，跟學校的保安打了招呼，車子便緩緩駛進學校。

到了學生宿舍樓旁，一行七人全部下車。

由於四位保鏢的外表，讓人一看就知道不好惹，樓層內外的人都對他們竊竊私語。

高健見狀，微笑道：「我們還是在車裡等，長風先生如果有什麼事，叫一聲，我們馬上趕到。」

長風點了點頭，帶著馬俊峰和王婷婷兩人，往唐心住的宿舍走去。

一踏進宿舍，馬上傳來一股很濃的洗衣粉味道，一位學生坐在床鋪上洗襯衫，一看到長風進來，急忙站起來，禮貌地說：「老師好！」

長風講課的時候，學生有好幾百人，他不會特意去點名，因此這幫學生裡，除了對唐心的印象比較深之外，其他的學生沒幾個認識。

見長風打量自己，學生自我介紹道：「老師，我叫譚大，您的心理課講得非常精采，特別是上次關於克服心裡恐懼的內容，講得非常生動。」

這麼一說，長風倒有印象了，每次上課的時候，這學生都是搶先坐在前三排，有一次還跟同學因爲座位起了爭執。

「老師，來這裡有事嗎？」

「功課做得怎麼樣，有沒有困難？」

譚大輕鬆地笑了笑，「功課沒問題，我們課程少，有足夠的時間溫習。」

「我來看一下你們的生活情況，看到你們這麼年輕，就想起自己求學的時候，沒想到一轉眼就老了。」長風看了一下四周，有點感慨。

宿舍並不寬，正好放得下四個上下鋪的床架，床上放著髒襯衫、沒有摺的被子和筆記型電腦，有點亂卻很溫馨。

譚大哈哈笑道：「老師，您不也很年輕嗎？比我們大幾歲而已。而且有美女在身旁，老師最好還是別說自己老，免得……」

王婷婷一聽到有人稱她是美女，立刻眉開眼笑，嘴上卻不饒人：「是他保養得好，不然你以為他有多年輕啊，哼！」

此話一出，就連馬俊峰也跟著笑起來。

長風假意咳嗽幾下，問道：「小譚啊，你跟唐心住一起，跟他關係怎麼樣？」

出乎他們的意料，譚大驚訝得站起來，看了看周圍才壓低聲音說：「老師，唐心是不是出事了？」

「你怎麼這麼問？」長風心裡一動，忙示意他坐下，說道：「唐心現在在我那裡，有點發燒，休息兩天就好了。」

譚大一臉失神，喃喃自語：「唐心一定出事了，不然不會這樣，怪不得這兩天沒見到他。」

馬俊峰拍了拍他的肩膀，「小譚，你要是知道什麼，跟我們說說，如果你不方便跟我們說，你們老師應該信得過吧？」

譚大抬頭，迷茫地看了他一眼，又看了看長風。

馬俊峰繼續道：「小譚，你放心，我們是員警。」

「員警？」譚大驚異地叫道，隨即警覺起來，反問道：「半個小時前，也有兩個員警來問唐心的事，還找宿舍的人問話，你們不是一起的嗎？」

王婷婷一聽，臉色大變。下午來的員警是她派來的沒錯，但是半個小時前，來這的兩個員警又是誰派來的？一想到這裡，她給長風兩人打了個眼色。

馬俊峰急忙道：「那些都是我們的同事，只是他們瞭解得不夠詳細，我們來確認一下而已，要不這樣吧，你跟長風老師好好談談，我們出去一會兒。」

兩人出門後，王婷婷立刻打電話給二叔，以爲是他又派人來查案。

詢問了一番，她皺眉掛斷電話，跟馬俊峰說：「不對勁，半個小時前來的兩個人是假員警，估計還沒走，我們到學校裡找找。」

馬俊峰點了點頭，招呼車裡的四名保鏢，按照東南西北四個方向分散去找。

第40章

八千萬的石頭

長風心想：一塊賣八千萬的石頭，到底價值何在？一個混血兒女人，坐賓士車，一甩手就是八千萬，絲毫不討價還價，她的身份一定不簡單。

房裡，譚大的臉色非常差，眼中透出擔憂。

「你跟唐心的關係是不是很好？」長風儘量放柔聲音。

譚大目不轉睛地看著他，長風坦然以對，兩人就這麼相互望著，一直沒說話。

「老師，您實話告訴我，唐心是不是出事了？」譚大一字一字地說。

長風想了想，不知道該怎麼回答他，最後說道：「唐心現在遇到麻煩了。」

譚大聞言，一副欲言又止的樣子，最後還是沒說出來。

知道譚大不信任自己，長風決定攻心爲上，儘量放柔聲音：「我記得每次上課時，你和唐心、Helen、Magic等人，都是聽得最入神的，你們的求知欲望是我們老師授課的動力。記得Helen有一次重感冒，那一節課是我當老師以來，最難熬的一節課。後來我聽說你還專門去給Helen補習那堂課的內容。」

譚大黯然道：「唐心也有拿一份課堂筆記給Helen，那個課堂筆記是您專門爲了Helen做的。唐心回來還說，從沒遇過像您這麼關心學生的老師。」

長風很誠懇地說：「唐心是位好學生，更是一位好同學、好朋友。如今，他有麻煩了，我希望獲得更多資訊來幫助他，你也想幫助他，對吧？」

譚大低頭想了一下，喃喃道：「太奇怪，太可怕了，只怕不是我們能解決的。」

長風拍拍他的肩膀：「沒有解決不了的事，有句話是這麼說的：『有因必有果，有果先有因。』更何況，我們解決不了的，不代表其他人解決不了。」

譚大歎一口氣，一副豁出去的樣子，說道：「好吧，我希望老師和您的朋友如果解決不了，千萬別逞能。」

他回憶了一下，喃喃道：「該從何說起呢？」

看來唐心的事情他知道不少，這次前來算是誤打誤中了。

「先說唐心這幾天有什麼反常吧。」長風給開了個頭。

譚大舔了舔舌頭，回憶道：「三天前，哦，不，是四天前，我跟唐心去逛街，唐心對古董特別好奇，但是他又不懂，所以一般去古董店時，都只是去玩玩逛逛。那天我們去了一趟古董店，卻遇到一件非常奇怪的事。」

「非常奇怪的事？」長風驚道，心裡隱隱感到，唐心會失魂就是因爲這件事情。

唐心和譚大都是學心理的，這門學科比較少人學，但是涉及範疇非常廣，能讓學心理學的人感覺奇怪的事，實在少之又少。

譚大點了點頭：「非常奇怪，那是一個小古董店，賣的東西卻價格不菲，而且東西相當稀奇古怪，什麼乾隆用過的毛筆啊，康熙穿過的襪子啊，就連慈禧太后的肚兜都有。我們一件一件地看，後來看到一塊非常奇怪的石頭，出售的價格居然比鑽石還貴，簡直就是天價！」

一塊石頭能賣出天價，倒不是沒有過，以前緬甸出產一塊含有十八克拉鑽石成分的石頭，就曾經賣到六千萬。不過，當譚大說出石頭的價格時，依舊把長風嚇了一跳，因為這顆石頭居然賣八千萬人民幣！

譚大無奈地笑了笑，「一塊石頭居然賣八千萬，要不是炒作，就是賣家腦子有問題。我和唐心一時奇怪，問了一下相關的事情，老闆說這塊石頭是一個朋友託他放這裡賣的，他也不知道這塊石頭為什麼這麼貴。」

「哦？」聽他這麼一說，長風也被挑起了興趣。

譚大繼續說：「是不是很奇怪？如果這塊石頭真的這麼值錢，不應該出現在這種小店才對，而且應該派專人保護，難道他們不怕被偷嗎？我和唐心都以為是商家炒作，沒再理會，繼續欣賞其他東西。過了一會兒，有兩輛黑色賓士停在門口，一位年輕女人下了車，看起來是個混血兒，跟老闆嘀咕了幾句，說要買那塊石頭，直接開了張支票就帶走了。」

「什麼！」這麼貴的石頭居然真的有人買，長風忍不住驚呼出聲。

譚大也做了一個深呼吸，繼續道：「我和唐心本來也不敢相信，那個老闆更加不敢相信有人買，對方開了支票後，老闆打了個電話給銀行，確認支票無誤，才願意把石頭賣出去。」

長風心想：一塊賣八千萬的石頭，到底價值何在？一個混血兒女人，能開賓士，一甩手就是八千萬，絲毫不討價還價，她的身份一定不簡單。

譚大繼續說他跟唐心之後的遭遇。他們當時對那位買石頭的人非常好奇，離開古董小店之後，急忙跳上計程車進行跟蹤。

廣州的交通簡直糟透了，就算是賓士遇到塞車，也奔不到哪裡去。計程車沒幾分鐘就追上了，但也被賓士裡的人察覺。

混血兒女人從車上走下來，面無表情地走到計程車旁，很有禮貌地邀請譚大和唐心坐她的車。因爲好奇心驅使，兩人完全沒考慮後果，便上了那輛賓士。她是一位非常漂亮的女人，如果不是她藍色的眼珠和高挺的鼻樑，根本看不出是外國人。

這輛賓士是一台加長型的車型，後面車廂比起其他車還要寬敞。司機開車的技術也非常好，沒有感覺到一點顛簸，外面嘈雜的聲音絲毫傳不進車裡，隔音設備一流。車子中間有張商務桌，上頭擺著剛買來的石頭。唐心和譚大進入車裡，三人相對坐著。

這個女士不僅長得漂亮，口才相當好，說話聲音特別柔美，跟他們兩人侃侃而談，動情之處毫不做作。一番閒談之下，才知道她是中美混血兒，中文名字叫作悅月。

唐心和譚大不知不覺對她產生好感，以爲遇到了知音，就把自己的身份告訴對方。唐心還好奇地問了一下有關石頭的事。

悅月非常大方讓他們欣賞，兩人目不轉睛看著桌上的石頭，眼睛差沒貼上去，畢竟是八千萬的東西，怎麼敢用手摸呢？

唐心很無奈地聳了聳肩，以他們的觀察，這塊石頭頂多就是一塊普通的石頭，得出這個結論，兩人都很失望。悅月給兩人倒了咖啡，高興地說道：「你們若是看得出有什麼特別，那就不值八千萬了。」

此話一出，唐心和譚大驚訝得合不上嘴。照她的意思，是不是石頭裡另有乾坤？他們相互望了一眼，又仔細看了起來。

最後，悅月說道：「可以拿起來看，不用客氣。」

第41章

追殺

後面的車追了上來，二話不說，一槍就往駕駛室打去。保鏢慘叫一聲，車子轉了個大彎，撞在旁邊的欄杆上。唐心等三人被車子震得東倒西斜，就像坐海盜船一般。

譚大毫不客氣地把石頭拿起來。前後左右看了一圈才發現，這石頭並不是長期曝曬在太陽下面，不然石質不會這麼緊密。有些本來是泥土的，都變得非常堅硬，還有點銅綠在旁邊，說明挨著這個石頭的，一定是石器之類的東西。

悅月認同地點了點頭。即使如此，這石頭也不値八千萬，搞考古工作的人，基本上都會遇到。

就在唐心從譚大手中拿過石頭時，外面突然有四輛車包圍著賓士車。跟在後面的那輛賓士車裡的人試圖反抗，卻被一輛越野車逼得撞上一旁的欄杆，整個車體擠壓變形，裡面的保鏢拔槍往外射，又被另一輛追上來的轎車上的人，用霰彈槍解決了。

唐心他們坐的這輛車的司機反應極快，在後面那輛車出事的時候，立刻加油飛馳。幾聲槍響後，後面三輛車仍然緊緊追著。

悅月叫司機往海印橋方向轉，儘快擺脫他們。賓士的馬力相當強，不過對方追得實在太緊了，而且手中都有槍。

子彈橫飛中，司機不小心被打中，哀叫了一聲，用力把油門踩到底，車子就像脫韁野馬一樣，往前飛馳。

車廂後面的三個人，完全不敢動彈，深怕一動彈，就成爲某顆子彈的居所。車上的保鏢開始反擊，剛好打傷對方的一名司機，那輛車立刻失控，直接往旁邊的欄杆撞去，後面緊追的車也跟著撞上。

只有一輛車及時避開，車裡的人拿著霰彈槍，狠狠往賓士車上打。

看到自己同伴遇難，還如此有紀律性地進行追擊，這批人一定是訓練有素。長風脫口而出：「看出追你們的人，有什麼特徵嗎？」

譚大回憶了一下，先是搖了搖頭，後來像是想到了什麼，大叫道：「對了，他們講的話是日文，對，沒錯！」

山口組！長風腦中靈光一閃，有這種膽量和實力的，只有這個組織了。

「後來呢？」他緊張問道。

悅月是什麼人，爲什麼山口組要追殺她？難不成是爲了這塊石頭？

司機被飛彈打中肩部，傷勢過重，已經奄奄一息，車子不停地顛簸，一旁的保鏢把司機拉開，自己控制車子。

後面的車追上來，二話不說，一槍就往駕駛室那裡打去。保鏢慘叫一聲，車子轉了個大彎，撞在旁邊的欄杆上。唐心等三人被車子震得東倒西斜，就像是坐海盜船一般。

意識模模糊糊間，譚大只聽到一陣大喝，就像子彈劃破空氣的「咻咻」聲，然後就暈了過去。

等他們兩人再醒過來時，已經躺在圖書館後面的草地上。兩人對望了好久，感覺不可思議，看一眼手錶，居然只過了半小時。

唐心大叫一聲，驚動附近的幾對情侶，換來的是幾道鄙視和怪異的眼光。兩人彷彿被人掐住脖子一樣，喘著大氣，一時間腦中一片空白。

「見鬼了，我們見鬼了！」唐心嘴裡喃喃喊著。

譚大聽到這句話後，感覺全身雞皮疙瘩都起來了。

從古董店回到這裡，就算半個小時也趕不回來。可是他明明清楚記得剛剛發生的槍戰，還有那個悅月小姐，如果只是做夢，有兩個人同時一起做夢的嗎？

他們偷偷咬了舌尖，還掐自己的大腿，確定不是在做夢，兩人傻愣著對望。正要站起來時，譚大的右手壓到一個東西，轉頭一看，驚訝地大叫：「石頭……石頭……」

那顆被人以八千萬買下的石頭就在身邊，不就證明剛才的一切不是他們在做夢？

唐心拿起石頭，茫然地看著，同樣對這情況無法理解。兩人找了個安靜的地方，談論了一下自己的看法。

昏迷之後，是誰把他們弄到這裡來？能把他們從追殺的人手裡弄出來，這個人的本事不小，可是自己只是學生，爲什麼會得到幫助呢？對方打的是什麼主意，有什麼目的？

譚大說到這裡，神情顯得比剛剛緊張許多。長風有種預感，他後面要說的話，應該就是唐心出事的原因。

這塊怪異的石頭，讓他們一整個下午只是不斷看著、想著，一直到入夜，宿舍熄燈後，兩個人才上床休息。

當天晚上，石頭就放在唐心那裡。

兩人各自想著不同的心事，到了深夜，唐心終於沉沉睡去，只剩譚大沒睡著。

看著對方打著香甜的呼嚕入夢，讓他多少有點嫉妒，發生這麼大的事情，居然還能睡得這麼死。

「就在我半睡半醒的時候，忽然感覺到有人在房間裡走動。」譚大用詭異的眼神看著長風，臉上出現陰森森的表情。

長風淡淡說道：「你看到什麼？」

「我想看看是誰，可是不論我怎麼掙扎，就是無法起來。最後，我感覺到這個人走向陽台望向下面。」

長風猛吸了一口氣，問道：「樓下有什麼東西？」

「我不知道，那是一種感覺，一種特別強烈的感覺。」譚大身體微微顫抖，驚慌地看了一下四周，然後低聲在長風的耳邊說道：「這個人在陽台一站就是好久好久，他不只往下看，還往上看。我做了一個夢，夢見自己看到他的眼睛，他的眼珠，是紅色的，還淌著血！」

夢見那雙眼睛後，譚大被嚇出一身冷汗，猛地睜開眼睛坐起來，狐疑地看了房間一圈。幾個室友都睡著了，偶爾發出翻身的響聲和呼嚕聲，更顯得深夜寂靜。

第二天上午沒課，譚大一直睡到中午才起床，推醒了正在沉睡的唐心，約他一起吃午飯。唐心剛要下床梳洗，突然叫道：「大膽，你過來扶我一下。我的腳不知道怎麼搞的，竟然比上次參加長跑之後還要酸麻。」

大膽是譚大的外號，並不是因為譚大眞的大膽。而是譚字跟膽字近音，所以比較熟的人，都稱呼他大膽。

譚大聽了之後，馬上聯想到昨晚的事，忽然間感到毛骨悚然，好像站在陽台上的人就是唐心，但是，他不承認自己曾在深夜時分站在陽台上，況且以他不隱瞞的個性，絕對不會不承認。

第42章

某種儀式

唐心手裡握著那塊石頭，頭抬望向天上，雙腳微微彎曲，然後死愣地站著一動不動。那種神態就像一個虔誠的教徒，在教堂裡祈禱一般。

「當時，我心裡很肯定就是唐心，卻苦無證據！」

「你爲什麼這麼肯定？」

「直覺！」

長風看著他，微微點了點頭，這種直覺是成爲一個出色心理醫生必備的基本條件。事實證明，譚大眞的在幾年後成爲一個優秀的催眠師，還幫了長風一個大忙，那是後事，暫且不提。

又過了一天，唐心兩人都在研究那塊石頭，仍然沒有什麼比較特殊的發現。到了晚上休息時間，譚大一直醒著，因爲他要看看，那個人是誰。

好不容易捱到凌晨一點，就在他非常疲累的時候，有個人從床上坐起來。他心裡非常震驚，強忍著沒有出聲，還故意翻了個身，改變一下視角。

起床的是另一位同學，他一步一步往陽台走去。譚大也悄悄起床，在後面跟著。

走到陽台，除了晾著的衣服，一個人也沒有。

譚大心裡一涼，一個大活人，竟然在陽台上消失。他緊張地喘著氣，虛汗漸漸冒了出來，胸口一起一伏的。

月光照在陽台上，偶爾看到夜晚爬行的螞蟻之外，就是遠處投來被風吹動的影子。

譚大腦海裡閃過《聊齋》裡的鬼怪、狐仙和樹妖，每一個都讓他心裡涼颼颼的。

就在他發愣的時候，身旁一陣陰風吹過，頭皮頓時發麻，緩緩轉過頭一看，立馬嚇得張開口，很想大叫出聲卻發不出聲音，恐懼支配了他所有的器官。

那一張熟悉得不能再熟悉的臉，大大的眼睛，死死地瞪著。

譚大兩腿發軟，幾乎站不穩。他從沒想過，在黑夜裡看著人的眼睛，居然這麼可怕，直到看見這雙眼睛還能眨眼，才稍微定下神來。

「大膽，你他媽神經病啊？人嚇人會嚇死人的，你跟他媽鬼一樣，走路都沒聲音。」一聲怒罵從對方嘴裡蹦出來。

這個跟自己住了兩年的同學，原來並不是消失，而是到衛生間去了，衛生間就在陽台旁邊。由於學校到十二點過後禁止開燈，所以衛生間特別漆黑。

譚大無奈地搖了搖頭，想來是自己最近精神緊繃得太厲害了。

這段插曲過後，譚大還是睡不著，不斷思考著種種疑問。那塊石頭的秘密？那個叫悅月的女人現在在那？那幫追殺的人是什麼身份？

敢在大白天持槍殺人，還像電影裡一樣的車輛和武器，有誰能有這麼大的能耐。他突然間想起被追殺時，其中一輛車內的人操著一口日語，是日本人！

長風注視著譚大，心裡一一分析著他說的事，再聯想到西安和剛子的事情，似乎都跟日本人扯上關係。看來從這條線索追查，是目前最好方向。

譚大反覆思索著，就在想到那塊石頭的時候，不經意看了一下唐心，只見床上空蕩蕩的。他心頭一顫，人去哪了？如果有人下床，自己一定會有感覺才對。

他警覺地看了看四周，宿舍裡靜悄悄的，幾位住一起的同學都在自己的床位上，唯獨唐心不見了。特別看了一下時間，凌晨三點半。

輕輕下了床後，他習慣性地往陽台上瞟了一眼，那裡似乎站著一個人。

是唐心！

他手裡握著那塊石頭，頭抬望向天上，雙腳微微彎曲，然後死愣地站著一動不動。那種神態就像一個虔誠的教徒，在教堂裡祈禱一般。

譚大非常好奇，但不敢出聲，半個小時後，忍不住走到唐心旁邊，叫了幾聲。見對方沒反應，還推了幾下。

長風問道：「是不是夢遊症？」

夢遊症，在醫學上來說即睡行症。這是一種睡眠障礙，睡行症是指一個人從沉睡中睜開眼睛，起身離床，行動遲緩而單調，缺乏目的性，如在房中來回走動、顛三倒四地亂穿衣褲鞋襪，或拿床單、被子揉搓。也有些人會做一些比較複雜的事，如開門、打水、做飯……等。

「不可能，我跟他住了三年，從沒見過他夢遊。」

「有一種夢遊症，叫間接性夢遊……」

「不，我覺得那是一種儀式！」譚大打斷了長風的話，非常緊張地說：「是一種神秘詭異的儀式！」

譚大用力地掰開唐心的手，把石頭拿走後，唐心就像失重一樣，軟軟地往他身上倒去。醒來之後，唐心對自己身處在陽台很吃驚，嚷嚷著腳和脖子發酸，並且追問譚大發生什麼事。

譚大一五一十地告訴了唐心，本來以為他知道之後會非常震驚，但是他卻表現十分冷靜，彷彿早就知道答案。

唐心洗了一把臉，獨自上床埋頭睡覺。

譚大對他反常的表現非常吃驚，其中一定有什麼古怪。

第二天，譚大看到唐心起床，也跟著起床，拉著他悄悄地說：「我們好好談談，我有事情想跟你說。」

唐心眼中閃過一絲冷漠，淡淡地道：「有事晚上再說，今天我有事要出去。」拋下這一句話後，他便轉身出門。

譚大在後面叫了幾聲，但唐心絲毫沒有理會。

長風插上一句：「唐心是什麼出門的？」

「剛好是老師在學校講課的那一天，也就是去西安的前一天晚上。」

怪不得唐心會提出這麼奇怪的問題：你相信世間有鬼嗎？

那天長風就看出他不對勁了，而且面相也顯示他會遇到人生裡最大的一次劫難，所以偷偷在他背後打了一個平安訣。

如果沒有這手平安訣，說不定唐心已經不是人了。

第43章

追查線索

高健很肯定地說道：「在廣州，就算聲勢再大的幫派，也不敢大白天這麼橫行霸道持槍追殺，敢這麼做的，一定不是廣州當地的幫派。」

見譚大神情黯然地低下頭，長風拍了拍他的肩膀，示意他不用想這麼多。

譚大抬起頭，露出恐懼的神色：「老師，那塊石頭很邪門。」

邪門？能從心理系學生嘴裡擠出這個詞，可見這事非常荒謬，譚大後面敘述的事，果眞邪門得很。

「那塊石頭放在我床頭一晚，我便感覺全身疲累，脖子、腰部和小腿，就算是連續跑十公里，也沒這麼酸痛過。早上下床的時候，兩條大腿都在發麻，最後還暈了過去，醫務室的醫生說我缺鈣。」

說到這裡，譚大非常緊張，緊緊地握著長風的手。

「眞的，老師，太邪門了！我平日連個小病都沒有，怎麼會缺鈣呢？」

「那塊石頭呢？」長風認爲一定是石頭的關係，也許找到這塊石頭，說不定就能知道唐心出事的原因。

「我從醫務室回來之後，就把石頭放到箱子裡，再也不敢碰它。」

「你做得很對，那塊石頭也許有很強的輻射，對人體有害。唐心目前在我一個朋友那裡治療，你不用擔心，有空可以去看他。」長風安慰道，接著把古晶的地址留給他。

「輻射？不會是核輻射吧？」他的臉刷地一下白了。

「現在還不知道。」長風苦笑著搖頭，問道：「那塊石頭，能不能讓我帶回去查驗一下？」

「當然可以，你等等。」

也許因為長風是他的老師，在譚大眼裡，這塊石頭無論交給誰，都不如交給長風合適。不過，交出石頭的時候，他還是遲疑了一下。長風知道他的顧慮，於是讚賞地點頭：

「如果遇到悅月小姐，我會立即把石頭還給她。」

譚大一聽，也放心下來，表示明天就去看唐心。

長風把玩了一下石頭，放入口袋，告別了譚大，便離開宿舍。

車子還停在原地，但是馬俊峰和王婷婷，以及其他人都不在，只剩下高健。

一見長風出來，他點了點頭，跟其他人聯繫了一下，沒幾分鐘，大家都回來了。

看到他們的神色，就知道沒有收穫，長風也懶得問，這麼一耽擱，已經快十一點了。

長風帶著大家來到教師專用休息室，然後招呼他們坐下。

如今唯一要做的，就是等到十二點。

半夜十二點，是一天最後的時刻，也是另一天即將要開始的最初。用風水學來說，這時是天合交泰，陰氣最重，也是妖魔鬼怪活耀的時刻。

「你們把左手伸出來。」

長風捏了一個很奇怪的手印，用左手抓起每個人的手掌，在他們的虎口用力一抹，然後說道：「我已經把你們的陽氣暫時封住了，十二點一到，你們幾個人就分別到這幾個地方。」

他用粉筆在黑板上，大致畫出了學校的地圖，讓四位保鏢兩人一組，分別在學校的東側和南側。馬俊峰掌管北側，他則和王婷婷在西側。

「你們要注意，封住陽氣之後，很可能會遇到一些平日看不到的東西。」長風接著提醒道。

「啊，遇到了怎麼辦？」

「小馬，你把招魂鈴給他們。」

馬俊峰從口袋裡拿出四個像蓮花一樣的小鈴鐺，發給眾人。

「你們手上的鈴鐺叫招魂鈴，只要有靈體靠近，就會大聲地響動，大家一會兒盡可能仔細搜查一遍，如果鈴鐺響了，就待在那裡不要動，馬上通知我們。」

王丫頭接過鈴鐺，把玩了幾下，抬頭問長風：「問出了什麼沒有？」

「很抱歉，我忘記車子沒熄火，你們幾個跟我一起下去。」

高健非常識趣，找個藉口想出去，卻被長風攔住了，「沒關係，大家都不是外人，就一起討論吧。」

他一五一十地說出事情經過，大夥都感到不可思議。

高健很肯定地說道：「在廣州，就算聲勢再大的幫派，也不敢大白天這麼橫行霸道持槍追殺，敢這麼做的，一定不是廣州當地的幫派。」

他沉思了一下，又說道：「剛哥出事，區老大派了很多兄弟出去打探消息，消息大都跟山口組有關，按照譚大所說，追殺他們的人，其中有一個是講日語，很可能就是山口組搞出來的。」

長風點頭，「我也是這樣猜測的。小高，你跟區老大打個招呼，叫他注意一下山口組現在的行蹤。」

高健答應了一聲，走出去給區偉業打電話。

王丫頭嚷著要看一下那塊石頭，倒是讓眾人也感興趣。長風便順從地把石頭拿出來，放在桌上。

當眾人研究那塊石頭的時候，長風找了個安靜的地方，給任天行打了電話。

電話接通了，任天行驚喜道：「長風，是不是又有好消息？」

「你這麼自信？」

任天行傻笑了幾聲，聽得出來，他的調查似乎也有眉目了。

「你心情這麼好，一定是有所突破，能否分享一下？」

任天行直說客氣客氣，接著道：「一個好消息，一個壞消息，你要先聽哪個？」

長風愣了一下，說道：「先說好消息。」

任天行樂道：「好消息就是，被殺的這幾個人，已經查出原因，而且那消失的盒子也有線索了。」

「哦，那眞是値得慶祝。」

「多虧你說出紙人的事情，龍師父來到研究所後，說法跟你一模一樣。」

「龍牙的老大，龍天涯？」長風深深吸了一口氣。

第44章

同道中人

犬養家族和森田家族，是日本右翼份子的主要財團，也是臭名昭著的山口組後台老闆。再加上犬養家族的第一公子，被李烽弄得顏面掃地，不在背後不追殺他才怪。

龍牙雖然是培養超能力的組織，但是這個龍天涯卻跟超能力沾不上邊，他的身份跟長風一樣，都是玄門中人。

如果正規軍裡有玄門的人，龍天涯是唯一一個，而且這個人跟自己父親完顏渡劫有過交情，瓦爾多告訴過他，這人曾經跟父親聯手到日本封過一次魔眼。

長風緩緩說道：「龍師父怎麼說的？」

「我們的人中了咒，下咒的人用了冰蠱和屍蠱兩種降頭術。」

「手槍是被這個人偷走的？」

「我原本也這麼以爲，可是不是，因爲現場沒有任何人的痕跡。這個人被人控制後，用他的身份把紙人帶進了研究所，打開了實驗室的門。因此，偷走手槍的，不是這個人，而是紙人。」

任天行繼續說：「龍師父說，紙人用障眼法把槍偷出實驗室，被下了蠱的人則把槍帶到自己的住處，之後才被人拿走。」

長風點了點頭，心想九菊派的這個人，肯定對謀略方面十分在行。

「這樣的話，那個盒子應該是中蠱的那個人拿的。」

「沒錯，龍師父說中蠱的人沒有拿走盒子，而是因爲冰蠱太厲害，透射出來的寒氣把盒子毀了！」

「怪不得，櫃子裡面有冰霜。那壞消息呢？」長風點了點頭，這個冰蠱要比剛子中的屍蠱厲害很多，千萬不能小看。

「壞消息就是，殺人的幕後主使人還沒抓到。另外，還有個更壞的消息，上面派來一個龍牙的厲害角色，是來幫忙破案的。」

一聽到是龍牙的人，長風就頭痛，越是不想沾上關係，越容易扯上，這的確是個壞消息。任天行早料到長風的反應，安慰道：「放心吧，他是來協助我破案的，怎麼說我也是他的上司。」

長風突然想起一件事，問道：「來的那人是誰？李寶國呢？」

「她是龍牙的一名才女，才二十幾歲，叫曾敏儀。李寶國回北京了。」任天行奇怪道：「怎麼對他感興趣？」

長風連忙說：「沒有，隨便問問而已。」

任天行笑道：「你小子，跟我來這一套！不過，在他面前赤裸裸的，還真不習慣。他媽的，李寶國這小子居然能看出我初戀女友胸部有一顆痣，眞他媽變態。」

長風哈哈大笑：「說不定他還知道你哪天在哪裡變成男人哩！」

聞言，任天行不是很在意，笑得比他還大聲：「你能多笑幾下就笑吧，說不定以後就沒機會笑了。」

「哦，只要我不死，有的是機會！」

「不死也差不多了！」任天行突然改變聲調，沉重地道：「國際刑警那邊傳來通知，山口組東南亞堂口的二十多人，最近陸續抵達廣州，也不知道他們想幹什麼，而且跟山口組接頭的，還有義大利黑手黨的幾個重要人物。最變態的是，日本最神秘的九菊派、紅川和黑府，也涉入其中。我跟紅川的人已經交過手，要不是你那枚古幣……」

沒想到事情居然這麼嚴重，前幾年，黑手黨跟山口組還相互仇視呢，如今居然聚在一起，難怪任天行會說長風命不長。

「就算他們來搗亂，也是你們員警的事情，扯不到我身上。」長風故作輕鬆道。

任天行一聽，冷笑道：「是嗎？你好像有個朋友叫區偉業，來頭很大。我們內線得到消息，山口組這次去廣州，有兩個任務，一個就是要追殺一個叫李烽的人，這個人好像跟區偉業走得很近。另一個任務具體是什麼，我們還不清楚，希望不是來搞恐怖事件的。」

說到這裡，他還狠狠地說道：「別忘了，你現在可是拿著國際刑警的證件，就算對方扯不到你身上，你也要扯到對方身上，快弄清楚他們的計劃。」

就算任天行不提醒，長風也不會讓這幫人在廣州亂來。

接著，任天行跟他簡述了一下李烽這個人的來歷。

李烽是上海華天公司的總裁，身價上千億元，不過，爲人低調，是最近幾年崛起的人物。

這個人曾不花一分錢，就把朗力公司百分之五十一的股份弄到手，打敗了日本和美國兩大財團。日本的犬養家族因此損失超過一千億美金。

犬養家族和森田家族，是日本右翼份子的主要財團，也是臭名昭著的山口組後台老闆。再加上犬養家族的第一公子被李烽弄得顏面掃地，不在背後不追殺他才怪。

依李烽的表現，理應受到保護才是，但任天行卻說，上級的立場好像是靜觀其變，因爲李烽在國內跟某些人有不小的矛盾。

心裡有個底後，長風把這邊的事情簡單說一遍，並且讓任天行利用國際刑警關係，查出山口組的落腳處，最好能有詳細地址和關鍵人士等資料。最後還要他調查一下一個各叫悅月的女人。

這人實在太神秘了，突然出現又突然消失，不知道是在山口組手上，還是去了哪裡，只有把這人的身份弄清楚，才會有線索。

聽完長風的交代，任天行說道：「等我消息！」說完，就掛上電話。

這些日本人有這麼大的動作，長風驚覺該做些防範了，於是打電話通知社區和古晶，叫他們多加小心，保護好李烽和唐心。

當他回到休息室的時候，馬俊峰和王婷婷依舊盯著那塊石頭，眼睛眨也沒眨。

八千萬對於普通人來說，是一個天文數字，什麼事都不幹，也可以幾輩子不愁吃穿，還能讓一個貧困的小鎮翻天覆地變個模樣。

長風對錢不感興趣，但是對於這顆價值八千萬的石頭倒興趣不小。他把石頭拿在手上，立刻發覺這塊石頭的古怪之處。一個巴掌大的石頭，重量居然比同體積的石頭輕上許多，就像是用泡沫做的。

石頭的表面並不光華，烏黑的顏色帶有黃色泥土的表面。長風心裡迷糊了一陣，這石頭很是熟悉，好似在那裡見過？

第45章

邪惡的石頭

「破」字一出，掌心的石頭應聲而落，啪嗒一聲，石頭外層裂開一條縫，射出一股紅光。漸漸的，光線越來越盛，石頭的外層就像蛋殼一樣裂開了。

想了好久，長風才想起這塊石頭就是報紙上刊登出售的那顆，一克比黃金還貴。

王婷婷用手指戳了戳石頭，說道：「這個外層的土質，跟西安的兵馬俑非常像。」

聽她這麼一說，長風倒是想起來，怪不得這麼眼熟。除了在報紙上看過之外，這石頭的外層跟那個特殊兵馬俑很相似，難不成這個石頭跟老劉那邊的事有關？

他拿起石頭，一股陰寒氣息悄悄遊走在掌心，隨後逐漸蔓延到全身。裡面果然有乾坤，不過之前答應了譚大，這石頭的主人是那位神秘女郎，他也不方便拆開。

王ㄚ頭性子急眼睛尖，一下子看出長風的意思，便湊過頭來，伸手要搶去石頭，想給它來個開膛破肚。

馬俊峰急忙拉住她，大叫道：「等等，妳要幹嘛？」

「我要看看裡面有什麼古怪。」王婷婷噘著小嘴，一副誓不甘休的模樣。

馬俊峰無奈地聳了聳肩，有氣無力道：「大小姐，這樣就能看出來裡面有古怪，那就不叫古怪了。」

長風悄悄在掌上畫了個符咒，用掌心觸碰一下石頭。當掌心一握住石頭，那股入侵身體的力量隨即切斷，緊接著傳出一股微熱，彷彿握住剛生出來的雞蛋。

石頭似乎被符咒激怒一樣，散發的熱量越來越大，讓人有些難受。長風想放開，但是石頭卻黏在手上。

他使勁地想把石頭拔下來，但是無論用多大的力，都沒法扯動它，而且每扯一次，石頭的怒氣就多一分。

「啊！」王婷婷見到長風神色不對，失聲叫了一下，正想過去幫忙，馬俊峰立馬把她攔住，說道：「別過去，師叔能搞定！」

長風感覺到掌心越來越熱，感覺從熱漸漸變成疼，灼傷還是小事情，但是如此疼痛的感受，卻讓人揪心。

他的心臟像被一隻手握住，慢慢擰成一團，額頭冒出了陣陣虛汗，豆大的汗水滴在衣服上。這不單是肉體上的折磨，同時也是精神上的折磨，即使練過內家功夫，也無法抵擋這種刺激。

「唵嘛呢唄彌吽！」長風實在忍不住了，不得不藉由手印的力量來抵制。

六字大明咒念出之後，他感覺輕鬆不少，急忙捏了個不動明王印，先護住心神。雖然右手不能動，以他的功力，捏手印只是形式，只要心裡念出手印的印訣，這個手印就算是捏成了，這叫做心訣。

然而，石頭似乎不相信長風能抵住它的摧殘，還繼續散發熱量較勁，接著一股神秘力量從裡面冒出來，周圍的空氣頓時發出奇怪的「嗖嗖」聲。

馬俊峰看出名堂來，失聲叫道：「這石頭居然也有脾氣？」

長風冷笑一聲，「有點意思，我倒要看看這石頭的脾氣有多大！」

「長風，裡面有什麼東西？」王婷婷瞪大眼睛看著長風，一臉期待。

一旁的保鏢則竊竊私語，臉上露出怪異之色。

「裡面有靈體，具體是什麼還不知道，我要把它逼出來。」長風低聲說。

這石頭像是知道他的心思，不斷湧出一股又一股力量反抗。

王婷婷揪著馬俊峰，低聲追問長風說的靈體是什麼，是不是「鬼」？馬俊峰苦笑著搖頭，他哪知道裡面是什麼。

隨著時間一分一秒流逝，石頭的攻擊力量越來越大，長風周圍的空氣逐漸凝成一股淡淡的薄霧。

「哇，長風周圍怎麼都結冰了？」

「不是冰，那是寒氣！」

「寒氣？寒氣會反光嗎？明明是冰塊，他的周圍被冰塊凍住了，怎麼辦？馬俊峰，快想辦法救你師叔，不然裡面沒空氣，他會缺氧的！」

馬俊峰搖了搖頭，「我師父說，師叔是布達拉宮出來的，密宗有一個功夫叫作千日伏，只要他使出這項功夫，就能在沒有氧氣的地方潛伏千日。」

「啊！那……算不算冬眠？」王婷婷聽了驚訝地看著長風，嘴裡吐出四個字：「這個怪物！」

馬俊峰茫然地搖頭又點頭，最後說道：「算是吧！」

長風耳邊根本聽不到他們的話，只有呼呼的淩厲風聲，周身寒氣逼人。在衆人眼中，他肩部以下的袖子，幾乎被熱力蒸發掉，脖子以上卻沾滿了一層白色的霜，一冷一熱，十分怪異。

不久，熱度和寒氣降了下去，想來是石頭裡的靈體已經把力量發揮到極至，結果奈何不了長風，因此退了回去。

對方已經認輸，長風心裡暗自得意，誰知剛要脫離石頭的時候，猛地發覺不妙，熱度是減下去了，但是石頭還死死黏在手上。

就在他考慮怎麼把石頭拿下來時，一股熱氣又直衝進體內，幸好不動明王印還捏著，不然就讓它得逞了。

雖然沒有偷襲成功，長風還是嚇了一跳。它的力量並不可怕，可怕的是它的智力，居然能看出他何時分心，還會找機會偷襲。

他臉色一冷，把念力提高到最巔峰，大聲喝道：「臨、兵、鬥、者、皆、陣、列、在、前、破！」

長風原本不想動用九字眞言，但這石頭實在太邪惡了，一定得把它解決掉。

「破」字一出，掌心的石頭應聲掉落，啪嗒一聲，石頭外層裂開一條縫，射出一股紅光。漸漸的，光線越來越盛，外層就像蛋殼一樣裂開，最後露出一塊表面泛著妖異藍光的黑石。

「啊！」眾人不約而同地發出驚歎聲。怎麼也沒想到，這石頭裡面還藏著意想不到的東西。

石頭被九字真言打破之後，周圍發出一股龍吟般的聲音，雖不大聲卻很清晰。

第46章

石頭的秘密

「兩股不同的力量？難道有兩個靈體？邪門了！」馬俊峰一臉驚詫，靈體不能同時存在，不然會相互同化，可這顆石頭居然有兩個靈體，不禁讓他感到奇怪。

長風閉上眼睛，釋出意念，試圖跟石頭溝通。

石頭沒想到他能跟自己交流，感到有些驚奇，但看到對方沒有惡意，又得意地叫囂起來，一副能奈我何的模樣。

看來它還在生氣，不給一點顏色看看，還眞以爲我拿它沒轍。長風在心裡暗自琢磨，陡然念起大日如來心咒，用意念捏起日輪印。

日輪印能讓人把天生的異能發揮到極致，每次長風用起這個印記的時候，嗅覺、聽覺都會變得非常靈敏。

這個心訣捏成，長風毫不考慮，又捏了一個大金剛輪印，閃電般緊握在手中。

石頭看長風連續捏了兩個印記，漸漸感到懼怕，等它回過神來已經晚了。

「出來！」長風在心裡大喊。

沒想到它卻一點動靜也沒有，像個做錯事的小孩，被家長發現之後惱羞成怒，躲在房間裡不出來。

長風又喊了幾次，石頭依舊沒有反應，他苦笑了一聲，把石頭遞給王丫頭，讓她先收起來。王婷婷本能伸手過來接，一想起長風剛剛的表情，手急忙又收了回去，兩眼直瞪著他。

長風笑罵道：「妳要能讓它甦醒，我就可以退休了。」

她哼了一聲，不服道：「我很差嗎？」

長風無奈地搖頭，千萬不能跟女人吵架，所謂好男不跟女鬥。他把石頭放在桌上，手一離開，石頭便發出一股莫名的吸引力，讓人有種想拿住它的感覺。

一發現有異狀，長風暗自打了一個手印，把自己的心定下來，看到旁邊的馬俊峰，也在努力克制自己。

一旁的兩位保鏢已經禁不住誘惑，伸出手去抓這個石頭。

「把他們倆拉開，別讓他們碰石頭！這塊石頭很邪門，大家小心！」長風急忙喊道。

話音剛落，兩個保鏢已經神志不清了，高健和另一個保鏢腦子比較清醒，聽到他的叫聲，早早退了開來。

「神兵火急！急急如律令！」

長風拉著王婷婷，退後了幾步，手裡的一道符咒，往旁邊一名保鏢打過去。一被符咒打中，那保鏢就像被人推了一把，直直地撞向一側牆壁，「砰」的一聲，人倒地不醒，嘴角流出一條血絲。

他使出的這道符，是清心咒的一種，可以加強人的意志，不受第三方的影響，可是沒料到居然有這麼大反應，估計是這股力量跟符咒相互排斥的關係。

高健跑過去，扶他到一邊，探了一下他的鼻息，還好還有氣，只是暈過去而已。

另一個距離石頭較近的保鏢，就沒這麼幸運了。在高健他們後退的時刻，他完全變了樣，宛如行屍，兩眼空洞洞的，雙手緊緊把石頭抓在手上。

「不要靠近他！」長風擺手喊道。

這個保鏢簡直就是中邪了，拿了石頭之後，一步一步走到窗邊，把窗戶打開，昂著頭看向天空，然後雙腳半屈著，像是在拜祭什麼東西。

長風暗暗用意念喚醒石頭裡的力量，試著跟它交流，幾分鐘過去，先前的那股力量有反應了。奇怪的是，它好像非常痛苦，微微喘氣著。

長風睜開眼睛，對馬俊峰說道：「石頭裡有兩股不同的力量。」

「兩股不同的力量？難道有兩個靈體？邪門了！」馬俊峰一臉驚訝，靈體不能同時存在，不然會相互同化，可這顆石頭居然有兩個靈體，不禁讓他感到奇怪。

第47章

奇特的靈體

保鏢抬起頭，屈著腿，拿著石頭的那隻手卻垂著，既沒有捧著石頭，也沒有握著。空著的另一隻手，則中指與拇指交扣成圓，非常像佛教觀音菩薩的清瓶指。

長風吩咐高健等人，先帶那位受傷的兄弟先去隔壁的休息室。馬俊峰把門關上，然後擺了幾個礦泉水瓶在門口。別看這幾個瓶子像是隨意擺的，其實每個位置都非常講究，他是在擺八卦陣！

這個陣除了能防止外面的人進來，還能把處於陣內的所有生靈堵住，不讓它們逃走。

突然被長風拉住手，王婷婷兩頰一紅，急忙抽回手，白了他一眼。

長風笑道：「把手拿來。」

她防備地瞪他一眼，把手背在身後，嗔道：「你要幹嘛？」

「要指妳油，機會多得是，我不會笨到還在這個時候吧？」終於有機會奚落一下這丫頭，他嘿嘿笑了一下。

「妳要是不想像他那樣，就乖乖照我的話做，不然就出去等。」他指了指在窗口的那個保鏢。

有這麼好的戲，王婷婷怎麼會放過？於是做了個鬼臉，吐了一下舌頭，乖乖伸出手。

長風打了一下她的手，「男左女右，妳是男的不成？」

她「哦」了一下，很不情願地伸出右手。

長風在她手心畫了道符，然後咬破自己的食指，在掌心處點了一下，她驚奇地「啊」了一聲。長風沒理會她，接著在馬俊峰的左手上同樣畫了一道符，然後盤膝坐下來。

王婷婷在馬俊峰耳邊，輕輕問道：「畫這是什麼意思？」

馬俊峰一邊看著長風，一邊低聲說：「掌心雷。」

「有什麼作用？你會不會？改天教我啊。」

馬俊峰尷尬地笑著，「掌心雷是道術裡最厲害的一種掌法，比手槍還管用，對靈體的傷害非常大。別說我了，就是我師父也不會這功夫。」

王婷婷對長風這個人雖然好奇，但還不到崇拜的地步，畢竟很少見到長風出手。對她而言，古晶一副道貌岸然的模樣，才符合世外高人的形象，不過聽到馬俊峰這麼說，對長風的能爲又重新打量了起來。

長風盤膝坐下，兩手捏了一個蓮花訣，心無旁騖之後，靈台也清明很多，終於看到那塊石頭的怪異之處。

那塊石頭在保鏢手上散發出藍色光芒。藍光從石頭一邊散發出來，又從另一邊回去，不斷流轉著，有如正負極磁場一般。

他再試著跟靈體交流，對方卻沒有反應。

之前它的力量這麼大，沒理由突然消失，唯一的解釋就是，另一股力量把方才的力量壓制住了。

長風盡可能放鬆自己，把精神提升到最高，靈台的清明讓他變得敏感，旁邊兩人的心跳聲，他都能感覺得到。

意念在石頭上盤旋了幾圈，沒什麼發現，但是卻意外發現了另一件事。

保鏢抬起頭，屈著腿，拿著石頭的那隻手卻垂著，既沒有捧著石頭，也沒有握著。空著的另一隻手，則中指與拇指交扣成圓，非常像佛教觀音菩薩的清瓶指。

長風看到這個姿勢，實在是太熟悉了。這個姿勢是練吐納法的人，都必須要經歷的。不過，他不相信這是一種吐納法，就像他不相信周扒皮不愛錢一樣。

再仔細看，從保鏢鼻子裡吸進去的氣，被轉化成藍色的光芒，分別從兩邊的耳朵散發出來，慢慢往全身各處流動，然後通過左手，聚集在左手拇指和中指捏成的圓裡面。藍光就像漩渦一樣，在圓圈裡轉動，中心點發出一絲絲白色的氣，被吸入石頭內。

「噬魂！」長風猛然一驚，想起一本古書裡的記載，跟現在的情況完全一致，只是媒介換了而已。

古時候，一個山村裡有間寺廟，裡面有個大鐘。不知從何時開始，幾乎每個月都有和尚莫名其妙地死在大鐘旁。

後來，一個高僧終於發現導致和尚相繼死去的原因，居然就是大堂裡的大鐘，它能把人的魂魄吸入到裡面，然後慢慢吞噬魂魄。

「師叔，那石頭是不是在吸人的魂魄？你看那位兄弟的眉心，陽氣越來越淡了。」

馬俊峰看出了一點門道。

王婷婷驚訝地指著那個保鏢說：「他不是在練吐納法嗎？」

「是吐納法沒錯，不過不是他練。妳看他的鼻子和嘴唇呼多吸少，這是因爲石頭裡的髒東西在吸人食的精髓。」

「這不是吐納法，你們兩個先出去。」這個噬魂太邪門了，長風不想他們倆在這裡，萬一有個閃失，他又要費心神救人。

「不！」王婷婷噘嘴，一點也不想出去，以她的性格，怎麼會錯失這種好機會？

「俊峰，把她拉出去！」見王婷婷不出去，長風有些發火，叫馬俊峰把她強拉出去。

王婷婷的身手不弱，馬俊峰估計自己打不過，只好悄悄用道術把她制住，抱起她就往外走。

長風從身上掏出一道符紙，用手指在上面畫了一些奇怪的文字，緊接著兩手合十，朝門口一拜，門口滋滋響了幾聲，隱隱約約顯出如蜘蛛網狀的光線。

加上這一道防禦，任誰也進不來了。

第48章 噬魂

長風催動自己的念力，把佛音凝成了一條線，全部輸送到石頭，黑溜溜的石頭發出「劈啪」的響聲，隱隱有白色電光不斷閃出。

所謂的噬魂，就是吞噬生靈的魂魄。按照眼前保鏢擺出的姿勢，長風終於明白這個姿勢的作用。這個姿勢並不是什麼儀式，也不是什麼吐納法，而是一個能讓靈魂更加容易離開身體的姿勢。

左手捏的清瓶印，是爲了把魂魄從肉身裡驅出來。屈著腿，頭往上抬，是爲了通過五官，吸收天地的精華，匯聚成一股力量，籠罩住從肉體分離出來的魂魄，把它慢慢吸收到石頭裡，然後再慢慢腐化，吞噬。

古書上記載過，噬魂的力量，需要一個媒介來傳播，這個媒介必須是三陰之物。所謂的三陰，第一是至陰之地，第二是至陰之體，第三是至陰之時。

這塊石頭一定是具備了這三陰。要具備三陰，機率比中彩票還要低。

就在此時，長風突然感覺到之前的靈體又出現了。先前它非常虛弱，現在不只是虛弱這麼簡單，還在哀叫，像是在求救。

「是你在呼喚我嗎?是你在呼喚我嗎?」長風盡可能放鬆，讓它感覺不到絲毫敵意。它雖然在呼喚長風，但對他還是非常警惕。

「觀自在菩薩，行深般若波羅密多。時照見五蘊皆空，度一切苦厄。舍利子!色不異空，空不異色，色即是空，空即是色……」爲了讓它放下戒心，長風不自覺在心裡用佛音梵唱的功夫，念出《般若波羅密多心經》。

佛音梵唱能把最祥和的心態，通過自己的聲帶傳達給世人，使人聽了之後，有種非常安詳的感覺。

這跟心理學上的催眠術有點類似，只不過催眠是通過物質去影響一個人的神經。

長風之所以能成爲大學心理學的講師，並不是因爲他具備了講師的條件，而是在一個偶然的機會，用佛音梵唱的功夫，從一個生性暴戾的人手裡救出人質。其他人以爲他把那個人催眠了，之後陸續有人來請教他關於催眠方面的知識，因而聲名大噪，被大學聘請爲講師。

長風的梵唱功夫不見得比同道中人好，但是他把梵唱用道術的方式唱出來，效果比普通的梵唱要厲害百倍。

梵唱一出，就像一劑強心針，石頭裡的靈體居然變得活躍起來，不再像之前那樣虛弱。更讓人意外的是，那股噬魂的力量忽地緊縮起來，似乎很懼怕梵音。

長風一下子明白過來。古書記載，噬魂被收服時是在寺廟裡，這次重現人間再次遇到佛音梵唱，怎麼能不忌諱呢？

大喜之下，他不由多加三分力度，心裡的梵唱完全昇華起來，越是如此，石頭裡面的靈體就越活躍，相對的，那股噬魂力量就越弱。

長風催動自己的念力，把佛音凝成一條線，全部輸送到石頭，黑溜溜的石頭發出「劈啪」的響聲，隱隱有白色電光不斷閃出。

突然間，保鏢的手鬆開了，石頭掉落在地面，人也倒向一邊，撞在旁邊的椅子上，身上的一把手槍掉了出來。

長風看了一下那個保鏢，他已經不受那股力量控制了，只是元氣被噬魂吸收不少，臉色顯得有些蒼白。

一股幽幽的聲音從石頭裡傳出來，散發出絕望的情緒。靈體以爲長風救了人之後，就不再理它了。

他心裡苦笑著，再次運用意念跟靈體溝通，並且爲了剛才的事情跟它道歉。

不出所料，它就有反應了，並且非常欣喜，一直「嘰咕！嘰咕！」亂叫。

長風儘量把佛音提到最高，噬魂的力量被念力逼得退回到石頭裡。噬魂的力量消失，他再次跟靈體溝通，這次的溝通相當順利，靈體對他的信任增加不少。

心神交流中，長風體會到靈體的心情，也察覺到它的身世。

它在一個地方修行多年，不巧的是，在小有所成的時候遇到了噬魂。噬魂抓住了它，本想吞噬它，可是噬魂的力量沒比它高出多少，兩股力量相互較勁，漸漸地，它快壓抑不住噬魂的力量。

長風知道，唯有把噬魂徹底消滅，才能營救這個靈體。

爲了救一個生靈，而傷害另一個生靈，平常的他一定不會去做，但是看到噬魂如此邪門，如果不把它鎮住，不知道還有多少人會像唐心一樣無辜遇害？

一想起唐心，他心裡一涼，來了這麼久，怎麼把他的事情給忘了？

「小馬，帶他們去找唐心的魂魄！」長風朝門口大喊一聲，沒想到門外一個人也沒有，想必他們已經開始行動了。

時間來到了半夜兩點了，還有三個小時，天就要亮了。

就在長風心煩意亂的時候，靈體「嘰咕嘰咕」亂叫，他趕緊用意念交流一陣。

原來噬魂每次把人的魂魄吸進石頭裡，並不能一下就納化掉，而是要慢慢同化這些魂魄。石頭裡的另一個靈體，爲了不讓噬魂的力量壯大，總是把噬魂吸回來的魂魄偷偷搶過來。

爲了感謝長風這次幫助它，便表示只要他能鎮住噬魂，就把唐心的魂魄送出來。

長風思考了一下，最後下定決心用一切辦法把噬魂鎮壓住。他跟石頭裡的靈體說出自己的決定，並且暗示它在自己對付噬魂的時候，找機會脫離這塊石頭。

第49章

解救靈體

拇指即將按下接聽鍵的那一刻，一股熟悉的歎息聲傳來。長風不由一怔，猛然醒過來，丟掉手機，隨即捏起內獅子印，內心念出金剛薩埵降魔咒。

噬魂暫時被佛音梵唱給了回去，但沒有受到損傷。之所以害怕佛音，是因爲上次是在寺廟被人鎖住，對佛音有所顧忌。一旦發現這個佛音跟自己害怕的不一樣，即會進行反撲，這點長風自然知道，所以最好的方法就是乘勝打擊。

長風的攻擊主要以「三密加持」爲主，包括身密——手結印契、語密——口誦眞言，和意密——心觀尊佛。

小密宗手印裡，奧義九字切是長風的拿手好戲。盤膝而坐後，他把念力再次提到最高，以佛音梵唱的功夫，再次對著石頭傳了過去。

噬魂躲在石頭裡，已經不受佛音影響，長風知道這一點，之所以這麼做，是爲了讓那個靈體的精神達到最高。

念了一遍《般若波羅密多心經》之後，靈體跟長風的精神都達到最巔峰的狀態。長風感覺到它已經做好隨時找機會出來的準備，於是把注意力集中起來。才剛剛捏了個不動明王印，身子不由一震，連帶那塊石頭也跟著動了一下。

果然，噬魂發現念佛音的人，跟自己想的不是同一人，石頭瞬間溢出一股力量，跟之前的完全不一樣，也許這才是噬魂眞正的力量。

溢出的力量在周圍形成一個看不見的氣團，瘋狂地旋轉，長風被這股力量撕扯著。

「額！」一股奇怪的聲音從他喉嚨裡發出，感覺自己就像在第十七層地獄般，身體被一個大石磨壓著，動彈不得。慢慢地，石磨開始轉動，他只能眼巴巴地看著身上的肉，從大腿、腹部到肩膀，一塊一塊被擠出來。皮膚被擠壓得裂開，血管和筋都爆了出來，鮮血混著肉末，在石磨下面磨成了肉醬。

這種感覺實在太恐怖，恐怖得他想大叫起來，幸好之前捏的不動明王印起了作用，腦海裡閃過一絲清涼感，人也清醒了。

「媽的，這噬魂這麼邪門！」長風大口大口地吸氣，仍心有餘悸。

原來這股力量會對人造成心理壓力，好在沒有過於驚慌失措，說不定自己眞的會被弄瘋。他冷冷哼了一下，嘴裡喃喃念出了六字大明咒：「唵嘛呢叭彌吽！」

這幾年他已經非常少用密語了，應付那些跳樑小丑，奧義九字切已經足夠。但是這次對付的是一千多年前曾經出現過的噬魂，這股噬魂力量恐怖得連他都差點把持不住，爲了不讓它再有反撲的機會，壓箱寶都要使出來才行。

六字大明咒一出，噬魂除了抽動幾下之外，沒有太大的反應。難道六字大明咒對它沒效？長風心裡嘀咕了一下，不相信噬魂能抵抗六字眞言，於是通過念力，再次念出六字眞言。

噬魂跟著抽動幾下便不再吭聲，反而是那個嘰咕嘰咕叫的靈體，發出嗚嗚的叫聲。

那靈體的力量本來跟噬魂相差無幾，長風已經盡可能控制住六字眞言對它的影響，但它依舊受不了，難道噬魂有什麼特異之處，抵抗得了眞言？

他突然靈光一閃，心裡大叫厲害，這噬魂非常聰明，居然看出自己的顧慮。它知道自己不敢傷了那個嘰咕嘰咕叫的靈體，所以一點都不在乎。

就在他感歎之際，噬魂開始進行反攻。這次的攻擊並不凶猛，反而平靜得讓人害怕。

長風不敢大意，唐心還在古晶那裡等他，萬一走錯一步，很可能就醒不過來。

這時，懷裡的手機突然響了，鈴聲一個勁地催促。是誰在這個時候打電話？任天行？古晶？還是那王丫頭？

他不自由自主拿出電話來，看了一眼來電顯示，這個號碼非常陌生。

就在拇指即將按下通話鍵的那一刻，一股熟悉的歎息聲傳來。長風不由一怔，猛然醒過來，丟掉手機，隨即捏起內獅子印，內心念出金剛薩埵降魔咒。

印訣一捏，他就完全清醒，嘴中喝道：「好啊，居然會控制別人的心術！」幸好他及時醒過來，不然一旦接聽了那個電話，不知道會怎麼樣。

六字大明咒的破壞力太大，會傷及石頭裡的靈體，看來這一招行不通。語密不行，他還有身密這一招。

長風捏起奧義九字切，這個手印在兩年前的陰變事件裡用過一次，不動明王印就是奧義九字切裡的手印之一。他集中精神，心裡念過一遍密咒，把念力全部集中在指尖。

力量在一剎那間暴增，他的衣服、頭髮和皮膚，全散發出一股勁力。他的嘴裡突然吐出十個字：「臨、兵、鬥、者、皆、陣、列、在、前、破！」

念這十個字的時候，他兩手各捏著相應的手印，破字一出，指尖直指向噬魂。勁力破風而去，發出「滋滋」的響音。這奧義九字切霸道非常，當初在學校發生陰變事件，上百個冤魂的怨氣圍繞在禮堂攻擊眾人時，就是被這手法打散的。

這股力量跟噬魂一接觸，立時發出嗡鳴的聲音，那塊巴掌大的石頭開始在地上瘋狂轉動，周圍的空氣像凝結似的，形成了非常厚的霧氣。

長風心裡打著算盤，只要噬魂敢竄出來，他就把那塊石頭封住，不再讓它有棲身之處，接著再用六字大明咒收服它。

石頭越轉越快，好幾股力量突然間衝出來，但並沒有往長風身上衝來，反而飄盪在一邊。一個靈體在他身旁歡呼了幾聲，嘰咕嘰咕地亂叫。

長風驚喜道：「你……出來了？」

雖然不能語言溝通，但是用意念體會，還是可以讀懂它的意思。

「原來你是看準了機會才跑出來，唐心的魂魄呢？」

「嘰咕，嘰咕！」那靈體不停地歡叫著，然後小嘴一吐，唐心的魂魄便從它嘴裡冒了出來。魂魄就像一層輕紗飄在空中，想往門外走卻被馬俊峰佈的八卦陣困住，怎麼也走不出去。

噬魂趁著長風分心，瞬間縮進石頭裡，石頭「咯咯」響了一陣之後，光芒漸漸變淡，它又把自己封閉起來。

長風多次用手印打在石頭上，都沒有效果，「既然你要躲起來，我就成全你，讓你永不見天日！」說完這一句，咬破指頭，嘴裡念了幾句密咒，用了一個封字訣，把血抹在這塊石頭上。

第50章

怪異的聲音

高健緊握著拳頭，額頭微微冒出汗，如果沒有通電，剛剛那一閃的燈光是怎麼回事？正想著要不要上去，一旁的樹叢傳來了一種怪異的聲音，低沉又陰森。

噬魂雖然沒有被他收服，但是被奧義九字切打中，元氣一定大傷，短期之內不能再作惡。長風鬆了一口氣，從身上拿出一道古晶留給他的符咒，按照古晶教他的方法，把其他出來的那些魂魄收在符咒裡。

「急急如律令！收！」

他突然對著唐心的魂魄叫了一聲：「唐心！」魂魄震動了一下，應了聲「是」，嗖的一下，被吸入了符咒中。

那靈體見長風收了魂魄，小身子不斷顫抖，還以爲自已也會被收服。一直到長風把那些符咒收好後，它才輕輕地鬆了口氣。

長風仔細看了一下這個靈體，它就像一個精靈，長著人臉，頭部卻呈圓錐形，沒有腳，但擺著一條尾巴，還有兩隻小手。

他微微一笑：「謝謝你那聲歎息，要不是你那聲歎息，我還眞中了圈套。」

看到長風對自己道謝，它顯得相當得意，在那邊一蹦一跳的。

正當它往門口飄動的時候，忽然停住了，然後望著長風「嘰咕嘰咕」地怪叫，原來它也知道那裡擺了個陣式。直到長風把那個陣式解了之後，它才輕輕吐了口氣，兩手拍了拍胸部。

「怎麼樣，今後有何打算，你的棲身之處沒了，總不能做個遊魂，是否打算繼續找個地方修行？」見它這模樣，還是個小孩子，怪不得一開始的時候跟他鬥氣。

靈體想了想，點了點頭，然後飄了過來，摸了摸長風的手，嗚嗚叫了幾下，好像是要道別。

長風拿出了一道符咒，用心火把符咒點燃，說道：「你自由了，去你想去的地方吧，如果以後有需要我幫忙的，可以跟著這條路線來找我。」

那符咒是一個引路符，裡面有他的精血，通過密咒的驅使，能引導它找到施符的人。它又嗚嗚叫了幾聲，在長風的手上摸幾下，轉身穿過門口離去。

馬俊峰知道石頭太邪門，以自己的能力根本幫不上忙，用「定」字咒把王婷婷制住之後，抱出了房間。

「你居然袖手旁觀，不進去幫忙也就算了，還敢攔著我！」王婷婷大怒，一邊瞪著馬俊峰，一邊好奇地想著自己爲什麼動不了，這跟點穴完全是兩回事。

「馬俊峰，你在我身上施了什麼邪法？」

馬俊峰把她放下後，沉沉說道：「師叔說，那石頭裡面有噬魂，雖然我不知道是什麼東西，但是我感覺得到，那力量非常大，就算是我，也沒有把握收服。」

「天官賜福，童言無忌！敕！」他接著念了一句口訣，對王婷婷一指，解除了她身上的禁制。

王婷婷覺得身子一顫，恢復了自由，驚詫地看著雙手，深覺法術這玩意太神奇了，無論如何，一定要學幾招來玩玩。

高健往房門看一眼，問道：「裡面的那位兄弟怎麼樣了？」

馬俊峰拍了拍他的肩膀，說道：「有長風在，放心吧，我們現在要分頭行動了，已經十二點多了。」

王婷婷大呼道：「對，差點忘了唐心的事情！可是，長風不在，怎麼辦？」

馬俊峰從身上掏出一個盒子，裡面裝滿了朱砂，隨即沾著朱砂在高健他們手上寫了一個「卍」字：「咱們四個人，每個人負責校園的一側。記住，你們手上有招魂鈴，只要有靈體在你們四周，這鈴聲就會響，如果遇到的不是唐心，就不要理會。」

「靈體？」高健和他的兄弟表情怪異，相視了一眼。等他們明白所謂的靈體，很有可能就是鬼魂，面色一下變慘白了。

「長風已經開了你們的天眼，你們會看到第三世界的一些東西，也就是——鬼。」

「鬼！」不只是高健和那他的兄弟驚呼，就連王婷婷也大叫起來，三個人臉色發青。

最後，王婷婷吞吞吐吐地說道：「這髒東西，會不會把我們……」

「看看你們的手心，一旦遇到遊魂野鬼想對你們不利，就攤開掌心打過去。不過，要注意，如果你們無緣無故打野鬼，陽壽就會縮短。」

「那遇到了唐心，該怎麼辦？」

「遇到了唐心，不要驚動他，盡可能跟他聊天，把他拖住，然後給我打電話。」馬俊峰隨即領著他們三人，往校園四周散去。

高健一個人拿著招魂鈴往南面走，一邊走一邊看著四周。半夜的微風吹在身上，雞皮疙瘩都起來了。

「媽的，不會這麼倒楣吧？別眞碰上個冤死的！」他低聲嘀咕著，前面是一棟教學樓，教學樓下面有一片茂密的樹叢。

高健提著膽子，慢慢看了一圈，心裡呼喚著唐心。

忽然間，教學樓上面，一道微弱的燈光亮了一下，隨即滅了。

這麼晚了，還有什麼人在上面？他抬頭看了一眼，四周一片寂靜，什麼都沒有，只聽見蟋蟀的叫聲，讓黑夜顯得更加陰森，不由心裡一陣發虛，自己明明看到有燈亮的，要不要上去看看？

當他放慢腳步走到樓梯口時，一塊告示牌上貼著兩張紙，一張已經給人撕了，另一張赫然寫著：變壓器燒毀，本教學樓不能正常用電，本周停止使用，請廣大師生……

高健緊握著拳頭，額頭微微冒出汗，如果沒有通電，剛剛那一閃的燈光是怎麼回事？正想著要不要上去，一旁的樹叢傳來了一種怪異的聲音，低沉又陰森。

「啊！」一個女人的聲音傳來，頓時讓他頭皮發涼，樹叢裡的聲音在耳邊不斷繚繞。

他很想走人，可是兩腳根本不聽使喚，儘管自己是混黑道的，什麼大場面沒見過，但是那畢竟是跟人鬥，他還沒見過鬼呢！

高健看著樹叢，勉強吞了一下口水，鎮定了一下，手掌微微張開，想起馬俊峰給自己畫的「卍」，心裡踏實許多，便一步一步往樹叢走去。

突然間，樹叢裡的聲音提高許多，差點沒把他嚇暈。

第51章

見鬼了

「啊！」他終於知道那女孩是什麼了，驚恐地大叫一聲，拔腿就跑。逃跑的時候，招魂鈴不斷發出幽深的響音，使他更加感到毛骨悚然。

「佛祖保佑，菩薩保佑！觀音娘娘保佑！阿彌陀佛！」平時根本不信這些的高健，如今都把祂們掛在嘴上了，還後悔以前為何不給祂們上香。

就在他逐漸靠近的時候，樹叢突然間不動了。

「走開！不要過來！走開！」突然，一個不男不女的低沉聲音冒了出來，著實把高健嚇了一跳。

他心裡罵道，你們這些遊魂野鬼，老子死了之後，就跟你們一樣，難道還怕你們不成？這樣一想，膽子大了很多，緊緊握住拳頭走了過去。

「呼」的一聲，兩個人影突然冒了出來，一男一女慌慌張張地提著褲子和東西站出來。男的張嘴就罵：「我操你媽的死保安，老子跟女朋友在這裡談戀愛，關你屁事？」

說完，兩人慌慌張張走了，那女的邊走邊嘀咕：現在的保安素質都不怎麼樣嘛！

高健被嚇得心都快從胸腔裡跳了出來，愣了好一陣，眼睛瞟向剛才這兩人待的地方，那裡還留有一條內褲和兩個避孕套，不禁罵道：「我操你媽，半夜三更不睡覺，來這裡做愛，還裝鬼嚇老子，我看你素質高到哪去？年紀輕輕不學好，媽的！」

被這麼一嚇，他自己也苦笑，終於體會到人嚇人的感覺了。鬆了一口氣後，轉身走進教學樓，往那一層閃燈的樓層走去。

一踏上燈光所在的第十一層樓，他忽然感覺四周非常冷。那一閃一閃的燈光就在最裡面的那間房。高健心想，難道又是學生在裡面做什麼傷風敗俗的事？

走到房間旁，通過視窗朝裡面看去，一個穿著白色衣服的女孩正在看書，旁邊閃動著的是一根蠟燭。原來是個用功的學生。正想離開，那白衣女孩卻幽幽輕歎了一聲。

高健一邊走下樓，一邊想著：她爲什麼歎氣呢？

「唉！」幽幽的聲音在他背後響起，還以爲那女孩跟來了，轉頭一看，什麼都沒有。

可是，繼續走的時候，那一聲幽幽的歎息又傳了過來。這一下讓高健感覺心裡發毛，提心吊膽地轉過頭去，見那女孩就在身後不遠處，這才放下心來。

不過，好像哪裡不對勁，他仔細看了一下女孩的臉，心跳不禁漏了一拍，接著兩腿發軟。女孩蒼白的臉像紙一樣，除了臉之外，其他地方散發出一股青煙，脖子處焦黑成一團。她幽幽歎了口氣，張開的嘴冒出一股煙，死魚般的眼睛死死瞪著前方。

「啊！」他終於知道那女孩是什麼了，驚恐地大叫一聲，拔腿就跑。逃跑的時候，招魂鈴不斷發出幽深的聲音，使他更加感到毛骨悚然。

白衣女孩在他耳邊不停地哀歎，一股陰風吹來，帶著燒焦的味道，忽然那味道濃厚了起來，高健忍不住轉頭，差點嚇得半死。

那女孩全身著火，只剩下一張歪曲的臉，狠狠瞪著他。

他兩腿發軟，啪的一下摔倒在地，見女孩撲過來，慣性地用手一擋，一股黃色光線從掌心射出，形成一個燦爛的「卍」字。白衣女孩慘叫了一聲，瞬間消失在樓道中。高健立刻爬起來喘氣，左右看了一眼，急忙離開了。

出了大樓後，他找了個地方歇息，正好一旁的凳子上放著一張紙。低頭看了一眼，立刻被紙上的字吸引住。那是一張告示，上面寫著：關於本教學樓第十一層失火事件報告：由於第十一層樓引起火災，相關教學設施被嚴重損壞，不能正常使用，校委會決定，第十一層樓暫時封閉，相關教學單位請……

「媽的，見鬼了！」高健打了個寒顫，狐疑地看了四周，慌張地離開，心裡想著，如果遇到唐心的魂魄，會不會跟這女孩一樣恐怖？

四個人在校園裡找了兩個小時，都沒有遇到唐心，只好回到休息至集合。這時正好遇上「嘰咕嘰咕」叫的靈體，穿出門板飛走，馬俊峰和王婷婷驚訝地叫了一下。門後明明擺了個陣，那靈體能從那裡出去，一定是陣式被破，長風故意放出去的。

一夥人立刻開門走進來，高健連忙扶起旁邊倒地的兄弟。

長風跟他們簡單地說了一下經過，眾人面面相覷，原來唐心的魂魄被困在石頭裡，難怪在校園找不到。隨後他示意王婷婷把石頭帶上，一起回古晶那裡。

「這東西不能落入別人手裡，一定要禁錮在古老的靈堂，不然噬魂隨時會醒來。」

眾人正想上車之時，三柱光線同時照了過來。

一名保安拿手電筒對著他們，大喝道：「什麼人？」

高健他們顯得愛理不理，這種小角色，理或不理都是一樣的。長風不想引起誤會，於是下了車，對他們招了招手。

三個保安用手電筒往長風臉上照了又照，看來並不認識他，其中一個大聲喝道：「你們什麼人？下車！檢查！」

「別誤會，我是心理系的講師……」

「什麼屁講師，半夜三更的在這裡鬼鬼祟祟，跟我回保安處去！」

手電筒光線在他們臉上來回地照，長風不在意，可王婷婷卻一肚子氣，指著那個保安的鼻子罵：「喂喂！照什麼照，看一次還不夠，瞎眼了你們，沒見到教授在這裡？這麼沒禮貌！」

那保安瞟了長風一眼，又看高健幾個，臉上帶著一股殺氣，不像是好人，不由得疑心大起。一名保安用對講機通知了保安辦公室，隨後冷笑道：「現在都幾點了，教授還會待在學校？你們都是什麼人，麻煩跟我們回去登記一下。」

王婷婷捋了一下袖子，一副要打就來的模樣，冷冷地瞪著他們，反問道：「誰規定教授這個時候不能在學校？」

「哈哈，一個女人都這麼橫，妳當這是菜市場，能讓你們胡來嗎？」一個個子較矮的保安見到王丫頭一副要打架的模樣，開口嘲笑道。

另外兩名跟著嘿嘿大笑，一名保安操著一口東北話，色瞇瞇地笑道：「這娘們長得眞不錯，要是俺家阿花身材有她這麼好，包準夜夜春宵。」

憑王婷婷的身手，這三名酒囊飯袋根本不放在眼裡，再者，她爸爸是生民藥業集團的老總，二叔是公安局局長，別說這三個人，就是廢了三十個人，也是一下就擺平了。

長風一看到王丫頭的臉色，暗叫了一聲不好，心裡不禁爲這幾個保安祈禱。

高健幾個聽到保安們口出不遜，重重哼了一下，就要下車去教訓他們。只是他們還沒下車，王婷婷已經一腳把那個東北漢子踢到一邊，右手使出一個手刀，砍向那矮脖子。

一轉眼工夫，兩人倒在地上，痛得大叫了，一個捂著脖子，一個捂著褲襠下面。還有一名保安還沒明白怎麼回事，王丫頭立馬賞了他三個巴掌，一邊打一邊狠狠地罵：「瞎你狗眼了，要我們跟你去登記，有種去派出所登記去！」

她出了口氣，拉著長風上車，得意地叫了聲：「開車！」

兩輛車極速往門口馳去，後面傳來保安的喊叫和對講機的呼喊聲。

第52章

交戰

馬俊峰一邊開車，一邊注意後照鏡，突然間罵了一句：「操！」車往子向另一條路，子彈瞬間像下雨般往車上掃射，整個車子「劈啪」作響。

高健的車在前面領路，門口的保安聽到呼救，一見到車開來，居然不怕死地過來攔車。高健理也不理，反而加速，嘴裡喊道：「不怕死的就過來！」攔車的人見車子加速向前衝，嚇得往旁邊躲。車子閃過之後，便大罵特罵，並且記下車牌號碼。

車子駛出了學校，往廣州大道的方向馳去。

王丫頭在車上鼓著兩腮，似乎剛剛出手還不能解氣，後悔自己下手太輕，後來想了想，莞爾一笑。

「小馬，你把這些符紙帶回去給你師父，讓他處理。」長風把封有魂魄的符咒遞給馬俊峰。

車子駛出還沒十分鐘，長風等人就發覺後面好像有人在跟蹤，仔細往後看了看，一輛豐田越野車在後面慢慢開著，車裡有幾個人沒看清楚。

「長風，你認識他們？」

「昨天跟蹤咱們的也是這輛車！」長風拿起手機，打給高健：「高健，我們後面有鬼，你小心點。」

高健嚇了一跳，還眞以爲是眞鬼，偷偷地往後面一看，才發現是輛越野車，鬆了一口氣罵道：「原來是幾個小日本，昨天下午還沒玩夠，現在還想玩！」

被噬魂傷害的那位保鏢還沒醒來，剩下的兩人見到有情況，都把身上的槍掏出來。後方的車似乎知道行蹤被發現了，但沒有放慢速度，反而加快油門跟了上來。

長風看到不妙，提醒馬俊峰道：「小馬，小心他們撞上來！」

馬俊峰加大油門，把車速盡可能提到最高。但是怎麼也比不上越野車，開沒幾分鐘，越野車就已經到了他們的後面。

越野車的兩扇玻璃窗打開了，兩管黑黝黝的東西對著他們。「滋滋」連續幾聲低沉的聲響，車窗「啪當」數聲穿出幾個洞，玻璃碎片灑在長風頭上。

「小心，是加了消聲器的手槍！」

幸好長風有預感，見到對方把槍伸出來，就拉著王婷婷一起趴在椅子上。

馬俊峰見到對方開槍，冷靜地加快速度往前面趕，還得一邊開一邊躲子彈。每當車子拐到一邊，高健幾個，就會趁機還擊，幾聲槍響劃破了寧靜的夜晚。

如此來回幾次，長風、馬俊峰和王婷婷三人沒有槍，只能埋頭躲避，十分被動，後面追來的人則和前面的高健等不斷交手。

馬俊峰的開車技術非常高明，每次都配合著高健，讓他們回擊，同時躲避子彈。越野車射來的子彈已經把後座的玻璃打得滿面瘡痍，就連後車蓋也遭殃，好幾個凹處還在冒煙。他一邊開車，一邊注意後照鏡，突然間罵了一句：「操！」車子急轉向往一條路，子彈瞬間像下雨一樣往車上掃射，整個車子「劈啪」作響。

王婷婷驚呼了一下：「衝鋒槍！」

馬俊峰半個身子都躲到椅子下面，等一輪攻擊過去，急忙坐回駕駛座。高健他們的車在前面拐彎處放慢了速度，讓馬俊峰先行，他們殿後。

「先繞過天河，從棠下走回廣州大道。」高健從車窗探頭叫道。

馬俊峰點了點頭，開車加速離去，後面傳來一陣交戰聲。

如果從天橋上面走廣州大道到古晶那裡，最多二十分鐘。但是繞過天河，再走棠下過去，起碼要多十幾分鐘。雖然不明白高健的用意，但是馬俊峰還是按照他的意思走，畢竟高健這麼說必定有他的用意。

王婷婷低聲在長風耳邊說：「不用十分鐘，洪門的人就會趕到。棠下那一帶，是洪門一個分堂所在！」

「妳怎麼知道？」

「別忘了，本小姐可是土生土長的呢！」

後面的交戰聲越來越小，此時長風的手機響了。他沒心思看來電顯示，急忙接起電話：「哪位？」

「長風，山口組的人在查你們的行蹤，你們要小心他們的暗算。」是任天行打來的電話，看來剛剛追擊他們的就是山口組的人。

長風不禁苦笑：「你放馬後炮啊，怎麼不早點打？他們正在我們屁股後面呢！」

任天行急著道：「我剛剛得到消息，就立刻給你電話了，你們怎麼樣，現在在哪裡？我派人去接應你們。」

長風看了看後面，沒有車子再追來，說道：「已經甩開了，這邊的事情也辦完了，明天我們西安見。」掛斷電話，他心裡琢磨著，唐心和剛子估計沒問題了，明天就回西安去看看任天行他們。

本來以爲已經甩開山口組的追擊，沒想到在繞進棠下的時候，兩輛轎車忽地從左右兩邊包抄過來，見到他們的車就撞。

被他們的車頭撞了一下，「轟」的一聲，整個車子搖晃了一下，輪胎有點打滑的情況。王婷婷偷偷看了對方一眼，喊道：「他們一共八個人！」

馬俊峰急踏煞車，拐了一個九十度的大彎後，抄小道加速開走，絲毫不理會他們。兩輛車在後面緊追不放，從後照鏡可以看到，對方已經打開車窗，把槍伸了出來。

「他們也有槍，媽的！長風，你們小心！」馬俊峰叫罵道。

話音剛落，一排子彈就打在後車蓋和車身上，長風他們都埋著頭不敢抬起來，王婷婷問道：「他們是什麼人？」

「山口組的人。」

王婷婷痛恨地道：「又是日本人！」

對方的火力十分強大，幾發子彈從他們耳邊呼嘯而過，使長風他們動彈不得。三次密集的子彈掃射過之後，火力稍微停了一下，長風急忙喊道：「俊峰，他們在換子彈，我們趕緊走！」

他摸出一道符咒，凌空寫了一道咒語，手一揚往車後方甩去，符咒飄在空中，落在了道路中間。王婷婷驚訝道：「這有什麼用？」

「有沒有聽過障眼法，今天讓妳見識見識。」

兩輛原本車緊緊地跟著他們，長風的符咒一使出之後，後方便傳來相撞的聲音，想來是兩車親密接觸了。

障眼法是一個小玩意，但是這個時候最管用了。

王婷婷拍手直叫好玩，拉著長風叫道：「教我，教我！」

車子過了棠下，見後面的車子沒追上來，長風鬆了一口氣。王ㄚ頭閉口不語，估計在心裡盤算怎麼把這一招學到手。

就在他們以為已經把山口組的人甩了，後面呼嘯的車聲又緊緊的跟來。王婷婷一愣，往後面看，對著長風道：「你障眼法沒效，哈哈！」

被人家追殺居然還有心思開玩笑，算來這丫頭是頭一個。長風心裡琢磨著，障眼法不可能沒，只有一個可能：車上有高手。

馬俊峰叫出了長風心裡的話：「他們車上有高手！」

話音一落，他踩緊油門，車子呼嘯著往前駛去，但是怎樣都甩不開後面的車，而且他們好像非常熟悉廣州的路。

長風等人又開始被人當靶子打了，在小道時只是一輛車從後追擊，一走上大道，兩輛車左右包抄，子彈就像下雨一樣，不停往車上打。子彈劃過車門和車頂的瞬間，散發出一股股熱氣。

王婷婷趴在座位上，給警察局打了個電話。對方這麼大的火力，明顯是要置他們於死地。馬俊峰低著身子，一邊開車一邊躲避子彈，幾顆子彈都穿透了駕駛座的上半部靠背，要不是馬俊峰坐低，說不定腦袋就會穿窟窿了。

後面的槍聲不時傳來，要是子彈打在油缸上或輪胎上，這車何就完蛋了。王婷婷低聲喊道：「趕緊想想辦法！」

長風反問道：「妳二叔不是公安廳廳長嗎？救活人的事，妳可要找他。」

王婷婷哼了一聲，聽得出來長風在調侃她，心裡不由來氣，正想開口反擊，一顆子彈射來，劃過她的頭髮，帶起一股燒焦的味道，嚇得她破口大罵：「遠水救不了近火，再不想辦法，我們就成蜂窩了！」

話音剛落，馬俊峰嘴裡突然吐出一聲悶響，車子偏過一邊，之後又被控制住。

長風臉色一沉，喊道：「你怎麼樣？」

「沒問題！」馬俊峰頭也不回，招了招手。

第53章

悦月出現

這次長風有了防範，手上偷偷捏了一道黃符，只要對方先動手，他就有辦法制住他們。當賓士車追上他們的時候，車窗打開，一個女人探出頭來。

車子行駛了一小段，後面的車越來越近，前面路口再過去，就有一個派出所，只要過了前面的路口，就有把握甩掉他們。

算盤剛剛打好，迎面又來了兩輛車，真的是後有虎狼，前有追兵。

馬俊峰狠一咬牙，把油門踩到底，往前面的兩輛車中間穿過。本來並行的兩輛車突然間讓出道，從車窗裡探出一根黑管子。

長風一看，不得了，對方拿的居然是AK四七。

「小心，是AK四七，能打穿鋼板！」長風失聲大喊，拉著王婷婷趴下。

王婷婷一時沒留意，正面朝天對著他。長風也沒留意，只想把她壓在身下，免得子彈打到她。直到王婷婷罵了一聲「無恥」，長風低頭一看，自己的手竟然放在對方柔軟的胸脯上，難怪她大罵無恥。如今也顧不了這麼多，騰出手後，手是沒碰她的胸部，身體卻實實在在地壓了上去。

一個緊急轉彎，車子橫掃出去之後，撞在一旁的欄杆上，車頭直冒煙，帶起的慣性把車裡的人弄得到處亂撞。

後腦重重撞在車門上，長風悶哼一聲，緊接著昏眩的感覺襲來。但是無論如何，他還是死死壓著王婷婷，只有這樣她才不會出事。

不過，讓他們意外的是，前面射擊過來的槍聲，居然不是對著他們，而是對著後面追殺他們的車輛。

ＡＫ衝鋒槍發出的「啡啡」槍聲和後面車輛的爆炸聲，一時之間讓周圍的空氣變得異常炎熱。

馬俊峰在駕駛座位上重重哼了一下，喘息聲音非常微弱。

這一聲讓長風心裡一冷，提起全身的力量，以最快的速度掐了一個「不動明王印」。印訣一掐，他腦子立馬甦醒過來。像他這種修行的人，修的就是境界，就算是泰山崩於前，也面不改色，比別人多了一分冷靜思考的空間和時間。

車頭的引擎處發出陣陣濃煙，王婷婷的鼻子動了動，大叫道：「快出去，車子就要爆炸了！」

長風用力踢了幾次車門，把王婷婷推下車，所幸她沒受傷。他自己幾乎是爬出來的，這種狼狽的模樣，有生之年，是第一次。

出了車門，一股濃煙直往他們吹。長風又推了一把王婷婷，大聲喊道：「使出妳所有的力氣往前跑，快，不要回頭！」

一聽到他的叫喊聲，王婷婷下意識拔腿就跑。

濃煙非常嗆人，長風捂住鼻子，使勁拉開駕駛座位的門，可是那門被撞得凹陷下去，怎麼拉也拉不開。

這一邊的門拉不開，另一邊的門靠著欄杆，引擎蓋已經著火，「滋滋」的火苗一直往上冒，情況非常危急。

車內的馬俊峰已經暈了過去，無論長風怎麼大叫，都沒有反應。

長風不由一急，內勁從體內一下子提起，狠狠往車頂一拍，這力道用盡了他全身的力量：「乾坤斬！」

「轟」一聲巨響，車頂傳來一股反彈力量，硬把他的右手給震麻了，心口像被揪住了一樣，喉嚨一甜，湧上一口鮮血。

車子宛如被手雷炸到，凹下去的車門被活生生震開了。

嚥下嘴裡的血，長風一把抱起馬俊峰，撒腿就往前跑。身後幾發子彈掠過身邊，「嗖嗖」的響聲一直在耳邊圍繞。

跑了不多遠，身後的車子轟然炸了開來。爆炸聲音不大，也沒有像電影裡的那種效果，卻有一種炸破玻璃的聲音，隨後熱浪滾滾襲來，轉眼不到半分鐘，整輛車已經淹沒在火海裡，巨大的火舌從車內竄了出來。

手機在這時候響起，他把馬俊峰放到一邊，王婷婷跑過來幫扶著。

電話一接通，區偉業在另一頭嘿嘿笑道：「大哥大，大大哥，過癮吧，哈哈！」

聽完這話，長風心想：這兩輛車肯定是區偉業派來的，只有洪門的人才敢在廣州這個地方用ＡＫ四七。

「你是不是算準了我會被人追殺？」長風火氣一下子燒了起來，不禁開口罵道：「眞行啊，有消息都不先告訴我，讓我做好準備，你看我現在這樣，等會怎麼泡妞？」

區偉業一樂，哈哈大笑。也只有他在這種時候，還能笑得出來。

雖然洪門來了幫手，情況卻絲毫不樂觀。山口組那幫人不知何時又來了三輛車，讓洪門的兄弟們一邊打一邊退。

長風苦笑道：「老弟，你就這點人啊？人家好像又來了一倍多的人手。」

區偉業沒想到對方有這麼多人，愣了一下說道：「你們趕緊先走，再沒幾分鐘，員警就到了，不走準惹一身麻煩。你們前面兩百米的地方有輛計程車，趕快去。」

掛斷電話，王婷婷正在給馬俊峰包紮傷口，原來他背部被子彈打中，衣服全浸了血。

「走！」時間不多，長風抱起馬俊峰，按照社區的指示跑去。果然，在兩百米處的一個拐角停著一輛計程車，想來是給他們預備好的。

車子剛剛啓動，遠處的警笛聲就響了起來。王婷婷一邊給馬俊峰止血一邊叫道：「快去醫院，小馬失血過多，需要動手術！」

長風說道：「放心吧，這小子命硬著呢！」

車子行過三條街道，還有一段路就到醫院了。王婷婷突然警惕著道：「小心，後面幾輛車跟著我們！」

長風往後照鏡看去，緊跟著的是兩輛小轎車，其中一輛是賓士，另一輛看不清楚，但似乎不是同一夥人。

賓士很快就追上了他們，這次長風有了防範，手上偷偷捏了一道黃符，只要對方先動手，他就有辦法制住他們。不過，賓士的速度和行駛方式，好像不單只是追他們的車這麼簡單。

當賓士車追上他們的時候，車窗打開，一個女人探出頭來。

這女人給人的感覺非常舒服，猶如沐浴著春風，特別吸引人的是那一雙又大又有靈氣的眼睛和薄薄的唇。這是一張典型的古典美女臉，只是鼻子略顯高挺。

女孩對著長風微微一笑，用正宗的普通話問道：「長教授，您好！」知道長風複姓完顏的人非常少，一般人以爲他姓長名風。

長風愣了一下，隨即明白過來，脫口而出：「妳是悅月？」

悅月似乎沒想到他會認出自己來，愣了一下，之後拍手說：「能爲人師表，果然與衆不同。」

被美女這麼一誇，雖然他的臉皮非常厚，這時也不由得飄飄然起來。腰間突然一痛，轉過頭去，就對上王婷婷惱怒的大眼。

悅月見狀哈哈大笑，非常的豪氣。這種性格讓他生起想結交為朋友的想法。

「非常抱歉，長教授，這幾天給您的學生和您找麻煩了，幸好你們沒事，不然我心裡會過意不去的。」悅月用很誠懇的話道歉。

聽她這麼一說，長風明白過來，從唐心兩人被追殺，然後到他們被追殺，都是為了她買的那個八千萬的石頭。

長風問道：「後面那輛車是你們的？」

「什麼？」悅月似乎很驚訝，轉頭看了一眼，臉色略沉地說：「不是，小心了！」

後面跟著的那輛車，突然從車窗伸出衝鋒槍，不分青紅皀白地開火。比較慘的是悅月乖坐的車，大多數的火力都是集中在賓士車。

悅月警惕地把頭往車裡縮，坐在後面的人反應過來，便掏出武器進行反擊。

王婷婷一邊捂住馬俊峰的傷口，一邊對長風說：「趕緊去醫院，不能再耽擱了，不然就沒救了。」

馬俊峰的臉變得蒼白無色，眼看已經呼氣多吸氣少了。要趕去醫院，得先擺脫追殺他們的人，可是要擺脫後面的日本人，又不是一時半刻能搞定的。

追根究底，他們要的是那塊石頭，既然石頭是悅月買的，不如……

一看到長風的眼色，王丫頭立刻會意，打開車窗就把石頭扔給悅月，大聲叫道：「還妳破石頭！」

緊接著，後面追擊的車子全部將火力集中，往悅月那賓士車射擊。車子加速往前開的瞬間，長風留下一句話：「美女，有空喝茶。」

悅月沒料到長風會這麼做，驚險接住石頭之後，立刻拐彎往別的方向開去，後面傳來她的回應：「我們很快就會見面的！」

第54章 惹不得的丫頭

王婷婷拿過手機，一有電話就掛斷。王麻子鍥而不捨打了不下三十通電話，心急得跟什麼似的。她二叔是省級公安廳的龍頭老大，他只是一個小小的警官，怎敢得罪她這位大小姐？

後面追擊的車不再理會長風，一個勁地追悅月的車，長風等人終於順利趕到醫院。

馬俊峰立即被送進急診室動手術，長風給古晶打了個電話，簡單地把這邊的事情說了一遍，社區現在在他那裡，哪裡能瞞住這個老狐狸？

聽到馬俊峰中槍，古晶吸了一口冷氣，然後說：「我這個徒弟命硬，死不了，不用太擔心，找到唐心的魂魄了嗎？」

這麼一問，長風倒是想起來：「魂魄在清心符裡，除了唐心的魂魄，你先給其他的魂魄超渡。」

掛上電話之後，長風和王婷婷在外面看著護士醫生忙碌地進進出出，自己只能乾著急，心情有些鬱悶。

這時，四人悄悄走到他們身邊，突然間出手，長風和王婷婷以爲他們是山口組的人。其中兩人用的是擒拿手，拿捏得非常準確，死扣住長風手腕的穴道。如果對付普通人，這點力道綽綽有餘，但是對於練過氣功的人，根本沒有效果。長風條件性反射，來了個反擒拿手。一個轉身，倒把他們先制住了。

王婷婷由於是女的，對方只有一個人來對付她。她冷笑一聲，一個迴旋踢，把來人踹飛到牆上，只聽到「卡滋」一聲，不是骨頭斷了，大概就是脫臼了。

另一個短髮高個的人，見長風兩人一下把他們三人制住，急忙掏出槍，大聲喝道：

「員警！不許動，把他們給放了！」

見他表明了員警的身份，長風無奈地聳肩，馬上鬆開手。那兩人痛得說不出話，依舊盡責地反扣他的雙手。

王丫頭罵道：「瞎了眼你們，是員警還分不清自己人？」

聞言，一個瘦臉員警半信半疑地給長風搜身，從上衣口袋裡搜出證件，裡面正好有任天行給他的國際刑警證。

他們臉色齊齊一變，相互對望了一眼，趕緊鬆開手。一名短髮高個的員警給長風行了一個軍禮，「Sorry，Sir，天河刑警大隊隊長王勇向你報告。」

長風回了個禮，示意他們不用多禮。被王婷婷踢中的那位同志，肩膀脫臼了，王勇給他弄了幾下就接上了。

原來打從出了學校之後被人追殺，交警大隊的各路段錄影都能看到，交警立刻通知機動小組，由於顧慮到對方火力強，所以調遣了武警部隊來幫忙。派出所的刑警大隊負責協助武警人員，正好醫院報警說有人受到槍傷，所以王勇他們幾個被派來調查。

長風要求員警保守他是國際刑警的秘密，並告訴他們，瘋狂追殺的人很可能是日本山口組，要他們追查山口組的人的下落。

王勇這個人倒是十分俐落，見長風需要山口組的資料，立馬到一邊拿起電話就打了起來。只是他斷斷續續地打了好幾通電話，面有難色，偶爾還朝長風瞟了幾眼。

長風心裡苦笑，之前告誡他不能暴露自己的身份，又要他幫忙查山口組的資料，眞是爲難他了。

「王勇，你給我聽著，這次的指揮不是我們刑警隊，沒有上面的命令，任何人都不許過問，你再搗亂，小心我治你的罪！」電話那頭傳來了非常嚴厲的訓話，王勇見長風和王婷婷的眼光都往自己身上看，頗有些尷尬。

王婷婷見王勇爲了幫忙打探消息，被上司罵得狗血淋頭，一時氣惱，奪過他的手機，冷冷問道：「你是哪個部門？」

「妳是誰，搗什麼亂？王勇呢？」電話那頭聽到是一個女孩接話，口氣很不客氣，還以爲是跟王勇有什麼關係。

王勇相當緊張，要是不處理好，自己回去一定挨處分，但那兩人的身份，他又不好透露，只能在一旁乾著急。

王婷婷似乎聽出那個人的聲音，眉頭皺了一下，還沒來得及回話，電話那頭又嚷嚷了幾聲，很不客氣地掛上了。

王婷婷見王勇一臉擔憂，淡淡說了一句：「你放心，沒你的事，電話裡的人是不是王麻子？」很湊巧，這人是她二叔的屬下。

「對啊，王小姐，您認識他？」王勇好奇地問道。

王婷婷沒理會，手機反撥了過去。電話一接通，對方就掛掉，再撥通，又掛斷，來回幾次，王婷婷心裡不由得來氣了。

最後撥了一次，電話那頭終於接通了，一陣吼聲隨即傳了過來。

「王勇，你他媽的是不是腦子進水了，想造反不成！」

「王麻子，你罵誰呢？連我的聲音都聽不出來？」王婷婷嘿嘿地冷笑了幾聲。

對方聽到她這麼說，似乎愣住了。她故意把電話掛了，手機扔給王勇。「等會他打過來，你接了就說不知道，然後掛電話，別理他！」

王勇一時不明白王婷婷的意思，旁邊幾個員警也都好奇地看著她。

果然，沒兩分鐘，手機就響了，一接通的時候，王勇「喂」了一聲，對方愣了一下，然後追問剛剛的女孩是誰。他按照王婷婷的意思說：「不知道。」

王麻子每一句都離不開王婷婷，但她卻示意王勇掛上電話。

一掛上，對方又來電話，再掛上，再來電話……

王勇愣了一會兒，猶豫著是否要接電話，畢竟對方怎麼說都是自己上司，這麼掛電話，以後怎麼相處？

但是王婷婷絲毫不給他機會考慮，拿過手機，一有電話就掛斷。

王麻子鍥而不捨打了不下三十通電話，心急得跟什麼似的。他知道王婷婷的老爸王富貴，是個隻手可遮天的人物，黑白兩道哪個不給他幾分面子？她二叔又是省級公安廳的龍頭老大，哪一個惹得起？他只是一個小小的警官，怎敢得罪她這位大小姐？

別說叫他打三十通電話，就算打三百通電話，也不敢有怨言。

長風看了一下時間，對著王婷婷說：「時間不早了，別玩了。」

第55章

有下落了

任天行看了看四周，低聲道：「那把消失的手槍，在廣州出現了。」長風和王婷婷不約而同地站了起來。那把在西安研究所消失的手槍，居然出現在廣州！

王婷婷「哦」了一聲，做了個鬼臉，然後接了電話。

「幹嘛，想起來我是誰了嗎？」她故意冷冷地說道。

對方急忙道歉，一口氣說了一大堆恭維的話。王婷婷嘿嘿笑了幾下，柔聲道：「哎呀，王警官，怎麼說話這麼客氣，我哪受得起？」

「受得，受得！」王麻子驚恐道。

「告訴你們局長，就說我剛從山口組的槍口下逃出來，要不是腿快，說不定就變成馬蜂窩了。」

「什麼！」王麻子嚇了一跳，急忙說道：「王小姐放心，這事情一定要嚴加辦理，從重處罰！他們敢在咱們地盤橫行霸道，我不會讓他們好看的！」

王婷婷聽得厭煩，打斷他的話，「先幫我查查他們的落腳地方，查到之後打電話給我，不想跟你多說廢話。」

「是是，只是王小姐妳一個人，最好不要單獨行動。」他有些擔心，雖然聽說過王婷婷在新加坡的事，也聽說她曾連續打敗武警部隊裡幾個練硬氣功的教官，但雙拳難敵四手，而且對方還有槍。

「要你管啊！」王婷婷氣呼呼掛斷電話，把手機還給王勇，搞得他一個人傻乎乎琢磨，這丫頭到底什麼來歷？

馬俊峰的槍傷十分嚴重，手術整整進行一個小時，王勇等四人見沒他們的事，急忙告退。王婷婷偷偷看了一眼坐在一旁的長風，用手戳戳他的腰，喊道：「喂！喂！」

長風懶懶地看著她，「幹嘛？」

「手術都這麼久了，小馬會不會有事啊？你這人怎麼這樣啊？一點都不擔心！」王丫頭一臉擔憂地說：「要是我受傷，想來你也會這樣。」

「妳放心，馬俊峰這小子命硬得很，妳掛了，他還沒死呢，我擔心什麼！」長風揉了揉太陽穴，閉目休息。

沒過多久，長風又被戳醒，王婷婷在他耳邊叫道：「喂喂，起來，問你點事情。」

「妳知道的還不夠多嗎？還有什麼不知道的？」

「在車上，你為什麼要護著我？」王婷婷說到這裡，兩頰一紅，顯得很不好意思。

長風一聽來勁了，想到當時他們兩人身體接觸的感覺，一時間悠然神往，忘了回她的話。王婷婷本來是想聽他解釋的，可是等了一會兒，都沒得到回應，抬頭一看，見他一臉陶醉的模樣，知道他在想什麼，忍不住漲紅了臉，破口大罵：「死豬哥，臭流氓！老色狼！」她掄起繡拳往他身上打。

長風沒留意，被她一拳打在眼圈上，疼得「哎呀」叫了起來，捂住眼睛蹲了下來。

見狀，王婷婷急得一邊叫醫生，一邊掰開長風的手：「我不是故意的，我真的不是故意的，傷到哪了，我看看。」

本來緊張的她，一見到長風的眼睛，突然哈哈大笑了起來。想不到熊貓眼就這麼練成了，就連隨後趕來的護士，見到那對熊貓眼也噗嗤笑出聲，連捂嘴的機會都沒有。好心的護士想給長風擦點消腫藥，王婷婷卻推開她：「不許擦，這樣好看極了！」這麼一段小插曲，讓他倆心情舒暢不少。長風見王婷婷這麼開心，故意頓了下，認眞地對她說：「就算再來一次，我也會護著妳，不讓妳受傷。」

他本想看看她窘困的模樣，好報答她的一記熊貓眼，不料她除了一愣之外，隨即低下頭一聲不吭。他乾咳了幾下，故意把話題扯到那塊石頭。但此時再驚異的事情，王婷婷也不感興趣，不知道在想什麼。

一陣輕輕的腳步聲走過來，初時長風還以爲是病人或醫生，但是仔細一聽就覺得不對勁。這個腳步聲非常有節奏，左腳和右腳之間的跨步大小、用力大小，還有起步時候提腿的那股勁力，絕對不是一般人。

不多時，那人來到長風身邊，剛伸出手，他頓時站起來，伸手揮開來人的手掌，左手捏上那人的肩骨。同時間，王婷婷的一條秀腿，已經對準對方的褲襠。

「你們的反應太誇張了吧？」

長風叫了起來：「任天行，你怎麼在這？」

兩個小時前跟他通電話，人還在西安，現在卻出現在廣州。

任天行臉色一變，隨即哈哈大笑：「看來你們兩個驚魂未定。」

長風笑了幾聲：「什麼時候變神仙了？轉眼就從西安移形換影，飛到這裡來了？」

任天行整了整衣領，對王婷婷瞟了幾眼，又看了長風幾眼，嘴角揚了起來。

長風一愣，還以爲自己哪裡不對，後來想起自己的熊貓眼，不由尷尬地笑了一笑。

「有美女在這裡，不跟著來，豈不是對不起自己？」任天行色瞇瞇地盯著王婷婷。

王婷婷冷哼道：「如果我知道有這麼一個極品色豬，一定會先殺而後快！」

任天行無話可說，不自然地看了一眼手術室，低聲道：「馬俊峰怎麼樣了？」

長風翻了個白眼，「你怎麼什麼事都知道？我才覺得奇怪，怎麼我們快入地獄的時候，你只在一旁看戲呢？」

任天行聽他這麼問，紅著臉吞吞吐吐說：「政策問題，手續問題。哈哈！」

「來廣州有什麼計劃？」任天行的到來，絕對不是巧合，一定有其他事情。

果然沒料錯，任天行看了看四周，低聲道：「那把消失的手槍，在廣州出現了。」

「什麼！」長風和王婷婷不約而同地站了起來。那把在西安研究所消失的手槍，居然出現在廣州！

長風拉著任天行往外走。「走，找個地方說話。」

任天行看了一下手術室，「馬俊峰他……」

「放心，除非太陽打從西邊出來，否則他不可能掛掉。」長風打斷了他的話。

三人找了間飯館，要了個包廂。

「那把槍現在在哪，怎麼找到的？」

任天行有點無奈，笑著說道：「槍是知道下落了，但是還沒拿回來。」

「爲什麼？」長風第一個反應就是不敢置信。

這可是國家的高級機密，不管如何都要不惜一切代價拿回來，如今有下落了，他居然沒採取行動，還有閒情來找他們閒聊。

「長風，先別急，喝杯茶，咱慢慢聊，時間還多著呢。」任天行給長風倒了杯茶，不慢不徐地說道。

長風和王婷婷相互望了一眼，不知道任天行在搞什麼鬼？

第56章

意外的邀請

怪不得悅月花八千萬買下那個石頭，裡面的噬魂和「嘰咕嘰咕」叫的靈體，這兩股力量的任何一個，都足以吸引他們不惜一切代價拿到手。

山口組對他們的追殺，任天行肯定預先就知道，不然也不會一來就知道受傷的是馬俊峰，還知道長風人就在醫院。還有那個神秘女人悅月，他也一定知道，卻一點消息都沒透露。

任天行微微啜了一口茶，然後說：「山口組一直都是國際刑警的頭號監視對象，他們的一舉一動都被密切關注著，這次入境，國際刑警已經第一時間通知我國警方。可奇怪的是，他們到達廣州之後就消失了，你知道這代表什麼？」

要甩開監視非常簡單，但是任天行他們並不是普通人，就算被甩開了，也只是暫時性的，如今卻查不到他們的下落，那就不簡單了。

王婷婷嘴快，接著說：「廣州這裡有他們接頭的地方？」

「不錯，而且這個地方非常隱密，藏著十多個人也不會被警方發覺。」

「會不會是躲到郊區，又或者私人別墅、日本領事館等地方去了呢？」

「我們能想到他們可能藏身的地方，難道人家不會想到？」任天行反問了一句。

長風心裡一想，的確是如此，但是他們不藏在這些地方，又會在哪裡呢？警方的情報網非常細密，這些人如果在市區任何一家酒店、賓館活動，一定會被發現。可是到現在一點消息都沒有，就連區偉業這個地頭蛇查到現在也沒線索。

任天行意味深長地歎了口氣：「他們怎麼能藏得這麼好？如果沒有內應，要如何躲開我們的眼線？」

他口中說的內應，一定非比尋常。能讓這麼十多個人突然間消失，而且好一段時間都不被發現，這個人的勢力一定非常大，難不成這人跟那把手槍有關？

「幾個小時之前，山口組其中幾個人去了學校，正巧你們也在學校裡，所以我受命坐專機從西安趕來。」

「趕來看我怎麼成靶子？」

任天行尷尬地笑了一下，繼續說：「我下飛機後不到十分鐘，有個女人給我打電話，你要知道她是誰，一定很吃驚。」

「她就是Sharly，中文名叫悅月，美國駐中國領事館館長的千金。」沒想到給任天行打電話的，居然是她。

「你叫我查這個悅月的時候，我已經得到初步的資料。她表面上是一個千金小姐，是她父親的好幫手，但真正的身份是聯合國Super組織亞洲區的領頭。」

Super組織是聯合國的一個秘密組織，由聯合國出資成立的，專門研究超自然力量、UFO和怪異事件等。每年投入的研究經費，是美國某秘密組織研究經費的五倍以上，可想而知，這個組織的地位和重要性。

怪不得悅月花八千萬買下那個石頭，眼睛眨都不眨一下。石頭裡的噬魂和「嘰咕嘰咕」叫的靈體，這兩股力量中的任何一個，都足以吸引他們不惜一切代價拿到手。

長風早就懷疑悅月是這個組織的人，如今任天行這麼一說，絲毫不覺得奇怪。

王婷婷說道：「原來那塊石頭的價值是這個啊。」

不過，悅月並不知道，那塊石頭真讓他們拿去研究，不知會有多少靈魂魂飛魄散。

任天行繼續說：「悅月給我打電話的時候，只說送我一件禮物，打開一看，居然是三張相片，那把槍的相片。」

長風大吃一驚：「槍在悅月手上？」

任天行很肯定地點頭，怪不得他說知道下落，只是還沒採取行動。

悅月是領事館的千金，這一點是必須要顧慮的，萬一這件事情鬧到領事館去，便浮上檯面了，等於是國家與國家之間的事，就算是任天行的上司，也必須經過外交部那邊的許可才能行動，事情會變得非常麻煩。

「她給我電話，說想要拿回失去的東西不難，只要幫她找回一塊石頭就行。」任天行有意無意看了長風一眼：「長風，你看過那塊石頭，那石頭到底有什麼秘密。」

對於他來說，那把槍是最關鍵的，兩千多年前的兵馬俑裡居然藏著現代化武器，這是多麼讓人驚訝。但對於悅月來說，那塊石頭比這把槍還重要。

長風淡淡笑說：「那石頭對我來說，只是一個臭雞蛋，有多遠扔多遠。它的價值在悅月眼裡，就像那把槍在你眼裡一樣重要。」

話音一落，王婷婷捂住小嘴偷笑。

任天行尷尬笑了幾下，知道長風對自己非常不滿，因爲之前山口組追殺他的事，急忙解釋道：「我收到消息，山口組要到學校尋找這個石頭，沒想到你們已經到了那裡，而且把石頭帶走了。山口組的人便在校園尋找你們的下落，同時在學校外面佈置好陷阱，就是爲了等你們出來。」

任天行明知道自己羊入虎口，居然沒第一時間通知，一想到此，長風冷冷哼了一聲。

「當時，我剛下飛機，剛組織足夠的警力，本來想去幫你一把，但是悅月不希望我插手。」任天行解釋，說到最後歎了口氣，臉色非常愧疚。

這倒讓長風心裡感到好受一點，畢竟一個人的行動會被他的身份限制。

任天行很無奈，他想要的東西在悅月手上，上級給他的任務，卻是要追回失去的東西。基於完成任務的立場來說，那把槍比長風更重要，但是基於朋友的立場，朋友才是最重要的，但他偏偏身不由己，只能說心有餘而力不足。

更何況，他相信以長風的能力，一定有方法逃出重圍。

「悅月不讓你插手，擺明她對我的情況非常清楚，我想，她不只是Super組織的頭目這麼簡單。」

王婷婷突然開口：「任大哥，這次來找長風，不會又是悅月的意思吧？」

她的語氣用到一個「又」字，讀這個又字的時候，還故意加重語氣，顯然她也十分不滿任天行的見死不救。不過，她的話倒是一針見血，一句就把任天行的目的道破了。

任天行對這丫頭嘴裡吐出來的那個「又」字十分彆扭，嘴角微微一皺。此景讓長風心裡大樂，撫掌稱快。

任天行無奈地嘿嘿笑了一下，從身上拿出一個信封，放在長風面前。信封非常普通，但是信紙上有一股芳香。王婷婷打開信紙，上面寫著幾行字：

小妹久仰任督察、長風先生兩位大名，敬請兩位於七月六日晚，到沿江路「秀雲閣」一聚，不見不散。

悅月敬上！

「呵！這混血兒的中文眞不錯。」長風不由得苦笑一下，七月六日，不就是明天嗎？

王婷婷看完信，噘著嘴，一臉不高興，因爲沒有她的份。

第57章

一件不能說的事

新四軍走後，村落的人為了洩恨，把所有日本人屍體吊在樹上鞭屍，整座亂葬崗臭氣薰天，完全符合死無葬身之地這句話。直到冬天刮風下雪，屍體才被雪掩蓋起來。

美女相邀，九成的男人都難以拒絕，特別是像悅月這樣獨具魅力的女人。到現在為止，長風才明白譚大說起這個女人時，為什麼出現迷戀神態。她算是能讓人一眼就迷戀上的魅惑女人。

古典的造型、迷人的媚眼、兩瓣薄薄的朱唇和那筆挺的小鼻，絕對是史書上記載的貂蟬，穿梭時空來到了二十一世紀。

王婷婷在他們離開的時候，故意假裝大方，反正邀請帖沒她的份。不過，長風從她的眼神裡感到複雜的眼光，讓他十分不舒服，為什麼會有這種不舒服的感覺？

直到後來他才知道這種不舒服的感覺是一種憐憫之情，當他捕捉她眼光的剎那，看到對方流露出吃醋的感覺，雖然不強烈，卻著實讓人不安。

「任先生和長風先生果真是守時之人，不早不晚來到秀雲閣，非常準時啊。」悅月嫵媚一笑。

長風淡淡地說：「有美女相邀，我一向都不會遲到。」

「秀色當前，我也不敢貪早，免得唐突佳人！」任天行接著補上一句。

「中國有句話，叫作物以類聚，見到你們倆之後，終於印證了。」悅月拿著手上的盒子，遞到任天行和長風面前：「這裡面的東西是送給兩位的。」

長風第一個反應就是，盒子裡面放著那把槍，和任天行兩人相視一眼。

悅月沒多說，只是含笑看著他們。當任天行把盒子輕輕打開，掀開蓋子的時候，長風就知道自己沒料錯。

見到盒子裡東西的瞬間，任天行一眼認出這把手槍，不禁停止動作，兩眼緊盯著。輕輕捧起槍仔細看了又看，每一處都看得非常仔細，猶如一個古董商在檢驗商品。

不只是他，長風的眼光也停留在上面。這把從兵馬俑裡挖出來的槍，兩千年前就存在的現代科技，任誰都好奇裡頭藏有什麼秘密。

任天行點了點頭，把槍遞給長風，「沒錯，就是它，一定沒錯。」

「悅月小姐，能否解釋一下，妳是怎麼得到這把槍的？」任天行冷冷地質問。

「喲，任警官說翻臉就翻臉的本事果然了不起，不愧是刀鋒的人，你需要我怎麼解釋呢？」悅月一臉輕鬆，根本沒在意任天行的質問，好像已經準備好台詞一般。

長風聽到任天行居然是刀鋒的人，心裡震撼了一下。刀鋒和龍牙是中國最神秘的兩個部門，比特種部隊還要神秘，怪不得他的權力這麼大！

任天行臉色非常凝重，冷冷地說：「Miss Sharly，這把槍涉及到我國一級國家機密，而且牽扯到幾位科學家的命案，我想妳應該知道吧？」

「這能證明什麼呢？」悅月從容回答。

任天行一道冷光射向悅月，臉色凝重地道：「這把槍的出現和丟失，都被列入一級機密，妳要知道，竊取國家機密，不管是誰、什麼身份，都可以隨時判處死刑！」

悅月自己啜了口茶，反問任天行：「那是對於盜竊國家機密的人，對不對？你敢肯定這把槍就是你要的槍？」

「槍托側面有兩道劃痕，由淺入深，深處兩尾相交，不超過三十毫米，槍頸跟部沒有槍的編號，板機內側有星形劃痕，完全吻合。」任天行把那把槍的記號都說了一遍，之後對著悅月嚴肅地說：「如此大事，知情不報就能把妳拘留起來，而且東西還在妳手上，妳怎麼解釋？這裡的茶不錯，我們警察局的咖啡味道也很香。」

悅月捂嘴咯咯笑道：「任天行，你眞沒風度，對待我這麼可愛的女孩子還這麼兇，一點都不懂得憐香惜玉，你得學學人家長風。」

長風在一旁大樂，任天行這麼說只是想嚇嚇她，來個先聲奪人罷了。

他哈哈大笑拍著任天行的肩膀，故意數落他：「天行，泡妞不能這麼凶，看你把人家嚇得花容失色，要學學我嘛。」

任天行本來就沒有嚇悅月的意思，只因爲這把槍的事情，最近感到壓力過大，今天失而復得，有些控制不住自己的情緒。

「例行公事而已，嘿嘿，嘿嘿！」任天行附和著，不過還是繼續追問下去，「悅月小姐能主動把丟失的東西歸還，任天行感激不盡，不知道這把槍是怎麼得到的？」

悅月微微笑了一下，一臉神秘莫測地說：「想知道槍怎麼來，先答應我兩個條件。」

「妳認為妳能跟中國政府講條件嗎？」任天行臉色非常嚴肅。

他是刀鋒的人，能在半天之內給一個素不相識的人辦了國際刑警的身份，可見權力有多大，現在居然要他答應兩個條件，而且對象還是有美國政府背景的Super組織成員，簡直就是天方夜譚！

換個立場思考，不管是誰，一定都會立刻拒絕。

「一個神秘的兵馬俑，裡面居然有一把現代化武器。嘻嘻，你說，要是讓全世界的人都知道這件事，會怎麼樣啊？」悅月冷笑著說：「兵馬俑的發現被譽為世界八大奇蹟之一，早已名聞天下，可是這把槍，是不是更能稱為奇蹟？而且，我還沒說我的條件是什麼，你幹嘛這麼緊張。」她俏皮地反過來質問任天行。

可惜他不吃這套，一臉堅決地說：「我不會跟妳談任何條件。」

「小氣鬼，我只是想叫你們請本美女去酒吧喝杯酒，這個條件你都不答應？」悅月古靈精怪地嘀咕了一下。

任天行一愣，沒想到她說的條件是這個，這種小事就算不交換條件，他也會義不容辭答應，更何況對方還是個大美人。

這是第一個條件，還有另一個條件她沒說。

長風於是好奇地問：「那第二個條件呢？」

「給我講個故事。」悅月爽快回答。

「故事？」

「什麼故事？」

對於這個與衆不同的女人，長風和任天行兩人都感到十分好奇，以她的身份和背景，這兩個條件也太奇怪了。

「要不這樣吧，讓你們占點便宜，你們請我吃烤生蠔，喝啤酒，我告訴你們這把槍怎麼到我手上的。」

任天行微皺眉頭，默不出聲。悅月瞟了他一眼，笑嘻嘻道：「國際刑警的消息雖然靈通，但是現成的消息一定比你調查來得快。再說，本姑娘要是有心爲難你，還會把東西給你嗎？」

「啤酒、生蠔和炒河粉，我最喜歡吃了，一言爲定。」長風很爽快地幫任天行答應下來，緊接著說：「不過，妳要聽的故事，任天行不一定會說。」

「這個故事，我不要他說。」

「不讓他說？」長風疑惑了一下，脫口而出：「難道是讓我說？」

任天行跟長風對望一眼，心裡悄悄鬆了口氣：「長風最會講故事了，難不成悅月小姐想聽他講故事？」

「沒錯，這個故事只有他才知道，不然幾年前北京昌平區陰變的事，他不可能搞定的。」悅月笑眯眯地看著長風。

他一臉驚詫，心想陰變的事情她居然知道，看來到這之前，肯定花了不少功夫調查，還以爲她是從唐心還是譚大那裡知道我，才邀請我來，我太小看她了。

「陰變事件？」任天行摸不著頭腦，一心認爲陰變的事很少人知道，除了幾個當事人，還有老劉和一位友人，就沒有其他人知道這事了。

陰變事件的起源，是當年日本人對北京昌平的一個村落進行大屠殺，正好被新四軍遇上，把日本人全部殲滅，日本人屍體就被埋在亂葬崗。

新四軍走後，村落的人爲了洩恨，把所有日本人屍體吊在樹上鞭屍，整座亂葬崗臭氣薰天，完全符合死無葬身之地這句話。直到冬天刮風下雪，屍體才被雪掩蓋起來。

後來發生文革，原先的亂葬崗又積了一堆冤魂。之後，那個地方改建成學校，就在幾年前的七月十四日，那些冤魂忽然來個百鬼夜行，陰魂不散的日本鬼居然不守陰間規矩，想找替死鬼，整間學校成了人間地獄。

「怎麼了，長風大哥不會不賞臉吧？」悅月柔聲一問，那聲音足以讓人渾身酥麻。

「能說的，我一定會說。」長風說得很保守，有些事情是不能說的，特別是像她這樣的人。

悅月拍手道：「還有，你一定知道那塊石頭有什麼詭異吧？」

話題終究繞在那塊石頭上，那塊花了八千萬買下的石頭。

第58章

Super組織

八〇年代末，組織裡有人提出一個方法，收集所有關於百慕達的資料，進行大浪淘沙般地篩選，研究到最後，終於找到一條線索，發現了唯一的生還者。

Super組織是聯合國的一個秘密組織，由聯合國出資成立，專門研究「異力量」，悅月是這個組織的人，對她來說，揭開這個秘密就是她的職責。

如果只是這個石頭的秘密，長風覺得沒必要隱瞞，跟她說得越清楚，說不定她會考慮放棄對這個石頭的研究，於是答應下來。

三人特別來到一個烤生蠔烤得最好的地方。悅月十分聰明，而且善於言語，經由她的解釋，長風才知道那塊石頭爲何這麼重要。

Super組織致力於外太空力量的研究，科學家給出的結論是，宇宙各個星球存在著相互吸引的力量。

悅月舉了個例子，最典型的莫過於磁場效應，正負兩級分化後，同性相斥異性相吸。如果把整個空間當作一個磁場，那麼空間中的每個元素就是一個「極」，也許是正極，也許是負極。

空間中的元素，大的包括以星系爲單位的群星，比如說銀河系。小的以星球爲單位的，假設地球是負極，太陽也是負極，而月亮是正極，三者之間維持著一個力的平衡，既相吸又相引。

這個平衡一旦失效，地球很可能會被太陽推到遠方，也可能直接撞上太陽。

因此，這種力量在宇宙維持了平衡，充斥著整個空間，但是這種力的平衡是相對性的，如果某一種力量失去了平衡，就會出現不可思議的現象。

悅月說起這種外太空力量時，任天行忍不住好奇地問了一句：「這種力量跟那顆石頭有關係嗎？」

「那塊石頭就是我們要研究的東西。」悅月很中肯地回答，緊接著說：「我們組織的研究範圍之廣，是你們想像不到的。沒人知道這個組織什麼時候成立，但是我們的前輩在一百年前就暗地裡進行相關研究了。」

這個組織在一百年前就開始研究這種力量？那不就表示這個組織的成立比一百年更早？長風對他們的研究非常感興趣，不禁問道：「你們花費這麼多人力、物力，最後有什麼成果嗎？」

悅月神秘說了一句：「聽說過百慕達嗎？我們曾經研究過，並且小有成就。」

「百慕達？那個位於加勒比海附近的百慕達？」

長風和任天行深吸了一口氣，以悅月的身份，絕對不是信口開河的人，她能肯定地說出「小有成就」，一定不是開玩笑。

任天行喃喃道：「根據記載，從十九世紀起，途經百慕達三角洲的船隻或飛機，都會無故失蹤，現今的科學家仍未能做出合理解釋。」

「沒錯，但未能做出合理解釋，並不表示不能解釋，也可能是不想對外公開，也可能是還沒完全研究透徹。」悅月很嚴肅地回答任天行的話。

長風因爲好奇，曾經對百慕達做了一番研究，喝了口酒說道：「我也曾看過百慕達相關記載，並且做了部分推論。一八四○年，一艘從法國啓航的船隻『羅莎里號』，運載大批香水和葡萄酒，行駛到古巴附近，隨即失去聯絡。數星期後，『羅莎里號』被海軍發現停泊在百慕達三角的海域內，船隻並無任何損毀痕，但是海上、船上都沒有船員的屍體，所有船員就像人間蒸發一樣。」

任天行問：「十九世紀？那時代海盜非常多，『羅莎里號』會不會遭海盜洗劫，船員全遭殺害？」

悅月對百慕達的事情比他們瞭解得更多，任天行的話剛落，立馬開口說：「『羅莎里號』船上的貨物全部原封不動，只有船員消失，你認爲是海盜嗎？」

「一九一八年三月四日，美國『塞克羅普斯號』載了三百零九名船員，連同一萬噸的礦石，一夜之間連人帶船平白無端消失得無影無蹤。事後軍方做過調查，出事海域並沒有船隻的殘骸，也沒有船員的屍體。」

悅月吃了一個生蠔，繼續說道：「一九六○年，五架美國戰機在百慕達三角上空進行飛行訓練，飛機穿過雲層之時，其中一架戰機在其他機師的線視中突然消失。事後，軍方派出一批搜索隊在附近調查，始終找不到任何飛機殘骸，飛機如何消失，對外界來說，至今仍是個謎。」

「對外界來說？」長風和任天行異口同聲說道。她話裡的意思，就是他們內部已經瞭解情況，只是不對外公開。

悅月拍了拍手，笑瞇瞇地說：「怎麼樣，我提供的消息，應該比我想知道的事情更具價值吧？」

長風和任天行相互望一眼，悅月的出現，加上她說出的消息，絕對驚天動地。如果這些消息都是真的，簡直可以用無價來形容。別說十把神秘的槍，就算中國再出土一個兵馬俑坑，也沒這消息有價值。

現在最主要的問題是，飛機是如何消失的？百慕達的神秘事件跟那塊石頭有什麼關係？跟那把槍又有什麼關聯？

悅月似乎會讀心術，居然知道長風心裡想什麼，微笑地說道：「這幾件神秘的消失案件在我們的研究之下，終於有了進展。我想如果咱們誠心合作，一定能解開你們所想知道的謎底。」

「合作？」長風奇怪地問了一句，跟悅月基本上是第一次見面，完全不知道她說的合作是哪方面。

「不錯！」悅月說：「兵馬俑未解開的謎，還有這把槍，如果讓你們的國家自行研究，至少要五十年，但是我們的組織已經研究超過一百年了，如果你們能提供相關資料，大家資源分享，我認為解開這些謎底並不難。」

她的意思是提供有用的資料，比如這把神秘的手槍、那塊石頭，還有兵馬俑挖掘出來的所有資料。但這些資料都是國家一級機密，這不等於洩密叛國嗎？漢奸可是重罪，一旦發現可以直接槍斃的。

這女人不會不懂，為什麼還故意這麼說，而且選中的是長風。更重要的是，她還選上了任天行，這顯然已經計劃很久了。

長風本以為任天行會一口拒絕，但是恰恰相反，他居然哈哈大笑說道：「那要看妳給的資料是否值得我們去做了。想來悅月小姐拿這把槍邀請我們兩人，早就有打算了。你要長風說的那個故事，也不是這麼簡單吧？」

悅月笑著說：「任大哥的風度還是沒有長風大哥好，不如聽我講完後面的事，再下結論如何？」

長風偷偷笑了出聲來，沒想到這丫頭居然學他，抓住機會不會忘數落別人：「悅月小姐，不用理會這鳥人，妳請繼續。」

任天行被長風說成是鳥人，一張俊臉氣成醬紫色。

「百慕達發生的每一個案件，至今都有幾十年歷史，最長的有一百多年，我們花費了很大的人力物力，才把所有跟百慕達相關的資料都集合起來，然後進行科學分析。」

悅月就像是一個導遊，對神秘的百慕達進行相當冗長的描述。

「在這些資料裡，我們找到一個非常有價值的線索。」她故作神秘道。

當她說找到有價值的線索的時候，長風心跳不禁漏了一拍。

八〇年代初期，Super組織對百慕達進行史上規模最大的資料研究，投入將近一百億美金，相當於一個中小型發展中國家的一年的總收入，可見組織的財力龐大。但研究歷經三年，沒有結果。

直到八〇年代末，組織裡有人提出一個方法，收集所有關於百慕達的資料，進行大浪淘沙般地篩選，這個方法一提出來，被一大群人嗤之以鼻。但是最後證明，這個笨方法是最有效的。

皇天不負有心人，研究到最後，終於找到一條線索，發現了唯一的生還者。

第59章

海底金字塔

龍捲風過去，陰暗的海底又重現光明。身邊各種各樣的魚都往一個方向游去。我們跟著這群魚而去。居然發現一座比古夫王金字塔更高更大的金字塔！

「百慕達有生還者？」長風驚訝地問。

悅月點了點頭說：「我第一次知道這件事的時候，跟你們一樣驚訝。生還者是資深的航海員，叫亨利，我們找到他留下的筆記。」

根據記載，一九六六年，資深的航海員亨利經歷了一場天旋地轉的生死鬥。最後，他逃離濃霧範圍，成為唯一從百慕達生還的人。

Super經過半年時間調查，找到了亨利的後人，取得亨利生前的筆記，上面是這麼描述當時的情形的：

當時一片藍天，除了幾朵白雲之外，就是翱翔在空中的海鷗，如此天氣預兆著未來幾天都是好天氣。

當船隻途經百慕達三角海域時，羅盤的指標忽然晃動不止，最後變成三百六十度旋轉，這是我從未遇過的奇怪現象。

抬頭一望，天空、海水與地平線全部混成一團，剎那間天地變得烏黑起來，海面霎時來了一陣濃霧，有一股強大吸力拉扯著船身，就像從地獄裡伸出來的鬼爪一般，想把我們所有人都拉進地獄！

我發現原本平靜的海面，在船的四周快速形成一個漩渦，天上的黑雲被漩渦眼吸了下來，彷彿一股氣連著天上的黑雲，閃電雷聲頓時大響，景象非常嚇人，宛如人間地獄！所有人奮力抵抗，船不停顛簸，很多人都被甩入海裡。我耗盡畢生力氣，最後逃離濃霧範圍……

等我醒來的時候，百慕達海面只剩下一片不尋常的奶白色，一切都恢復了平靜。

這段記載並不十分詳細，但是非常精采。悅月念出來的時候，幾次強調「地獄」兩個字，也許是記載上把地獄兩字做了特別標記吧。

長風淡淡地說：「磁場可以影響指南針，羅盤的指標不斷晃動，潮起潮落，對局部磁場有一定的影響，這點並不奇怪，奇怪的是爲什麼會瞬間變天？」

任天行點了點頭，問道：「對於這個變天，妳有什麼高論？」

悅月眼裡閃過一絲奇異的眼光，然後繼續說下面發生的事。

Super組織的成員根據亨利的後人描述，把出現異象地點標出來，並且利用衛星探測，做了一天二十四小時的追蹤。

後來，其中一位成員在整理Super組織十多年前檔案時，發現了一個驚人的檔案。這個檔案是之前Super組織科學家記載的筆錄，卻放在很不起眼的地方。

內容是這麼寫的：

一九七七年四月七日，晴。

組織暗地裡派了三個人，跟德國、俄羅斯和韓國的科學家一共十五人，前往百慕達勘探。我們使用最先進的潛水設備，在百慕達三角的海底進行研究工作。

衛星雲圖上顯示，今天百慕達上空會有一股烏雲，根據分析，這股烏雲的的預兆跟幾十年前船隻神秘消失之前是一模一樣的。

組織聯合了幾個國家的精英，希望能潛入水底等待那一刻的到來，及時觀察海底現象，希望能有所突破。

那一刻即將到來，所有人都非常興奮。在水底游來游去的魚都看著我們，就像看怪物一樣，魚鱗和魚眼發出的反光，好似星星一般。

這裡就像仙境，讓所有人都沉醉在美麗的世界裡。但是，一聲驚雷讓所有人甦醒過來。海面上本來充足的光線，在不到半分鐘的時間完全變黑，幾道閃電從天上劃破，直直劈入水中！

十五個人中，有一半的人被電擊死。海水彷彿沸騰了一般，捲起一陣又一陣漩渦，從南到北，好似排列好的龍捲風，一次又一次在海底竄過。

片刻，龍捲風過去，海面恢復寧靜，陰暗的海底又重現光明。

這一刻，我們發現身邊各種各樣的魚，都往一個方向游去。我們既害怕又好奇，最後都跟著這群魚而去。

哦，天哪，簡直不敢相信！

我們發現一座比古夫王金字塔更高更大的金字塔，更不可思議的是，塔頂還有一個類似神殿的建築物。

究竟是何人所建？建造目的是什麼？又是怎麼建成的？

這個筆錄寫到這裡，最後帶出幾個疑問，這絕對不是故事，也不是有人故意杜撰的。Super組織發現這個筆錄之後，曾經詢問過當時任職的人，並在聯合國機密檔案裡，證實當時Super組織的幾個成員曾經奉命去調查，時間點完全吻合。

也就是說，這份筆錄沒有任何作假的可能。Super組織做足了功夫，終於找到兩條有價值的線索。

三人沉寂了一下，悅月似乎在考驗長風的耐性，故意看著他。

在百慕達海底發現一座金字塔，這簡直駭人聽聞。

金字塔已經非常神秘了，如今加上一個百慕達海底金字塔，這消息如果披露，肯定有一堆人跑去百慕達湊熱鬧。

這兩件事似乎沒什麼牽連，一個是六六年，一個是七七年，相差了十一年，但是仔細分析一下，就能發現一個特點。

百慕達三角在每次出現神秘引力的時候，天氣都會突然間變化。天空會在瞬間變黑，然後雷鳴閃電，最後消逝的時候，海面上變成一片奶白色。最重要的是，過程中會形成許多巨大漩渦。

長風提起以上的共同點時，任天行也同意地點了點頭。

他接著說：「漩渦跟龍捲風形成的方式非常相像，龍捲風是雲層中雷暴的產物，具體地說，龍捲風就是雷暴巨大能量中的一小部分，在很小的區域內集中釋放出來的一種形式。形成漩渦也需要非常巨大的能量，這種力量不是人力能控制的。」

「要在海底形成漩渦，需要有很大的力量，但是事發之前，完全沒有任何預兆，漩渦要憑空出現，簡直不可能。」任天行提出了疑點。

悅月一臉笑容，她知道任天行動心了，第一步終於成功了。不只是他動心，連長風也動心了，這個百年謎底的答案就在眼前的小妮子身上。

其實，長風並不在乎百慕達有多神秘，但是聽悅月的意思，百慕達的神秘之處，極有可能跟西安的那些事件有牽連，這才是引起他興趣的地方。

「滴嗒嗒……滴嗒嗒……」響聲劃破了凝重的氣氛，長風手機的傳來簡訊。

幾乎在同時，任天行和悅月的手機也各自響了起來。

他們相互望了一眼，露出難以置信的眼神，接著悅月和任天行各自走到一個角落接電話。

長風打開手機看了一下簡訊內容，是區偉業傳來的，上面附著一張圖片。十多人在一個街道上橫七豎八地躺著，地上還有一片一片的血。

圖片下面有文字寫著：「山口組有三人逃脫，古老要你加倍小心。」

長風看完深深吸了一口氣，惹上洪門，就是這種代價。

現在最關鍵的，就是逃走的三個人，古晶會叫自己加倍小心，看來這幾個逃出來的人十分不簡單，不然以洪門的勢力，怎麼可能讓他們逃走？如果只是一般人，也沒必要特別提醒他。

任天行和悅月各自回來，估計他們收到的消息跟長風一樣。

悅月抿嘴笑道：「長風大哥果然厲害，想不到一天的時間就能以牙還牙，幸好我跟你不是對立的。」

第60章

神秘的引力

百慕達的海底地形為一個正圓，當月球繞著地球轉動，與地球最接近的那一刻，月球軸心跟地球表面最近的距離，正好就是百慕達三角的中心。

任天行抽了根菸，淡淡地說：「鏟草不除根，走掉的三個就是一大隱憂。」

「啊，任警官，你面前的人就是命案的幕後主使者，怎麼不抓他？難道你想徇私？」

悅月不解地看著任天行。

「哈哈，悅月小姐眞會說笑，如果悅月小姐親手處理掉山口組的人，我想中國人都會假裝沒看見，甚至禮讓三分。」任天行喝了口酒，中國與日本的民族仇恨，不是三言兩語能說完的。

山口組是日本右翼份子的下屬，除了在國際上做了許多見不得光的事，還專門針對華人挑起衆多事端。他說這句話，意義深長。

悅月好奇地問：「逃走的三個人是什麼人？居然能從洪門眼皮底下逃脫！」

「是九菊派的人。」任天行歎了一口氣，長風也認同地點了點頭。

悅月一臉驚訝，「什麼意思？」

「日本右翼最得力的勢力是山口組，大家都以爲是殺手組最厲害，其實最厲害的並不是他們，而是九菊派。」任天行看悅月一臉不解，繼續解釋說道：「九菊派是日本的UAO（Ultra Ability Organization），即異能組織。」

UAO是一個神秘組織，性質跟龍牙組織一樣。其實，許多國家都在暗地裡研究擁有異能的人，進而利用這些人爲政府做事。

以悅月在Super組織的身份，不可能不知道UAO的事，但卻現出一臉驚訝的表情。

長風轉念一想，便知道她為什麼吃驚，有三個UAO人員在場，山口組還被洪門重挫，這代表什麼？那三個九菊派的人袖手旁觀嗎？肯定不是這麼一回事，現場一定是有比UAO組織更厲害的人，才會讓他們狼狽而逃。

任天行轉移話題，把話又說回到百慕達：「為什麼那份筆錄會被封存起來，不讓外人知道呢？」

悅月說起百慕達的事情神采奕奕，又滔滔不絕地說下去。

那份筆錄被發現之後，立即引起重視，所有人都投入這件事情，不僅調動大量的特工，還到處探查涉及這份筆錄的人。經過調查，一共有十五位科學家，最後生還的只剩下七位。其中有兩個美國人，他們都是Super組織的人，還有一個義大利人、兩個韓國人和兩個德國人。

生還的七個人上岸之後，在附近的一間旅館住了整整四天。這四天裡，他們相互討論交流有關於海底金字塔的事。

四天之後，他們各自回到自己的國家，雖然說科學無國界，但是不可能完全沒有嫉妒和猜忌之心。

七個人回國之後，首先暴斃身亡的是兩名德國人，接著是義大利人和兩個美國人。

最後寫下筆錄的是韓國科學家金太宗。

Super組織通過種種手段，甚至動用聯合國的力量，組織了一個專案組，專門調查這些人的死因。然而這些人都被認定為自然死亡，例如一直身體健康的人，突然間心臟病發作而死，其中一個則是腦髓乾涸而死亡，還有人是胸骨長得過長，活活把心房撐破。

當Super組織進行調查死因的同時，另一邊也開始著手調查百慕達。

炎熱夏天，伴著陣陣涼風，冰鎮的啤酒讓他們感覺身心舒暢，再加上美味的生蠔，悅月胃口大開，話不由得多了起來。她喝了一口酒，拍了拍胸膛，一副心滿意足的樣子，然後繼續跟說下去。

重新探索百慕達的時候，聯合國派出軍隊負責安全與保密的工作，給予最大的支持與後盾。經過勘察和各種試驗、錄影等，終於在一年之後，破解了神秘的百慕達之謎。

悅月輕聲說道：「經過十多年的努力，我們發現百慕達四周的海底地形是一個圓形，經過分析，那個圓形的尺寸大小恰巧是個正圓。」

百慕達的海底地形為一個正圓，這有什麼作用呢？當月球繞著地球轉動，與地球最接近的那一刻，月球軸心跟地球表面最近的距離，正好就是百慕達三角的中心。

聽完如此一說，長風不禁失聲「啊」了一句。

這種現象如果不仔細探測，根本不會有人注意到。Super組織居然連這種細節工作都做得如此嚴謹，可見他們花費了多大的精力。

從地形到天文現象，要完全熟悉所有的知識，不知道需要動用多少力量，這種資料非常寶貴，算是聯合國的高級機密了，悅月敢拿這種機密跟長風交換資訊，絕對不會是傻子賣菜。

長風心裡也暗自想著，她想從我這裡知道什麼呢？我身上有什麼東西能讓她拿出這樣的機密來交換？

任天行也發覺不妥，不過倒是無所謂，反正悅月這女人想要的東西不是找他要。

「我明白了！」長風綜合悅月的話，分析說道：「按照妳這麼說，百慕達三角產生的神秘力量是一種磁場效應。百慕達的正圓地形本身就已經非常古怪，加上月球的轉動，與地球相互拉扯的引力引發一種『類磁場效應』。」

任天行看了長風一眼，問道：「類磁場效應？」

「不錯，月球繞地球轉動時，與地面相距最近距離的時候，正好是在百慕達三角那裡。這時候月球極有可能跟地球間的運動產生一種力量，這種力量非常恐怖，最典型的莫過於海嘯。這種力量本來會形成海嘯的，但是因爲百慕達的地形是個圓形，這股力量進入海底之後沒有觸力點，從而以圓的方式繞著地形轉圈，如此逐漸形成一個漩渦。這種漩渦在海底不停地旋轉，形成一股強大吸引力，這股吸引力會在把海面上方的所有東西都吸下去，包括路過的船隻，天上的飛機、鳥類等等。」

雖然長風不敢肯定事實百分百是這樣，但是這個假設八九不離十。一旁的任天行聽完之後，附和著點頭，悅月也微微點頭表示同意。

最讓長風想不透的是，百慕達引力的產生和兵馬俑事件，兩者有什麼關聯？

任天行想了一下，說道：「不對，如果這樣假設的話，有個條件不成立。如果是因爲月球和地形之間的關係產生這股力量，那麼海底的金字塔又該怎麼解釋呢？」

第61章

海底兩儀圖

在正圓的地形裡有兩個大小一樣的岩石，岩石呈圓柱形，相互對稱。長風腦海裡浮現了一幅圖，突然靈光一閃，驚叫起來：「是兩儀圖！」

長風一愣，一時答不上來，任天行這個問題眞是一針見血。

兩人同時轉頭看著悅月。

悅月莞爾一笑，說道：「百慕達產生的那股引力，跟月球本身關係很大，但並不是最主要的。按照常理來說，長風大哥的假設非常成功，但是你沒考慮到那股引力消失的方式。」

沒錯，按照長風的假設，百慕達地形是一個圓，當引力進入之後，要以繞圈的方式消耗掉這股力量需要時間，少則幾天，多則半個月甚至一年。

悅月繼續說：「百慕達的主要力量跟長風大哥說的差不多，但是按照我們的分析是，地球有引力，月球本身也有一股自身的引力。」

「宇宙之間本來就存在一股平衡的力量，從大方面來講，這種力量包括宇宙各種元素之間的相互約束力，就像各個星球之間都有一種力量相互吸引，才不至於脫離軌道，星球與星球之間又相互制約、排斥。」

「以小方面來看，宇宙中的各種元素本身就存在很多的力量，比如地球的南北極，用中國話說就是陰陽兩極，如此形成一個磁場。月球在跟地球距離最近的刹那產生了一股力量，這股力量破壞了百慕達附近的平衡，並且以圓的軌跡在海底運動。這股力量跟地球上的力量不一樣的地方是，我們在地球上看到的力量具有相互作用，比如把一個石頭摔在地上，地面會有些凹陷。百慕達海底的力量則不同，這種力量具有單一性，石頭若是被巨大力量摔到海底，海底不會出現凹陷。」

長風心裡暗自震撼，力的作用是互相的，這是人人都知道的常識，但是百慕達海底產生的那股力量卻是單一性的。這種說法如果公開，一定會被外界認爲是異想天開。

悅月沒理會長風和任天行兩人的驚愕，似乎早就預料到他們會有如此表情，接著繼續說下去。

這股具有單一作用力的力量在海底運動，便成了一個海底海嘯。

Super組織做了一個假設，如果這種力量是單一性，那麼應該不會影響到海面上方的事物。然而實際上，出現神秘失蹤事件的前後，海面上沒有任何預兆，卻在一轉眼天地變色，那股力量就出現了。

按照理論推算，海底繞圓圈的力量不會這麼快消失，可是引起海面上以及打雷等變化，則是來自海面上空。

月球的轉動每每靠近百慕達，就破壞了附近的力量平衡，短時間內不會被看出來，產生的力量也不會有太大的影響。但是破壞平衡之後的百慕達出現了新的平衡，而舊的平衡力量被破壞之後，也會自動修復過來，如此導致了新舊平衡的衝突。

最後，海底那股轉動力量漸漸往海面上延伸。海面上空三千米之內都會受到影響，才會在短時間內聚居這麼多的雲，並且把雲吸入海底，讓人看了覺得十分不可思議。短時間內積聚的雲層因為速度過快，相互碰撞產生閃電，就跟寫筆錄的人看到的情景一樣。在這個時間段內，百慕達附近產生非常大的吸引力，一定範圍內的船隻和三千米高以內的飛機都被無情吞噬。

說到這裡，悅月停了一下，長風問道：「這樣說只能解釋那股神秘力量的產生，然而，力量最後是如何消失的呢？這件事跟那把槍又扯上什麼關係呢？」

「那把神秘的手槍的出現，極有可能是因為類磁場的原因！」她很嚴肅地看著長風和任天行：「你有個兩個學生，一個叫譚大，一個叫唐心，沒錯吧？」

長風點了點頭，悅月跟他們接觸過，不知道跟這件事有什麼關係？

悅月說道：「我相信，譚大或者唐心已經跟你說過他們的遭遇。那天，他們跟我在同一輛車上，車子撞擊之後引起爆炸，我本以為他們會死在裡面，可是很奇怪，他們竟然消失了。」

「沒錯，譚大跟我說，爆炸之後，他們昏迷了，等他們醒來的時候，已經在校園裡面，這是怎麼回事？」長風望著悅月，難道不是她送他們回來的嗎？

悅月沉寂了一下，最後說道：「你能不能告訴我，那石頭裡面到底有什麼秘密？」

「說白了，石頭裡藏著兩股神秘力量！」長風不想直接說裡面有靈體，因為他擔心悅月不相信自己的話。

她點了點頭，說道：「唐心和譚大的突然消失，跟這兩股力量有關，這應該就是類磁場效應！」

她擔心任天行和長風不明白自己的話，慢慢把這件事的關係整理了一遍。

由於爆炸讓空氣膨脹，因而產生一股強大的力量，這股力量刺激了石頭裡的兩股力量，在很短的時間內，三股力量相互充斥，最後產生類磁場效應。在三股力量之間有個重點，用Super組織的命名，叫「力量盲區」。

悅月淡淡地說道：「這個力量盲區非常神秘，我們還沒研究出成果，但是我們的科學家已經做出了推測，這個盲區有三種可能，第一，是一個時間隧道。第二，是空間撕裂口，第三，進入異世界之路。唐心和譚大的遭遇，證明了盲區是空間撕裂口。」

「只有通過空間撕裂口，才能在眨眼不到的工夫，穿梭到另一個地方。」

悅月看著任天行驚愕的眼神，微笑一下，繼續說道：「如果這個條件是成立的，那麼，兵馬俑出現的手槍謎底就解開了！」

任天行深深吸了一口氣，問道：「那第一和第三種可能，會有什麼現象？」

「如果力量盲區是第一種可能，一旦進入時間隧道，就會隨機被送到某個朝代去，比如瞬間置身在宋朝的某個地方，或者是唐朝的某個皇宮角落！」

「第三種呢，什麼是異世界之路？」

悅月反問道：「你相信不相信有第四空間？」看到任天行茫然地看著自己，又轉頭看向長風。

長風點了點頭說：「雖然沒有實際證據證明第四空間存在，但是，從古至今有很多記載，都是關於第四空間的描述。」

悅月淡然道：「沒錯，比如中國古代很多古書都提過陰間路、黃泉路等，異世界之路就屬於這一類。」

長風瞪大眼睛，從沒想過從這個角度看待這些問題。任天行的表情更加誇張，嘴巴都合不攏，口水差點就滴了下來。

「東方和西方有一句共同咒罵別人的話，就是下地獄去吧！地獄該怎麼下，你們想過沒有？異世界之路很有可能就是下地獄或者上天堂的入口！」

長風吸了一口涼氣，看著悅月說：「就算是，也沒人敢去試驗，甚至無法試驗！」

「沒錯，我們組織有充分的證據表明，產生力量盲區的方式不是唯一，而是多樣的。中國的道術、法術和西方的巫術，都有可能會開啓這樣的盲區。」

這一番話讓長風和任天行兩人陷入了沉思。

良久，長風抬起頭，見到悅月有意無意看了他一眼，知道她即將把話題轉到自己身上，心裡沉了一下。

她開口說，Super組織做了以上的假設，成功解釋力量產生的原因，最後順藤摸瓜，找出力量消耗的方式，方式是找到了，不過並沒有研究到位。

在研究力量消失的原理時，又意外發現了一個異象。在正圓的地形裡有兩個大小一樣的岩石，岩石呈圓柱形，相互對稱。根據資料顯示，兩塊岩石有一個共同點，就是與正圓地形邊界的距離一致，這兩個岩石的出現，絕對不是巧合。

長風腦海裡浮現了一幅圖，隱隱感到很熟悉，卻又一時間想不起來。突然靈光一閃，驚叫起來：「是兩儀圖！」

任天行一愣，「兩儀圖？」

一個圓形裡面寫上一個S，把圓形分成黑白兩半，在S上下對應的黑白範圍裡，各有一黑一白相反顏色的圓圈，這就是兩儀圖。

「不錯，百慕達海底的地形，就是一個非常完整的兩儀圖，那股力量就是靠這兩個圓柱體，瞬間消耗掉所有力量。」悅月盯著長風，嚴肅地說：「我要你講的故事，就是跟這兩儀圖有關。還有，那塊石頭裡面究竟有什麼東西？」

第62章

精神寄託

悅月愣在那裡，臉色異常，關於耶穌基督的秘密，就算她知道也不會說，這是一種精神寄託，也算是一種尊嚴，沒人會對自己的尊嚴打一巴掌。

任天行沉思了一下，不愧是刀鋒出來的，考慮的事情比平常人都周到：「七位科學家，有五位離奇死亡，他們的死因跟這個事情有關係嗎？這把槍出現在兵馬俑裡，跟百慕達有什麼關係？」

悅月看了一下任天行，沒想到他的分析能力這麼強，笑著說道：「百慕達海底有一座比大金字塔和兩儀圖形。你們兵馬俑裡出現了兩千多年後才有的現代文明，你認爲它們沒有關係嗎？」

百慕達下面的兩儀地形如果說是自然形成，這種巧合只有幾十億分之一，機率幾乎等於零。

這個兩儀地形會不會是先人弄出來的？能把這個地形弄出來的人，要麼就是在很久很久以前，百慕達還沒有形成海洋之前，要麼就是這人有排山倒海之能耐。

不管是哪一種可能，已經沒必要去考究了，Super組織研究了將近半個世紀的事，不是他們幾個人一下就能找出答案的。

悅月目不轉睛地看著長風，擺出一副你要是不說我也不說的表情。

長風淡淡笑了一下，一小口一小口喝著啤酒，悠然自得。任天行果然是老油條，故意配合著他，不理會悅月，最後還把話題岔開，兩人隨意聊起了家常。

悅月很無奈，輕輕歎一口氣，朱唇微啓道：「只要把兩儀的原理弄清楚，就能知道金字塔的由來和作用，甚至能知道那批青銅劍，甚至是千年不銹的越王勾踐劍是怎麼鍛造的，還有那把槍。」

悅月這句話讓長風隱隱覺得話中有話，好像她話裡有種很明顯的目的。兩儀的原理非常簡單，既然醉翁之意不在酒，那麼就給她灌一下酒，試探一下吧。

長風簡單說了一下關於兩儀的原理。

「古書《周易・系辭上》曰：『易有太極，是生兩儀。』指天地或陰陽。但是古人又言：『太極生兩儀。』兩儀就是太陽和太陰，其他古書又說，兩儀是陰陽，太陰太陽與少陰少陽並稱四象。」

「太極生兩儀、兩儀生四象、四象生八卦之說，是華夏哲學的基礎思想。跟創造五章算術法的意義一樣偉大。關於太極兩儀的說法，有的被歸納到易理當中，如果用這種說法來解釋氣候，那麼太極就是周而復始的年。兩儀指陰陽，四象就是春夏秋冬或東南西北，八卦即是天、地、雷、風、水、火、山和澤。這個兩儀原理和來由非常簡單，總結出來就是代表陰陽，也就是正負。」

長風不知道悅月爲何要從自己嘴裡確認這些，以她的能力和對中國文化的瞭解，不可能不知道。因此一連串專業術語說完之後，隨意聳肩看著她，看她有什麼意見。

悅月似懂非懂地點頭，本以爲她會有什麼高見又或者是意見，但是並沒有，而且一副很受教的模樣。

她又問：「兩儀，四象，八卦，有什麼作用？」

「作用？」長風一時不解。

悅月補充一句：「它們的用處。」

長風不禁苦笑著說：「這只是古代哲學思想的基礎而已，比如陰陽對立，就像是正負之分。西歐古代哲學思想相對論的提出，跟兩儀的說法十分類似。」

「也就是說，兩儀的誕生和出現對後人的影響，只不過是對事物分別眞假的推動作用？」悅月問。

長風沉默了一下，點頭說：「可以這麼說。」

「據我所知，易理深入中國各行業，太極兩儀是主要。比如，中華的瑰寶武術，諸葛孔明擺的八卦陣，還有古代江湖各種門派武功等，這些牽扯上兩儀，會不會有什麼內在的聯繫？」

對於悅月的問題，長風實在覺得太可笑了，於是說道：「太極生兩儀，兩儀生四象，四象生八卦，用現代數學來算，就是二乘上二，再乘上二，也就是二的多次方，這跟五章算術法中的演算原理一樣。」

「不過，值得驕傲的是，我們的先人非常聰明，凡事都能以客觀的角度看待，並且擁有很強大的創造力。在武術上融入太極兩儀的原理，能讓武術精髓更加融會貫通。」

「融入陣式中，能生生相剋，生生相息，所謂生就是死，死就是生，這些用現代哲學來解釋並不難。」長風不想解釋太多，這種妙學問涉及太廣泛了，就算他想講，也無從說起。

悅月聽得出來，長風笑得非常勉強，便直截了當問一句：「那麼太極、兩儀跟中國西藏密宗有關係嗎？和中國道家一直推崇的太極，又有什麼關係？」

長風一聽，想都不想，一口回絕：「不知道！」

不只長風，就連任天行的臉色也凝重起來。

這女人一開口，就把佛道兩家跟兩儀的事情牽連起來，不仔細體會還真聽不出她的用心。長風就算知道，也不會透露出任何消息，畢竟這涉及到密宗的秘密，密宗的歷史非常久遠，就連日本忍者都是密宗一個支脈演化而來的。

長風不知道此舉是否無心，還是別有用心，但是對她的印象已經大打折扣，不禁冷笑道：「兩儀只不過是一種哲學而已！」

「可是……」

「不知道悅月小姐是否研究過聖經的來由，作者是誰，聖經裡提起的諾亞方舟的是不是真有此事？」長風看到悅月胸前的銀色十字架，不禁冷言相對。

悅月愣在那裡，臉色異常，關於耶穌基督的秘密，就算她知道也不會說，這是一種精神寄託，也算是一種尊嚴，沒人會對自己的尊嚴打一巴掌。

其實，國外很早就有一個機構，破解了裹著耶穌身體那件麻衣的秘密，但是他們一直沒有公佈，因爲涉及到太多秘密。從古到今，宗教一直是政權統治的工具，佛教和道教也不例外，而且佛道兩教的歷史比起基督教，更是久遠得不能再遠。

一九七四年，西安發現兵馬俑時，諸多國家虎視眈眈，甚至有些國家想派學者來中國，想以比中國更加先進的科技進行研究工作。

學術雖然不分國界，但是學術的研究成果直接涉及到國家利益，不只是民族文化研究這麼簡單。

比如說，越王勾踐劍在一千多年前是怎麼鍛造的，劍的成分是什麼，這種鍛造技術在五〇年代末的德國才開始出現。但是在一千多年前，中國就能鍛造出來，這個研究如果成功，將可掀開更多的秘密。

長風很抱歉地說，不知道就是不知道，態度非常堅決。西藏的密宗是中國受災受難百年之後，文化保全最完整的。密宗的大手印、小手印以及各種咒語和印記，幾乎都離不開易理。

悅月無奈地喝了一口茶，淡淡地說：「我記得武俠小說裡描述過非常豐富的陣式，這些陣式比起諸葛孔明的八卦陣毫不遜色。九宮陣、八卦陣、七星陣、六合、五行、四象、三才、兩儀，這些陣式幾乎都跟兩儀有關係。」

「哦，想不到悅月小姐喜歡我們中國的武俠小說。」

「雖然那些只是小說，但是小說的文化系統不可能憑空捏造。我們組織私下專程請了很多中國玄學家，一起研究過百慕達的秘密。經過多方面的努力，我們的研究大有進展。如今找你商討，只是想爲人類做點貢獻而已。」悅月的神色非常誠懇，一點都不做假。

「別說得這麼偉大，我只不過是一個平凡人。」

長風對心理學的造詣不算太低，能從一個人的動作、神態、眼神甚至語氣，看出這個人的心態，如果他的判斷錯誤，那只能說悅月的演技太高明了。

第63章

神秘力量的來源

悅月對咒語非常好奇，說到這裡，長風便明白她為何找上自己。他拿出身上的兩張符咒遞給悅月。這符是在古晶那裡拿的，一張是驅魔咒，一張是伏魔咒。

悅月對這方面的研究確實下了很大的功夫，研究範圍往回推到周朝以前。

Super組織花費大量的精力，找到很多相關資料。中國文化中一直滲透著神、仙、妖、魔和人。根據古書記載，神仙都擁有至高無上法力的，而怪和魔雖然擁有法力，但是個性極度殘忍，被人類憎恨。當時的人類非常脆弱，神仙憐憫他們，於是跟妖魔大戰，然後把妖魔全封在另一個空間，這個時期被人稱爲「封神時期」。

Super組織雖然不研究該時時期的歷史，但對神仙妖魔非凡的力量十分好奇。他們根據手頭上的資料做了推論，神仙妖魔操縱的力量，跟百慕達出現的神秘事件非常相似。百慕達是因爲月球破壞力量的平衡，造成另一股新的力量，這股力量被正圓地形推動，從而形成很大的吸引力。

Super組織更進一步假設，古代神話中的神仙和妖魔操縱的力量，是利用某種介質，把存在於空間中的各種形勢力量歸爲己用。空間中存在著衆多力量，不過肉眼看不見，而且每一種力量都有各自的開啓方式。

這種假設非常瘋狂，如果能成功解釋，將會對人類做出最偉大的貢獻。悅月說到這裡，一臉紅光，心神嚮往地道：「這種控制力量的方法一旦破解，那我們人類就不用怕自然災害，像是水災、旱災、山體滑坡、地震、龍捲風和颱風等。」

長風不得不佩服悅月的大膽假設，心底非常震撼，他從來都沒想過，這種怪異力量可以被破解。不管是九字眞言還是六字眞言，密宗手印或者是內功、符咒等，利用心訣，就能發揮出的神秘力量。這種心訣會不會像悅月說的是一種媒介，能開啓或是操縱這些神秘力量？

這些假設實在太貼切了，以內功例子。人練一口氣，練的就是內功。內功可以增加身體的力量，修練到一定程度，還可以改變一個人的身體體質。內功的修練方式，是否就是一種操作力量歸爲己用的方式呢？

就在長風沉思的時候，悅月打斷了他的思路。

她說：「其實我們很早就研究過道教了，特別是茅山派的道術。我們一開始以爲道術是種理論，經過研究，才知道我們的定位錯了，而且還發現了驚人的秘密。」

「道家通過黃符朱砂寫成一道符咒，配合著口訣使用，就能產生效果，我們認定黃符和朱砂是道家操作力量的一種介質，口訣就是操作的方式、開啓力量的方法。」

任天行疑惑地看著長風，又看著悅月，覺得這種說法非常新鮮。

「如果能從茅山派使用符咒驅魔這事件上，研究出破解操作各種力量的方法，那麼我們遇到的很多謎題，就完全可以弄清楚了。」

任天行問：「怎麼說？」

「鬼，在西方稱爲靈魂，是人死之後的一種磁場。如果道士能操作這種力量去影響磁場，那批青銅劍和越王勾踐劍的鍛造方法，很可能就是利用這種方式鍛造的。那把槍的來由是力量盲區的產物，這個力量盲區的秘密，很可能在道術裡面研究出結果。」

悅月很認眞地看著他們，似乎是吃定他們一樣：「我想驗證這樣的推測是否正確，但是我們組織的研究非常有限。長風，如果你能夠……」

長風冷笑，說道家只用符咒來操作力量，實在是很膚淺的說法，當下補充道：「茅山派以驅魔救人爲已任，他們的符咒是否爲媒介，我不清楚，但是他們會的那種神秘力量，不是妳想像中這麼簡單。」

悅月一臉驚喜，認眞聽著。

長風對茅山派的道術瞭解甚詳，跟悅月說這個事，一來可以把話題轉移，不涉及佛道兩家的秘密。二來，就算她知道方法，但是沒有口訣，一點用也沒有。再加上他已經答應她要給她講故事，正好這個話題無關痛癢，又可以把她的嘴堵上，也算是有了交代。

任天行似乎對這個也很感興趣，今晚他的表現有點奇怪，很少發言卻很仔細聽。他原先是無神論者，不相信世上的靈異現象，經過幾天相處接觸，就容不得他不信了。

悅月好奇地問：「那什麼是紙、筆、墨、血、劍，這五樣都有什麼作用？」

「茅山派道士驅鬼降魔，不可少的是紙、筆、墨、血、劍五樣，紙是黃紙，筆是毛筆，墨是朱砂，血是黑狗血，劍是桃木劍。」長風一一解釋。

「為什麼紙要用黃紙，血要用黑狗血而不能用其他血？」

連長風自己也不清楚：「這些都是祖上傳下來的。用朱砂混黑狗血做成墨，寫在符咒上，符咒才能使用。」

紙、筆、墨、血、劍五樣是張天師創立茅山派以來，驅魔伏妖必備物件，由老祖師傳下來的功夫，一代一代沿用，沒人會去研究這幾種東西為何能用於驅魔降妖。

長風問道：「按照妳先前說的，所有超自然力量都是一種空間力量不平衡引起的。那麼如此推論下去，茅山派的道術就是擁有操縱各種力量的方法，這種方法需要紙、筆、墨、血、劍等當作媒介？」

「尤其是咒語，那是最終操控力量的關鍵！」悅月連連點頭，「我們已經研究過很長一段時間的咒語，但是不得其法，因為這種文化實在太神秘了。」

任天行差點想問，妳難道不是中國人嗎？可是看她那高挺的鼻子，算起來充其量也只能算是半個，話到了嘴邊又吞了下去。

《太平經》卷五十：天上有神聖要語，時下授人以言，用使神吏應氣而往來也。人民得之，謂為神咒。這是說咒語是神靈秘密授予人的，包含著神的力量，好比供人鬼聯繫的密碼和暗號，鬼也有種種禁忌和弱點，害怕詛咒便是鬼的弱點之一。例如殺鬼咒、敕瘟咒、驅鬼咒等。

鬼在悅月的觀念裡，是人死後產生的一種磁場（又叫作靈魂），能影響人的腦電波，鬼之所以能穿牆、做各種變化，也是因爲把人的腦電波改變，讓人產生幻覺。鬼之所以有力量做其他事情，比如舉起物體等，就是因爲他們本身能操控那股神秘力量。而各種咒語、符咒相反的正好可以剋制它們，用的也是相同原理，操作神秘力量使之回到平衡狀態。

任天行一直不說話，也許在思索悅月的話，但是一說話就切入主題。他笑道：「如果咒語能讓這些學者研究出來，那就不叫咒語，可以直接開堂授課了。」

按照她的說法，空間中充斥著衆多力量，要找到一個操作的方法，是非常不容易的。不過，佛道兩家並不完全靠咒語控制那股神秘力量，但長風不想點破，如果對方是朋友，那完全沒有顧忌，但她的身份是Super組織的人，這一點就足夠他提防。

悅月對咒語非常好奇，說到這裡，長風便明白她爲何找上自己。他拿出身上的兩張符咒遞給悅月。這符是在古晶那裡拿的，一張是驅魔咒，一張是伏魔咒。

接過符咒的悅月，好奇看了一下，任天行也湊過來看一眼。

第64章

受困陣中

整棟樓都被灰霧籠罩，陰氣非常凝重，散發出一股惡臭。長風掐指算了一下，苦笑道：「我們已經陷入陣式之中，這個陣叫作黑煞陣。」

伏魔咒上的字龍飛鳳舞，上面的「敕」字僅僅跟著「殺」、「鬼」兩字在後面，其中「鬼」字被關在一個「井」字裡面，字呈現黑紅色，在黃色符紙上面顯得格外神秘。

悅月顯得比較激動，反覆看了一下，沒看出什麼名堂來。

「我們祖宗傳下的絕活，不是你們外國人一朝一夕能研究出來的，咒語不是唯一的操作方法。」長風右手捏起兩指，默念了一下，符咒便自燃了起來。

人有三把火，心火就是其中一種，符咒的燃燒是靠心火點燃的。就在符咒點燃的同時，樓頂的四個角落分別冒出一團藍色煙霧，就像憑空冒出來似的，還散發出一股淡淡的惡臭味。

悅月和任天行被長風突然的舉動驚住了。長風自己更是暗暗吃驚，急忙走到一個角落，仔細觀看那團藍色煙霧。驅魔咒只有在遇到邪惡靈體時才能奏效，點燃符咒只是做個示範，沒想到居然有反應。

另外兩人也發覺不對勁，好奇跟了過來。悅月捂著鼻子說：「好臭，怎麼有死老鼠的味道？」

冒藍煙的地方有兩個花盤，長風輕輕走過去，左手拇指掐在無名指第一關節處，這個指訣叫作「崑崙平安指」，如果有邪物近身偷襲，無名指就會有預警地震動。他察看了一下，沒發現什麼東西，倒是讓悅月發現了這掐指的動作。

「出什麼事了？」任天行驚詫地問。

長風笑道：「也許是哪位『貴人』剛剛路過，不過已經走了。」他所說的「貴人」，就是路過的野鬼，這是對遊魂野鬼的尊稱。

任天行已經和他合作好幾天，漸漸相信世上有鬼，今日卻是第一次遇上，臉上不禁露出不安的神色。

奇怪的是，悅月沒有一絲懼意，反之對長風掐的指訣很在意，她的左手此刻還握在胸口的十字架上。長風瞥見了，心想咱們信奉的不是同一個主。

此時，一人推開他們的門，服務生端著啤酒和點心過來，長風聞到一股濃濃的死老鼠味道，這股味道比剛剛的味道濃得多。

任天行喝道：「小心！」

話音剛落，距離長風幾步之遙的服務生，突然猙獰著把盤子摔到一邊，兩手直楞楞地插向悅月的雙眼，速度比子彈還快。

「小心！」幾乎同一時刻，長風也叫了出來，一把推開悅月，一腳踢在服務生的腿關節上。

「嘎吱」一聲，這是骨頭斷裂的聲音，但這一腳絲毫沒有減緩服務生的速度，彷彿不是他的腿斷了。

耳邊轟然一聲槍響，子彈瞬間撕破空氣，一股灼熱的東西灑到長風臉上。

任天行一槍打在服務生的眉心上，下一秒，血從眉心噴出來，服務生應聲倒下。他得意地吹了吹槍口，然後走到門口探頭向外看去，悅月這才從驚恐中回過神。

長風勉強笑了一下，無奈地向悅月說：「妳的仇家真有特色！」

悅月歎氣說：「不管你信不信，我不認識他。」

任天行把房門關上，職業病讓他想蹲了下來看看這個人是誰。

「別碰他，有古怪！」長風攔住他，那股死老鼠味道是從屍體身上傳出的。

「人都死了能有什麼古怪！」任天行笑著說。

當他翻過服務生，想看清楚他的長相時，本來已經死的人，竟活生生挺了起來，宛如彈簧般從地上彈起，兩手如風一樣快速向悅月脖子插過去。她沒注意到，一時間反應不過來，眼看就要被掐住了。

長風抬起一腳，腳尖直接頂在服務生的下巴，死命地把對方卡住，但是耗費的力氣非常大，漸漸讓他吃不消，幾乎快撐不住了。

見到悅月臉色蒼白，長風於是讓任天行將她拉到一邊，接著順勢往旁邊一滾，把屍體壓過來的力度帶空。屍體失重往旁邊一倒，隨即又跳了起來。

「砰！」

「砰！」

「砰！」

任天行舉起手槍，連續三槍打在屍體身上，由於是近身打，子彈穿透力特別強，在腹部和肩部的兩槍，直接從後面穿透。

任天行臉色大變，叫道：「長風，他是什麼人，怎麼不怕子彈！」

「不是人！」長風沉沉地回答。

這服務生的神色從進門就不對勁，走路的聲音特別沉，就像是背著一百斤的東西在背上，但是速度極爲輕快。長風已經暗中做好準備，沒想到他的目標竟然是悅月。

服務生被任天行的槍打出四個大孔，滿身都是紅色的血，猶如地獄裡爬出來惡鬼。屍體跳了起來之後，一跳一跳追著悅月，和電影裡的殭屍沒兩樣。

長風捏起一個心訣，遙遙一掌往服務生身上打去，嘴裡喝道：「收斬凶神惡煞，破！」破字一出，帶起一股掌風勁疾而去。

掌風打在那人身上，一個黃色手印印在身上，接著「滋滋」作響，手印的四周就像一塊灼熱的鐵烙在身上，還散發出一股焦味。

悅月拿起胸前的十字架對著服務生，十字架閃出一股紫色耀眼的光，在紫色光線的照射下，那人怪叫一聲，整個身子被光線推開似的，從樓頂掉了下去。

任天行不安地問了一句：「這……這太誇張了，真邪門，死人怎麼還會動？」

「有人用邪法在操縱屍體！」

悅月吞吞吐吐地說：「邪法……」

「妳那十字架是什麼東西？居然能對付那玩意！」

「我們組織研發的一種對付惡靈的武器！」

長風看了她一眼沒說話，心裡卻十分驚訝，看來這個Super組織早已涉及到第四世界的研究。

三個人下了樓，本來非常熱鬧的宵夜店，如今靜悄悄的，一點聲音都沒有。當他們來到一樓時，大堂上的所有人都靜止了，一動不動的。

任天行知道不妙，輕輕推了長風一下，低聲說道：「不對勁！」邊說邊把彈匣塡滿。

長風也知道出問題了，但是問題在哪還不清楚。他停下腳步，目光銳利地掃視大堂裡的人。

整個大堂四周，除了他們三人，其他人都不會動，也沒發出聲音。一個客人還挾著一口菜正往嘴裡送，動作就這麼被定格了。

這情形著實詭異，整個屋子瀰漫在灰色霧氣中。

長風一下子看出問題，急忙拉著他們往屋頂上跑，一跑上去，就把頂樓的門關起來，嚴肅地說道：「男左女右，把你們的手掌伸出來，不管你們信不信，這次我們被困在這裡了，如果想逃除去，一定要按照我的吩咐做！」

任天行和悅月兩人相視一眼，分別伸出自己的手，長風咬破食指，在他們的掌心畫上百無禁忌咒。這個咒語雖然沒有太大的功效，但總比沒有的好。

悅月緊張地把十字架握在手裡，長風冷冷地說：「那十字架的力量比起妳手上的護身符差遠了，建議妳還是收起來吧。」

她臉色一變，一副不相信的樣子，想了想最終還是把十字架放進衣服裡。

整棟樓都被灰霧籠罩，陰氣非常凝重，散發出一股惡臭。長風不禁大聲咒罵自己粗心，這麼大的陷阱，居然沒事先看出來。

任天行拿起手機，完全收不到訊號，他納悶說道：「長風，到底出了什麼事？」

長風掐指算了一下，苦笑道：「我們已經陷入陣式之中，如果沒看走眼，這個陣叫作黑煞陣。」

第65章

屍氣

八道黃光一射向天空，房頂上的灰霧被黃光衝破，灰霧凝聚成一條黑色綢帶，一絲一絲往八卦陣裡撲去。屍氣漸漸變淡，惡臭也漸漸變淡，八卦陣奏效了。

古書記載的黑煞陣，主要是利用屍氣作爲陣眼，用陣式帶動起來的力量，把屍氣注入到陣式中。被困在陣式裡的人如果長時間出不來，就會漸漸被屍氣吞噬。

悅月好奇地問：「屍氣是什麼？吞噬了之後會怎樣？」

「屍氣分爲兩種，一種是普通的屍氣，屍體身上的水分被蒸發之後凝聚而成的，另一種是人死之後，留在體內的一口氣。」

「人活著一定要爭氣，但死後一定不能留氣，不然輕者會詐屍，重著會變成殭屍。這個黑煞陣的屍氣就是後者。我們要是出不去，就會全身僵化變黑，甚至腐爛化膿。」

「腐爛！」悅月驚叫一聲，全身寒顫。女人就是愛面子，死了也要死得好看，說到腐爛化膿，讓她渾身不安地發抖。

長風哈哈笑道：「妳不是想研究陣式嗎？機會來了。」笑歸笑，現在唯一讓他想不通的是，佈陣的人是誰，怎麼用這種惡毒的陣式？

「悅月小姐，妳跟誰結了這麼大的怨？」任天行問道。

長風想到剛子中的屍蠱，搖了搖頭說道：「不，這不是針對悅月來的，他們是衝著我來的！」

「九菊派的人？」任天行脫口而出，如果是衝著長風，那麼多半就是九菊派的人。

長風把樓頂的桌子拉到一邊，叫任天行把沒開的啤酒全部打開。

「開啤酒？」任天行感覺奇怪。

「沒時間解釋了。」長風數了數，剩下的啤酒還有半打。三人一起把啤酒都打開，全部倒進一個桶子裡。

接著長風把之前給悅月的符咒拿回來，點燃其中一張伏魔咒扔在桶子裡。悅月一臉可惜，本想拿回去研究，指望從中找出有價值的東西。

半打啤酒倒了將近半桶，符咒在啤酒上面燃燒，最後一丁點的火光漸漸沉入啤酒裡。長風把自己的意念提到最高，脫下外衣揉成一團放進桶子，然後在門口佈一道結界，再按九宮八卦的方式，在地上照畫了一個八卦圖陣。

陣式佈好之後，他跳出陣外，一指指向陣眼，口中喝道：「奉敕下王，紫微大帝顯神靈，急急如律令！」

頓時黃光閃出，八道黃光一射向天空，非常壯觀，八卦陣啓動之後，房頂上的灰霧被黃光衝破，灰霧凝聚成一條黑色綢帶，一絲一絲往八卦陣裡撲去。

悅月和任天行看得目瞪口呆，他們何曾見過這樣詭異離奇的事？

長風道：「別小看這個陣式，佈這八卦陣的目的就是要把屍氣吸走，不過，一旦破陣，我們相當於跟對方宣戰，絲毫沒有退路。」

任天行緩緩點頭，冷冷說道：「對方既然找上門來，他們一定把退路封死了，就算他們不找我們，我們也要找他們！」

「小心！」

屍氣漸漸變淡，那股死老鼠的惡臭也漸漸變淡，八卦陣奏效了。

大樓下方傳來對方陰森森聲音，操著一口不流利的中文：「果然是高手，怪不得能破解我師弟的屍蠱，今天就讓你嘗嘗我中村太郎的手段，要你下去陪我師弟！」

長風聽到對方提起屍蠱，心裡一下火了，對著聲音方向開口罵道：「天作孽猶可恕，自作孽不可活！」

對方哈哈大笑之後便沒了聲音。

悅月和任天行異口同聲問：「中村太郎？這是什麼人？」

「剛子被南洋的降頭師下了屍蠱，他既然是師兄，想來跟他師弟一樣，來自南洋。」長風正色道。

任天行聽長風說起「剛子」，急忙追問：「剛子？你說的剛子，是不是號稱鐵線王的剛子？」

長風點了點頭，這癲痢剛名聲眞不小，連任天行都注意到他。國際刑警的眼線網非常厲害，可是跟癲痢剛相比，那是小巫見大巫。

這不是吹的，癲痢剛專門靠出賣消息爲生，就算是國際刑警，有時候逼不得已也會花大錢跟他交換消息。

他的眼線網非常廣，跟洪門老大區偉業又是生死交情，要動他得先看看惹不惹得起洪門，就算惹得起洪門，也不一定能找到他的人，頂多找到幾個小頭目。

任天行深深吸一口氣，說道：「如果是這樣的話，這個南洋來的降頭師跟九菊派是一夥的。國際刑警得到消息，山口組出動一批人來廣州，任務是暗殺李烽，可是這道密令出來不久，就被剛子攔截了。」

剛子被下屍蠱並不是偶然，顯然是九菊派這麼做的，想來個一箭雙雕。一是斷了李烽和區偉業的消息來源，好暗殺李烽，二是預防在暗殺過程中，有同道中人出手幫忙，因此在剛子的屍蠱裡設下咒中咒，可以順手把解咒的人給幹掉。

這是個非常狠毒的計謀，不過他們沒想到遇到了長風和古晶，兩人聯手破了屍蠱，讓那個下降頭的人被自己的道法反噬，死無葬身之地。

灰霧般的屍氣被八卦陣完全破解，但是長風沒有任何得意之色。

「大堂中的那些人怎麼辦？」任天行問道。

「活不了了。」長風低沉道。

任天行的臉色變得嚴肅，眼裡射出一股凌厲的目光，拿起手槍，檢查了一下彈匣，然後在四周看了一下。

從樓頂到一樓也就四層樓，每一層都有凸出的鐵窗和放置空調的架子。

「咱們可以從這裡下去！」

長風搖了搖頭說：「人家既然要算計我們，怎麼會疏忽這個地方呢？」

任天行看著槍，歎氣了一下，「龍牙的人如果在就好了，不然還有個幫手。」

並不是真的沒辦法，長風要衝出去很簡單，但是他身邊還有任天行和悅月，萬一有個疏忽，後悔都來不及了，能從洪門手下逃走的九菊派三人，一定很不簡單。

一刻鐘過去，樓底漸漸傳來腳步聲，長風嘿嘿冷笑：「終於開始了。」

「快把身上的上衣和褲子脫下來，放到桶子裡浸濕。別小看啤酒，那是用伏魔咒開過光的，比基督教天天供奉的聖水還管用。」長風吩咐道，

任天行倒是無所謂，一個大男人說脫就脫，這可苦了悅月，要在兩個男人面前寬衣解帶，而且現在正值夏天，穿得本來就不多，脫掉一件幾乎就光溜溜了。

「悅月，把衣服脫下，快！」

悅月羞惱道：「你個色胚子！不要臉！」

長風嘿嘿壞笑著說：「不脫也沒關係，妳自己小心了，被他們輕輕碰到一點，包準不用一分鐘，粉嫩的臉蛋就腐爛化膿，就算神仙也救不了。」

這話一說，悅月嚇得摸了一下自己的臉蛋，臉紅地罵道：「你們兩個色狼，還不閉

上眼睛！」

長風和任天行會意一笑，美女脫衣服，閉上眼要怎麼當色狼？既然都說他們是色狼了，又何必乖乖閉上眼呢？

腳步聲已經來到門口，悅月來不及看兩個色狼是否閉上眼，快速脫下身上的衣服塞進桶子裡，接著以最快的速度把衣服穿上。

長風心裡感歎道，要比脫衣服的速度，男人怎麼也比不上女人，唉。

「砰！」

門被人推了一下，閃出一道黃色光芒，隨後聽到一聲尖叫。

任天行用槍瞄準著門口，額頭微微冒汗。

「別緊張，門口被結界封住了。」長風笑著說道：「而且我在結界裡藏了一個伏魔印，他們哪這麼容易靠近。」

伏魔印是密宗手印，跟伏魔咒相比，方便之處是能以無形印伏魔，只要意念在，印記就會有效。

第66章

破行屍群

行屍被血腥味刺激，一下子變得瘋狂，十字架的紫光對它們不再有任何影響。悅月無奈往前一扔，十字架砸中兩個行屍，被砸中的地方突然起火，短短幾秒鐘便化成灰燼。

門口處做了結界，樓梯間的人根本上不到頂樓。片刻，一樓傳來中村太郎驚異的聲音，緊接著就是鳥語似的叫罵聲。

長風大喊道：「中村小狼，有本事就進來，爺爺看你有多少能耐。」他故意把太郎說成小狼，想活活氣死他。

果然，這傢伙就是一個頭腦簡單的料，一聽到有人叫他小狼，口中大怒地嚷著「八嘎」，叫罵聲音越來越近，看來這傢伙要衝上來了。

門口不斷傳出哀號聲，就像厲鬼被油鍋炸時發出的聲音。長風心底暗暗歎了口氣，中村太郎居然操控那些中了黑煞陣而死的人，這些人還眞冤，莫名其妙被人害死，屍體還被操控。伏魔印是密宗眞傳，蘊含佛教至高無上的法力，被打中之後短時間沒有人超度，最終只能煙消雲散，他不禁有些感慨。

過了一會兒，突然寂靜了起來，長風立刻提高警惕，捏了幾個奇怪的印記，用力打在門上。任天行拿著手槍，低聲說道：「中村太郎就在門後。」

下一秒，門突然間「轟」一聲，一團藍色火焰從門下方燃起，整個門瞬間燒了起來，不到半分鐘化爲灰燼。

「砰！砰！砰！」

任天行對著門口果斷開了三槍，眼睛緊緊盯著門口，嘴裡低聲道：「長風，看來你的功夫沒學到家，結界被他破了！」

中村太郎把門毀了，一個人影一閃，從門裡面衝出來，喉嚨裡哼了一聲，好似中槍，之後微微側著身，把手一揚，三顆子彈頭掉在了腳下。

此景讓他們非常震撼，居然有人能空手接住子彈，尤其在這麼近的距離，就算有防彈衣也會吃不少苦，這個中村卻一點事也沒有。

中村冷笑道：「早聽說你們的人陰險狡詐，就會暗箭傷人。」

「比不了，比不了！」長風反譏說道：「暗箭傷人比不上閣下你，我們的暗箭也就傷了一個人，閣下可是要了幾十個人的命啊！」看到中村臉色微微一變，他緊接著冷笑道：「造這麼深的孽，今天你也該還了，送你到刀鋸地獄去！」

中村大怒，本想反罵回去，說話過於緊張，中文又不好，只能「八嘎！八嘎！」回罵了幾句。

刀鋸地獄是地獄第十八層，生前做盡惡事的人都會被帶到這一層，用刀鋸把靈魂切成九九八十一截，受盡痛苦，然後曝曬七天七夜，傷口處給萬蟲撕咬，最後再灑上鹽水，如此反覆受盡折磨。

這一層對普通人來說，只有那些拐誘他人子弟婦女、買賣不公之人，死後會到這裡受苦。但是對於修行法術的人來說，這裡修行者的惡夢之地。

聽到長風提起刀鋸地獄，中村恨得牙癢癢，左手從身上掏出一個小布偶，右手拿著針，惡狠狠瞪著長風，操起針就往布偶身上刺，嘴裡念念有詞。

突然間樓頂風聲大作，任天行往長風身邊靠近，悅月則緊緊抓著長風的衣角。長風文風不動，等待的就是這一刻。

門口突然間冒出許多行屍，這些行屍都是之前在大堂上吃東西的人，起碼有三十個。他們的臉呈現黑色，有的甚至已經腐爛，一塊塊肉都快掉下來了，眼珠子還散發出暗紅色的光。在中村操縱下，這些行屍一搖一擺向他們衝過來。

長風厲聲罵道：「邪門歪道，居然用行屍擺黑煞陣，今天我就替老天收了你！」

中村太郎獰笑道：「我要你們下去陪我師弟！」隨即念了幾句咒語，小布偶身上被插滿了針。

眾多行屍把長風等人包圍起來，任天行連續朝行屍開槍，每一槍都正中眉心，但是行屍倒下之後又挺起來，對付這些行屍，子彈完全沒用。

行屍越來越靠近，悅月躲在長風背後，拿著十字架一按，一股耀眼的紫色光芒閃出，一群行屍尖叫一聲，急忙後退幾步。

中村猛地咬牙，一口血噴在小布偶身上，行屍群被血腥味刺激，一下子變得瘋狂，十字架的紫光對它們不再有任何影響。悅月無奈往前一扔，十字架砸中了兩個行屍，被砸中的地方突然起火，短短幾秒鐘內便化成灰燼。

「長風，快想想辦法！」悅月緊緊抓著長風。

「妳不是要研究陣式和操控力量的方法嗎？我成全妳。」長風趁她和任天行不注意，一把拉過他們擋在面前，接著用力往前一推，直接撞進行屍群裡。

他們死活也想不到長風會這麼做，就連任天行在那一剎那，也露出難以置信的眼神，兩人頓時失重往前撲倒。

中村沒想到長風這麼貪生怕死，居然出賣自己的朋友，嘴角露出鄙夷的笑，隨即舞動手上的小布偶，行屍便往任天行和悅月兩人集中，似乎要活生生把他們給分屍。

「啊！」悅月一邊驚叫一邊往地上倒去。

任天行憑著一身功夫，左一腳右一腳，把那些沒人性的行屍踢到一邊，但是行屍越來越多，逐漸把他們兩人包圍起來。

長風推了他們一把之後，把念力在剎那間提到最高，默念著奧義九字訣，兩手急速捏起手印。

「臨、兵、鬥、者、皆、陣、列、在、前，破！」九字真言從他嘴裡一個一個吐出，手印從不動明王印一直換到寶瓶印，一個破字，把九字真言的威力全部激發出來。

原本畫在地上的八卦陣，在同一時間啓動了，從地面散發出一道道燦爛的黃光，直射入雲層。八卦陣上方被他用念力畫的另一個八卦陣，也跟著有了反應，上下兩個八卦陣就像牢籠，把中間的所有東西籠罩起來。

任天行和悅月被推上前當作擋箭牌，當陣式啓動，他們身上的衣服跟著散發出奪目的黃光，那些本來掐著、抓著他們的行屍，被黃光一照，彈開到老遠。

「破」字聲音剛落，一股罡風從八卦陣中生起，帶著黃光壓向那些行屍，一轉眼，全部化成了灰燼。

中村手上的小布偶是操控行屍的道具，如今行屍被長風破了，小布偶便自燃起來，一股反彈力道把他震飛到圍牆邊，一口鮮血從嘴角流了出來，隨後昏厥過去。

他們兩個還不知道怎麼回事，行屍群就被奧義九字訣和八卦陣收拾了。

長風走過去蹲下，咬破指尖，在中村的印堂、太陽穴、膻中穴和虎口四個靈位穴道封住。封住這四個穴位，他就像普通人一樣，再也沒什麼特異能力了。

悅月一臉氣憤，兩手叉腰質問：「卑鄙小人！你居然利用我們當擋箭牌，虧我還十分相信你，把命都交給你了。」

長風哈哈大笑：「大小姐，現在妳不是好好的嗎？有傷到一根毛髮嗎？既然沒有，怎麼能說我這是卑鄙小人的手段呢？」

任天行的臉色很不自然，不過說眞的，在這種情況下用這招實在不妥，但是唯獨這樣才能破解中村的行屍群。如果事先有準備，中村肯定知道他倆是長風故意推進去的，又怎麼會操控行屍往他們靠近呢？如此一來就不能用陣式破了所有的行屍。

長風突然拍了拍他的肩膀，思緒因此中斷，「這就叫置之死地而後生。」

好在，男人和男人之間很容易溝通，一個眼神、一個動作就能瞭解對方的心思，當時的情況算是情由可原，就算一開始稍有不滿，任天行最後還是大方笑了笑：「沒事的，我了解。」

對於女人，特別像悅月這樣的，長風最終選擇不去解釋，因爲越解釋越容易遭殃。

任天行拿出手銬，把中村反銬起來，動作的時候驚訝地叫一聲，原來中村的右臂下方有子彈穿過的痕跡。他踢了對方一腳，罵道：「他媽的，還眞以爲你有能耐，不照樣給吃我子彈，早知道老子多賞你幾顆！」

悅月驚異地問，「怎麼你不是瞄準他的眉心打嗎？怎麼打中手臂了？」

這麼說來也奇怪，任行天對自己的槍法非常自負，絲毫不懷疑是自己的準頭有問題，便轉頭望向長風。長風看了一下中村的手臂，笑著說道：「原來這傢伙還會移形換影，只可惜功夫不到家。」

看見中村被逮住，任天行和悅月兩人不免有些開心，但長風提醒他們：「還有兩人沒出現，別太得意。中村的功夫只算得上三流，反而他師弟會施咒下咒，比他強多了。」

他們一步一步下樓，樓道裡傳出腳步的迴音，悠揚又深遠。

長風從沒聽過這麼詭異又沉重的腳步聲，越往下走心裡越沉，隱隱感覺到有什麼不妥，這種感覺就像預兆一樣，每次都非常靈驗。任天行拖著中村，讓他半邊身子露在樓梯扶手外，萬一有人要偷襲，也好把他當作人肉盾牌。

整棟樓就像被隔絕一樣，安靜得可怕，更增添一種恐怖氣氛。

悅月之前對研究力量操控的慾望，現在在她臉上找不到一絲痕跡，長風心裡一陣偷笑，這種詭異神秘的事情，豈是說研究就能研究的？

偷笑歸偷笑，他暗地裡還是要做好防備工作。

下了樓梯，長風右手掐著平安訣，放慢腳步走進大堂。到處一片狼藉，大堂裡沒有一個人，桌子、凳子橫七豎八倒著。

第67章

幻陣

長風沉沉説道：「我們困在幻陣裡面。」沒想到中村的同黨才是真正的高手，這個人的謀略也太厲害了，居然讓中村這種窩囊廢當替死鬼，把他們的注意力引開。

大廳裡沒有一個人，桌子凳子橫七豎八倒著，一盆熱氣騰騰的火鍋還冒著熱氣。一樓的大門本來是開著的，現在卻關上鐵門。

「長風！長風！」大堂叫聲傳來，仔細一聽，好像是王丫頭的聲音。

「是王婷婷！」任天行驚訝地說。

黑煞陣裡的屍氣雖然被八卦陣破了，但那只是利用陣式巧妙把屍氣剋住。如果不把剋住的屍氣完全解決，萬一來個閃電或者雷鳴，不小心把八卦陣破了，屍氣就會再度散發出來。唯一的辦法，就是塵歸塵土歸土，只有把屍氣引進泥土中，再用石灰散在泥土上面，才能完全清除。

任天行拿起電話撥了幾次，電話根本沒有訊號。他本想叫人來幫忙，畢竟一下子死了這麼多人，普通的員警根本解決不了，但是電話無論如何就是打不通。

中村的同夥一定還在附近，現在王婷婷來了，正好可以叫她去請古老頭來幫忙。長風心裡閃過一絲疑慮，但是王婷婷的叫聲把這絲疑慮掩蓋了。

用力拉了一下門，門打不開，看來是從外面鎖上了，任天行對著外面叫道：「王丫頭，我是任天行，妳看看門是不是鎖上了。」

「你們等會，我幫你們開鎖，等會我叫你們推，你們就用力推。」

「好！」任天行喃喃地說：「這中村賊真噁心，不知道他是怎麼把門鎖上的。」

話音剛落，他愣住了，一下明白過來——外面還有同黨！

「婷婷，外面有九菊派的人。」長風擔心地喊了起來。

王婷婷把大門弄得叮噹響，說道：「外面沒人，你們怎麼被關在這裡？打你電話還說不在服務區，好不容易才找到這裡。」

「行了，我數一，二，三，你們一起用力，這鐵門生銹了。」

任天行和悅月兩人一起頂在門上，長風也幫忙用手推著鐵門，只等喊口號一起用力，但是他心裡一直有不對勁，只是想不起來是什麼。

王婷婷在外面喊一二三，喊到第三聲，長風突然靈光一閃，終於知道哪裡不對勁了，手機訊號，沒錯，就是手機訊號。

在房頂的時候，他們因爲被中村施法困在黑煞陣，所以手機沒訊號。等他們下樓之後，中村如果有幫手，多半會在一樓埋伏，尤其中村還在他們手上，幫手一定會想盡辦法救人，但奇怪的是一樓沒看到任何人。

就在王婷婷喊到手機沒訊號，長風就覺得不對勁了，後來一想，手機依然沒訊號，那說明他們還在陷阱中……

長風急忙把任天行和悅月一人一邊推開，喊道：「小心！」

任天行被推得摔倒，立馬站起來，滿臉怒氣。悅月撞到鐵門旁的垃圾桶，一股惡臭都往身上倒。女孩子本來就喜歡乾淨，頓時氣得臉色發青。

向他們使了個眼色，長風指了指門口外。王婷婷喊到三就沒了聲音，外頭似乎沒有人。這奇怪的現象，讓兩個怒氣沖沖的人安靜下來。

長風接著抬頭看一下，再看看周圍，窗外陰沉沉的，根本不像是要下雨，但是頭頂的烏雲十分黑暗。任天行和悅月也知道不對勁，相互看了一下四周，然後輕輕走到長風身後：「有什麼不對勁？」

「幻陣。」長風沉沉說道：「我們困在幻陣裡面。」

沒想到中村的同黨才是眞正的高手，這個人的謀略也太厲害了，居然讓中村這種窩囊廢當作替死鬼，把他們的注意力引開。

這時，中村醒了過來，但是身體無法動彈，被封住了靈力不說，連穴道都被點了。

「長風先生果然厲害，沒想到還能知道幻陣。」一陣陰笑從門外頭傳來。

「森田大佐，救我！森田大佐，救我！」中村立馬大叫起來。

「等我殺了他們，再救你也不遲。」森田冷笑罵道。

中村臉色大變，森田要用幻陣殺人，他也逃不掉，原來自己只是一顆棋子，不由破口大罵起來，半桶水的中文罵得坑坑巴巴，後來乾脆用英文，最後換成母語日文。這人還眞能罵，瞬間換了好幾種語言！

森田根本不理會中村，在鐵門外冷冷哼了幾下。

任天行一怒，舉起手槍往門外連開三槍。槍聲迴盪在室內，震得雙耳發酸，奇怪的是，子彈打到門外就像石頭扔進水裡，盪開一股一股的氣波。

「天行，悅月，你們過來。」長風把他們兩個叫過來，然後把中村放在三人中間，預防他跑了，接著嚴肅地說：「等會無論你們遇到什麼事情，都不要害怕，因爲你們的衣服有符咒的力量，可以保住你們的性命。」

悅月嘴裡喃喃道：「這次慘了，想不到陣式這麼厲害，看來我們的研究只是冰山一角。」說完話，暗暗歎了口氣。

長風冷冷對森田道：「跳樑小丑，只會暗地裡傷人！」一邊說他一邊觀察四周，希望從中找出生門，從陣式裡逃出去。

「哈哈哈哈！完顏長風，口氣不小！即使令尊在此，也不敢這麼自大！」

長風身子一顫，沒想到對方居然知道他複姓完顏，還知道他父親。他父親完顏渡劫的名聲雖然不大，但是眞正高手級的人物見到他，都會禮讓三分，就連龍牙組織的老大見到他父親也只能以晚輩自居。

對於森田這個人，長風沒聽說過，不由問道：「你是誰？」

「完顏老先生曾經幫助我們封閉魔眼，這讓在下十分佩服。」

悅月奇怪地道：「魔眼是什麼？」

長風想起父親跟他提過當年最得意的事，就是把魔眼封住。魔眼五百年開啓一次，開啓的地方是陰氣最重的。

當年美國扔了兩顆原子彈，導致數萬個冤魂在日本徘徊，聚齊了許多陰氣。再加上戰敗後，許多日本軍黯然回國，一些人因爲殺孽太重，夜夜做惡夢，最後自殺身亡。有些人則是軍國主義思想作祟，導致他們集體剖腹自殺。因此在那個地方醞釀了魔眼。

當時，以日本那些破道術，根本沒辦法封住魔眼，基於人道主義，父親於是出手相助。若是不把魔眼封住，不止是日本，整個東南亞，甚至大半個地球都可能受到威脅。作爲學道之人，在某個方面來說，一定要盡自己的力量去做。

父親當時提過，在日本封閉魔眼的時候，其中一位高手就是森田家族的後起之秀。這位森田是否就是父親提過的人？

長風冷笑道：「既然我父親幫過你們的忙，就應該知道感恩，中國有句話，『滴水之恩當以湧泉相報』，不過這句話只對人說，對你嘛，嘿嘿，那是不受約束的。」

他故意笑了幾下，意思是說對方不是人，不然也不至於故意加害恩人的後人。

森田老臉一紅，說道：「完顏先生的後裔，我們本來不該爲難，只可惜李烽這個人我們要定了，你堅持要蹚這渾水，那是你自找的。而且那位Sharly小姐手上還拿著我們的東西。」

任天行下意識地摸了一下腰間的槍，這是悅月送來的。她手上的東西無非就是這把槍和石頭。石頭確實是她花八千萬買來的，至於這把槍怎麼來的，似乎沒有聽她說明。一想到這裡，突然間對著鐵門方向哈哈大笑。

森田被笑得莫名其妙，大喝道：「你笑什麼？」

「實在荒謬，你這老東西，人家小姑娘買來的東西，你說是你的就是你的啊，這種搶劫的方法是近幾年來最有創意的，應該給你發個獎盃！」

悅月感激地給任天行投了個眼光，淡淡說道：「西安那個位老先生是怎麼樣被殺的，你可以問問他。」

長風和任天行兩人心裡一沉，相視一眼，西安幾位科學家的神秘死亡事件，跟他們有關係？九菊派雖說跟山口組沒直接關係，但是他們的後台都是同一個老闆。長風看了一下任天行，知道他心裡很激動，拍了拍他的肩膀，示意他先冷靜下來。

李烽的事情就算長風不插手，洪門的人也會竭盡全力保護他，森田如果以爲想靠道術對付李烽便沒有對手，那是大錯特錯。

區偉業曾經跟長風說過，洪門裡的幾位前輩，雖然不管洪門的事業，但是如果威脅到洪門的事情，他們隨時會復出，那幾位高手練的都是氣功。

氣功跟特異功能不同，卻有異曲同工之妙，特異功能是先天的，天生就擁有一股力量，而氣功是後天修練的，一旦修練有成，往往會有意想不到的效果。比如有人修練氣功到一定程度，能白髮變黑髮，返老還童，但是特異功能卻達不到這個效果。

洪門的高手一生都在修練氣功，暗中為洪門做事，從來不露臉，一個人便足以驚世駭俗，更不用說好幾個人。

這一次洪門動怒，對山口組來了一次大清理，知道有九菊派的人在其中還敢如此動作，想來那幾位高手必定有一個或者幾個人參與了，不然山口組也不會這麼慘。

長風閉口不語，沒必要再跟對方囉嗦，如今唯一的辦法，就是坐下來破解陣式。

這個幻陣很邪門，會產生一股燥熱的風，這股風不是從外面吹來的，而是從陣內吹出來的，非常容易讓人生氣。

三人相互坐在一起，悅月和任天行不說話，喘氣聲卻逐漸變大。

第68章

假的王婷婷

長風虛弱地說：「小心，那個人不是王婷婷，是假的。」任天行目光一冷，掏出手槍往那女人身上射去。那女人滾了幾下躲開子彈，一陣煙霧散開，人就不見了。

長風捏了一個印訣，叮囑道：「千萬要冷靜，這個陣式就是要讓我們失去理智，只要控制好自己的情緒，這個陣就不攻自破了。」

任天行點頭：「嗯。」突然間來個大轉變，聲音提高好幾倍說：「知道了！」

長風一看不對勁，熱風不知不覺加強，看來森田開始催動陣式了。

任天行開始急了，見長風仍然靜坐不語，十分生氣，轉頭抓著他的領口大聲問道：「現在怎麼辦？」

長風沒理會，腦中不斷思考著要怎麼對付森田。從洪門逃出來的三個人，一個被擒，一個是森田，還有另外一個呢？藏在暗處的那個人，也許才是最致命的，必須要提防這個人。

任天行嘿嘿冷笑幾下，鬆開了長風的領子，鄙夷說道：「還以爲你有多厲害，到頭來只不過是個神棍！」

悅月譏笑道：「你問那傻子有用嗎？你是員警，怎麼不自己想辦法？」

任天行把子彈塡滿，悅月的話對他來說是一種刺激，咬著牙站起來想往門外走去，大聲吼道：「看老子如何殺了那傢伙。」

長風突然間橫著手擋住他。

「把你的手拿開！」任天行舉起槍對著長風，冷笑道：「敢擋我辦事，就來個先斬後奏，治你個同謀罪。」

他此時滿臉紅光，怒火攻心，悅月也好不到哪裡去，赤紅的眼睛看著任天行和長風，不停發出冷笑的聲音。他們倆都被幻陣弄得怒火攻心，失去平時的理智，尤其任天行的鼻子漸漸留出一絲絲血跡。

長風趕緊把念力提高，暗暗念起金剛薩埵降魔咒，兩手捏起內獅子印，手印一捏，他們兩人突然震了一下，動作變得非常遲緩。

看準這一刻，長風急忙換了個咒語，念起金剛薩埵心咒，手印從內獅子印一下轉成不動明王印，腹部微微提氣，以爆破的方式吐出一個「臨」字訣。

這是「奧義九字」的首字訣，「臨」字訣結合天地靈力，能讓人身心穩定，臨事不動，靈台清明，不讓邪魔入侵。這字訣一捏，立馬見效，任天行和悅月兩人一顫，甦醒了過來，相互驚訝看了一眼，重新坐下來。

任天行臉色很沉，低聲說：「長風，趕緊找出破解陣式的方法，我不敢保證等會兒會做出什麼失控的事。」

「般若波羅密，定！」

長風從食指擠出一滴鮮血，在任天行和悅月的眉心印上一個觀音印，這個印記只能在短時間內保持清醒。可是用血施法保護第三人，需要耗費自己相當大的精力。

他繼續計算著陣式轉動的方向和特點，突然門外一陣慘叫，是森田的聲音，之後王婷婷的罵聲響起。看來是王婷婷趁森田沒注意，陰了對方一把。

果然，陣式突然間停止了，四周豁然亮了起來，就連天空那些黑壓壓的雲層也在剎那間消失得無影無終，被鎖著的鐵門吱呀打了開來。

門外的王婷婷一手提著一個老頭，見到長風沒事，咧嘴大笑，把森田狠狠扔在一邊，然後雀躍般跑向長風。

任天行鬆了口氣，緩緩站起來，憋了一肚子氣的他一腳踹在中村的肚子上，然後把對方提起來。中村被踢了一腳，疼得不敢大叫。看到陣式已破，不知道該喜該憂，快速瞄了一眼王婷婷，一股喜色從他眼裡飄出來。

這一幕剛好被長風看到，心裡暗暗吃驚。王婷婷非常高興地跑過來，雙臂張開抱著自己，整個身子都壓過來，上半身柔軟的胸脯貼在胸膛，說不出有多舒服。

長風兩頰一紅，這丫頭什麼時候變得這麼大膽了？鼻子傳來王婷婷身上的香味，他立馬警覺，右手假裝緊緊抱著她，加強了點力度，左手卻捏出一個魂龜訣。

王婷婷抱緊他之後，開心叫了一下，似乎在享受，然後含情脈脈說道：「你去死吧！」一股刺心的寒氣從背後傳來。

「砰」一個響聲，兩個抱在一起的人被直直分開。

王婷婷倒飛出去，長風被震得反彈到牆邊，由於頭部沒能控制好，後腦勺直接撞上牆，頭部一陣痛楚傳來，整個人渾渾噩噩。

任天行還沒明白是怎麼回事，只看到長風整個身子跟牆壁親密接觸，這一跤絕對是本世紀跌得最難看的姿勢。

王婷婷身上從來不抹香水，她認爲女人香該是自然體香，而不是靠香水維持。眼前的王婷婷居然擦香水，讓長風心裡一駭，只是對方身子已經靠上來，要推開已經晚了，也知道這一擊躲不過，只好捏了一個魂龜訣。

這個王婷婷毫無疑問是假的，她就是逃出來的三人中最後一個。長風撞倒之後，假的王婷婷也好不到哪裡去。

魂龜訣是長風逼不得已時才使用的，用了這一個手訣，起碼要修養三個月的時間才能恢復。這個訣的好處就是遇到致命傷害時，可以把傷害減少到一半，保護自己的要害，同時用以牙還牙的方式還給對方。

假裝成王婷婷的人沒想到長風能分辨出眞僞，偷襲不成反被自己的力道所傷。起碼長風還有所準備，保護了要害，但是她完全沒有防範，被震飛出去後，在地面上滾動了幾下，從嘴裡吐了口血，縮在一旁喘息。

長風虛弱地說：「小心，那個人不是王婷婷，是假的。」

任天行目光一冷，掏出手槍往那女人射去。那女人滾了幾下躲開子彈，一陣煙霧散開，人就不見了。

「忍術！」悅月驚呼。

一旁的中村大喊：「櫻子！救我！櫻子！」

櫻子不見人影，任天行瞬間將槍口轉向森田，一看地上沒人了。

長風餘光掃了一眼，見到森田用隱身術往大門跑去，可惜他的隱身術太不入流，馬上被識破。

「任天行，朝那裡開槍。」長風指著門口說。

任天行槍頭一轉，「砰！砰！」就是兩槍。

第二槍打中了森田，一陣慘叫後露出原形。那槍打在屁股上，一股鮮血從右邊屁股流出來，他一邊捂著屁股，一拐一拐往前面跑，嘴裡罵道：「八嘎，八嘎，你們中國人真是缺德，專挑我屁股打。」

「好，就打你的頭！」

話音剛落，森田連屁股都不理，急忙捂著頭部往前面跑走。

任天行扣了幾下扳機，可惜沒子彈了。他一邊換子彈一邊追過去，可是轉眼間，四周突然又暗了下來，狂風大起，吹得眼睛都睜不開。

「回來！」長風嘴裡低聲說了一句，接著腦子越來越沉，之後就迷迷糊糊暈了過去。

長風做了個夢，夢見父親回來參加他的婚禮，但是新娘卻不知道是誰，總之他感覺到老婆拖著長長的婚紗，到處跟朋友打招呼。其中三張桌子擺滿香燭、金元寶和紙錢，那三桌是留給陰間朋友的。

父親笑哈哈說道：「好兒子，果然不愧是我完顏渡劫的兒子，居然這麼年輕就能破解我們完顏世家的古咒，可以結婚生子了。」

說到這裡，父親黯然了一下，沉浸在往事中，最後悄悄落淚，歎息道：「要是當年像你這麼有出息，你媽媽就不會生下你之後就離去了，只怨自己年少急功近利，只破解了一半。」

見到父親傷心，長風也悄悄落淚，父親這輩子風光無限，唯一的遺憾就是保護不了自己的妻子。自小長風就沒有媽媽，但是多了一份佛愛，出生下來沒多久，就被父親抱去西藏跟達賴他們一起，說要給他從小就開光灌頂。

他想起了母親，如果母親還在，一定不會讓他受罪，想著想著淚流滿面，冰冷的眼淚滴在臉龐上，父親的聲音沒了，耳邊傳來任天行和悅月的聲音：「長風，醒來啊！」

長風悠悠睜開眼睛，臉上傳來一陣火辣酸疼。

悅月噘著小嘴說：「任天行，你真厲害，長風大哥才昏過去，你兩巴掌就把人家打醒了，這巴掌打得眞有份量。」

任天行尷尬笑了幾下，別過頭對悅月說：「噓，噓，小聲點，別讓他知道。」

「我的臉怎麼這麼痛，哪個王八蛋弄我！」長風哼了一下，任天行這傢伙居然把他的婚禮給攪散了！

悅月噗哧一笑，怕長風看到她笑，故意轉過頭偷笑。任天行嘿嘿跟著傻笑，裝作不知道，一副完全跟自己沒關係的模樣。

長風抬頭看窗外，從昏迷到清醒，相隔不到兩分鐘，陣式已經完全變了，四周幾乎都是黑壓壓的，天空的烏雲一層一層堆積，隱隱約約還有雷電。

他臉色一冷，罵道：「你奶奶的，居然還擺了個天雷陣，連個後路都不留給我，做得這樣絕！」

第69章

父親的下落

長風臉色大變，父親已經十年沒消息了，西藏活佛告誡他，如果父親死了，千萬不要去追查他的死因。如今聽到森田的話，父親的行蹤八成和他有關，一定要抓來問個清楚！

「天雷陣？」

長風指著上空解釋道：「天雷陣跟其他陣式不一樣，會把雲層都引過來，然後在裡面電人！」

悅月失聲說：「什麼！居然有人能改變天氣？」

她顯得非常震驚，Super組織曾在一本古書上看過相關記載，有人能改變自然界的天氣，科學家們都認爲那是無稽之談。

科學家經過多年研究，費了不少財力、物力和人力，第一個研究出來的成果，也是唯一一個的成果，就是「人工降雨」。利用飛機在天上散佈特製的二氧化碳冰塊，讓它們在雲層上方經過化學反應，最後形成人工降雨。如今居然有人能憑空改變天氣狀態，怎能不讓她驚駭，完全超出認知所能接受的範圍。

長風看她非常激動，淡淡地道：「這只是玄術當中的冰山一角，還有更多事情是妳想也想不到的，有些時候，科技能解釋現象，但也有一定的侷限性。」

悅月一聽，這些事情還只是冰山一角，雙眼瞪得老大，一副不敢置信的表情。

天雷陣已經啓動，周圍烏雲密佈，陰風陣陣。長風快速在四周畫了一個太極圖，一陰一陽，然後要求任天行和悅月把所有金屬製的物品，都放在太極圖的陰面，他們三人和中村則坐在陽面。

任天行於是把槍枝、子彈、手銬和手機等，全部都放到陰面。

長風瞪了他一眼，罵道：「想要留住你的命，最好把所有金屬的東西都放過去，我說的是，所、有、的、金、屬、製、品！」

「這東西也要？」任天行摸著悅月送來的那把槍，實在有些不甘心，畢竟好不容易才拿回來的，可是一看到長風嚴肅的臉，最後還是放到了陰面。

四周陰沉沉的，一股刺骨寒風由上至下壓來，彷彿在冬天享受著「冰水」的洗禮，陣陣寒意從頭直竄到腳指頭。

天空的雲層漸漸旋轉成一個大漩渦，陣眼裡突然出現一絲絲白色寒氣，隱約有電光在閃爍。任天行打冷顫地說：「怎麼天雷陣變成了天霜陣了，再這麼下去，絕對不用五分鐘，我們就要成為冰雕了。」

說到這裡，他看到悅月的臉被凍得紫紅，高高的小鼻子格外動人，便打趣地說：「悅月小姐如果變成冰雕，不知道我有沒有機會一睹芳容，想必是傾國傾城。」

悅月嬌嗔了一下，直罵他貧嘴。

這麼一調侃，氣氛倒是輕鬆許多。

從任天行的眼裡，長風看出他的無奈。一個刀鋒的成員，軍警兩界中最優秀的人員之一，不自負已經實屬難得，跟自己在一起沒幾天，一身的能力絲毫用不上，面對這種事情，無論是誰多少都會有失落感，更不用說如此優秀的任天行。

陣式已經轉到最高潮，四周傳來櫻子和森田的奸笑聲。

長風哈哈大笑，「小鬼沒見過大饅頭，等會讓你們嘗嘗反噬的厲害！」

他故意提起反噬，就是爲了激怒他們，每一個施法的人，害怕的不是被人家破解陣式，而是被自已施的法術反噬。修行人最終需要突破的就是自已，一旦走到這個地步，就相當於渡劫，又叫作天劫，過不了天劫的人，便會走火入魔，功力越高的人，反噬的力道就越大。

森田和櫻子愣了一下，過了一會，前者譏笑說：「你們父子看來都一樣，死到臨頭還嘴硬，我要你們完顏一家全死在我手裡。」

長風一聽，臉色大變，父親已經有十年沒消息了，至今生死不明，西藏活佛告誡他，如果父親死了，千萬不要去追查他的死因。

然而，一直以來，他都沒放棄查探父親的下落，如今聽到森田的話，父親的行蹤八成和他有關，一定要抓來問個清楚！

他一咬牙，本來還想再等一刻，找到陣眼就直接破陣，這樣比較輕鬆，但是爲了不讓森田有時間逃跑，就算要多損失一些元氣，也要將他留下。

長風把皮帶解下來，叫任天行和悅月兩人抓緊皮帶，無論如何都不要放手。他們倆雖然不知道此舉有何意義，但還是緊緊抓住了皮帶。

中村在後面抓著他們的衣服，雖然他只是一個三流修行者，但是經驗還是挺豐富的，見到長風這麼做，臉色大變，操著不正宗的中文罵道：「瘋了……你瘋了！八嘎……八嘎……」

這麼做跟自殺沒什麼區別，也難怪他會這麼口不擇言。

「八你媽個頭，等你有命回日本再八吧！」任天行賞了他一個拳頭。

「抓緊了！」長風把皮帶纏在手上，準備破這個天雷陣。

這個陣式非常簡單，破的方法也很簡單。

天雷陣是藉由雷的力量，從上到下在陣式內產生雷電效應，刮出的刺骨寒風就是雷的副效應。風不離雷、雷不離風就是這個道理。

天雷陣上方還有個陣眼，雖然沒有龍捲風大，但是中間的雷電確實是致命的武器。

突然間，雷電閃了一下，強烈的白光刺透了眼睛，兩眼陣陣酸疼。接著閃電從上空劃出一條線，直接跟地面相接，就打在他們旁邊，被雷打到的地面冒出陣陣白氣。

長風佈的太極陣開始生效了，沿著圓形亮起了一道紅光。外頭電光霹靂，一道道白色閃電打下來，全繞著太極的圓弧游走，陰面那一半逐漸騰起怪異的熱浪，陽面這邊卻異常寒冷。

任天行對森田大罵：「他媽的，居然把我們當作鴛鴦火鍋煮，等破了這個陣，我抽你的筋！」

森田哈哈大笑，非常狂妄地道：「命都快保不住了，還敢這麼大言不慚！」

「老任，你看住悅月和這個小日本，我施法的時候不要讓他們亂動！」長風給任天行的掌心從新開光。

這個印記是掌心雷，如果有人偷襲，一掌打過去，比子彈還管用。

他盤膝靜坐，把腰帶緊緊握住，隨後把靈力提到最高。太極陣的陽面受到靈力影響，溫度漸漸變高，地底生起了一股溫暖的力量，慢慢把寒氣驅逐開來。冷暖相交的邊界，形成了一層薄霧，他們幾個人被籠罩在裡面。

寒氣被抵制在外，感覺稍微舒服許多，籠罩的那層薄霧，被上空霹靂打下來的雷電纏得一圈又一圈，劈啪劈啪作響。

長風捏了個手印，口中念著印訣，大喊一聲：「去！」兩掌對著上方一打，一團光波般的氣勢從掌心湧出，直擊陣眼。

陣眼被他這一記打得發出洪水般的嗡嗡聲，之後轉變成淒厲的驚叫，一聲聲從上方傳來，叫得人心裡發顫。

悅月顫抖著說：「什麼聲音啊？」

中村一臉驚慌對著外面大喊：「森田君，櫻花君，救我！」可是沒有人回應他，讓他非常失望，氣得亂喊亂叫。

天雷陣是藉由雷為引子的陣式，陣眼就在正上方，但不知道被森田和櫻花做了什麼手腳，印訣打過去居然沒有破。

淒涼的哀叫聲從四面八方傳來，地面的滾滾熱浪加上外頭寒氣包圍，要不是長風擺了個太極陣，說不定他們早就下半身被焚燒，上半身被凍結而死。

四周不斷傳來淒慘的叫聲，一聲比一聲慘，猶如惡鬼下地獄被油鍋炸的慘叫，又像是被火車輾死之後的冤魂哭聲。時而是年輕男子的悲喊，時而是女子的哀嘆，其中穿插著轟隆隆的雷聲。

悅月抓著長風的皮帶，一雙小手不停顫抖。長風看她這麼害怕，輕輕拍了她一下，安慰說：「不用怕，這些都是幻境，不是真的。」

話雖然這麼說，但是他心裡生出一股寒氣，早該想到森田和櫻子不會只佈置一個天雷陣這麼簡單而已。

第70章

不甘的冤魂

長風在左掌畫了一道上茅咒，用腳在地上的三寸之處大力踩三下，嘴裡大聲喝道：「有請玄陽祖師上身！」突然間一股暖流從腳底湧上額頭，他的身子已經被玄陽祖師控制。

長風心想，對方在佈下黑煞陣之際，使用的屍氣很可疑，肯定就是人死後嘴裡殘留的那口氣。

要找到這種氣談何容易，一百個屍體裡能找到一個就算非常走運了，這只是第一步，最困難莫過於尋找這種死體的時候，遇到詐屍或者殭屍，說不定連命都賠上。

九菊派下了這麼大的功夫，到底想幹嘛？

長風深深吸了口氣，那些哭天喊地的就是厲鬼，在陽間死不瞑目，因爲各種原因導致死後不服氣，都被九菊派收了放在陣式中。

這個天雷陣似乎早就計劃好的，要不是長風捏了印訣，以光波的方式打出去，巧合地發覺陣式暗藏機關，說不定早就中招了。既然那個櫻子把厲鬼放到陣眼裡，那它們就是死門。

古人云：死就是生。要破這個陣式，先破厲鬼。

長風提了一口氣至胸腔，用靈氣以語音的方式說出來：「世人的疾病，皆是前世結下的因，現世四大失調爲緣，由於因緣湊合而成疾病，在世的時候是疾病，死亡就是治療你們最好的方法，爲何還不明白？」

聲音宛如梵唱般，在四周圍響起，厲鬼的哭叫聲突然降低。

接著另一個聲音響起，是櫻子的喃喃咒語。她故意說道：「你們在世的時候被人欺負，讓你們白白死去，那可惡的司機、狠毒的醫生、麻木不仁的法官，還有那些雙手沾滿鮮血的壞人，沒有一個是好人，你們死得瞑目嗎？」

櫻子刻意引導它們激起怨氣，果然，話音剛落，厲鬼又呼嘯著圍繞他們轉圈，變出各種各樣的可怕形態。

悅月抓著長風，指著一個厲鬼驚叫：「吊死鬼，好長的舌頭啊，她眼珠掉啦！」接著承受不住刺激，就這麼暈倒了。

任天行急忙扶住她，把手上的腰帶綁死在她身上。

長風看到上方的寒氣越壓越低，周圍薄薄的一層光環逐漸承受不住壓力，閃電轟然劈下來，已經能聽到冰塊碎裂的聲音，沒時間去憐憫這些被操控的厲鬼了。

「唵、嘛、呢、叭、彌、吽！」長風閉上眼睛，用心念念起了六字大明咒。六字大明咒又叫觀音神咒、六字眞言，跟大悲咒一樣，從古至今被世人念誦。

他再次把念力提高，咒語經過念力，威力逐漸擴大，一波一波蕩漾在太極陣中。

厲鬼的怒氣被六字大明咒漸漸壓了下去。突然，一陣轟然巨響，一道閃光從天上劈下來，只見白光一閃，地面火花大起，整個地表就像剛地震過，放在太極陰面的幾支手機被雷劈開，一道火光燃起，不到三秒鐘全燒成灰燼。

任天行目瞪口呆，失聲叫道：「他奶奶的，不會把地面劈個洞出來吧……」

後面緊緊跟著好幾次閃電，似乎有再劈一次的趨勢。長風抬頭看太極陣快撐不住了，虛汗不由從背後冒出來。這次是陰溝裡翻船了，一邊是惡鬼，一邊是天雷轟頂，忙得無法兼顧。

他大聲喘氣，心裡漸漸產生一股懼意。先前的緩和下來的厲鬼，在雷劈過後，又狂妄了起來。

已經用掉太多靈力，長風感到虛脫，先是破黑煞陣，然後給任天行和悅月的印堂畫觀音印，再畫一個掌心雷，方才還念了六字大明咒，如果沒有一些時間恢復念力，恐怕撐不了多久。

自從放下那把在兵馬俑裡找到的槍之後，任天行就一直注視著，深怕被人偷取。一道閃電又劈下來，巨大的電流正好劈在槍上，冒出陣陣火花，槍被電流的力量衝得在地上彈好幾下，之後「咻」的一聲往陣眼飛去。

任天行大驚失色，急忙站起來想追過去。長風一把拉住他，厲聲喝道：「你要幹嘛！不要命了！」

「那槍如果丟失，我怎麼跟上面交代，這東西花了我多少精力才拿回來的，比我的命還重要！」任天行大發脾氣叫道。

長風說道：「你會飛不成？要怎麼追？」

陣眼就在他們頭頂上方，一個大漩渦似的，要追那把被捲到陣眼裡的槍，不只要會飛，還要那些厲鬼不攻擊你，並且穿上一整套的絕緣衣服，否則光是打雷就能把人劈個稀巴爛。再加上外頭寒冷的陰風，不做好保暖，三秒鐘內一定成爲一尊冰雕。

任天行沒話說，哼了一聲嘟囔道：「怎麼閃電就不劈死外面那兩隻畜生，讓他們兩也變成厲鬼！」

閃電？厲鬼？

聽到他這麼說，長風突然醒悟過來，原來是這樣，終於找到破解的方法了！

雷的力量非常巨大，再厲害的靈體被劈到，肯定煙消雲散，所以任何靈體都懼怕雷。厲鬼再強也只是一種靈體，現在居然敢出現在閃電打雷的地方，唯一解釋就是，這個陣式裡的天雷和厲鬼靈體之間，有種東西隔絕著。

長風站了起來，仔細看清楚這個陣式，臉上露出一股微笑。

他頓時把念力提到最高，將右手食指咬破，在自己的左掌畫了一道上茅咒，然後雙掌合十，用腳在地上的三寸之處大力踩了三下，嘴裡大聲喝道：「有請玄陽祖師上身！」

任天行聽到長風這麼一喝，心裡大爲震驚：這就是請神？

突然間一股暖流從腳底湧上額頭，長風身子一震，他的身子已經被玄陽祖師控制著。

玄陽祖師喝了一聲後，右手捏了一個蓮花訣，遙遙一指，一道劍風從指尖破空而去，打在正好劈下來的雷電上，白色耀眼的電光瞬間「劈啪劈啪」響了兩次，隨即引起更大的雷聲。

這一指彈出之後，長風的身子又恢復正常，玄陽祖師現身也就一剎那的事情。那道雷電「轟」一聲過後，直直往下劈來。

那些厲鬼慘叫一聲，全部被閃電吞噬，太極陰面被閃電劈了好大一個坑，坑裡冒出陣陣青煙。

長風和任天行抬頭一看，上空的黑雲正逐漸消失，兩人輕輕吁了口氣。

忽地，一聲雷聲在頭頂響起，兩人急忙趴下來，雷聲轟得耳朵嗡嗡作響。突然「啪」的一聲，有東西落在一邊。

任天行抬頭一看，趕忙伸手緊緊抓住，驚喜叫道：「是那把槍！」接著拿著槍柄左看右看。

突然，附近又響起一聲爆炸聲，爆炸帶起的氣浪幾乎要把他們吞噬。任天行被炸得不經意間扣動扳機，手上的槍發出「滋」的一聲，一顆子彈往上空呼嘯而去。子彈打進陣眼後不見了，正慢慢散去的黑雲，也在瞬間消失得無影無蹤。

一頭亂髮的森田奸笑著，一手提著衝鋒槍，一手拿著兩顆手雷進來，對準長風和任天行兩人，大笑著說道：「破得了我們的陣式，再讓你們嘗嘗我的子彈！」

說音剛剛落，一排子彈就往他們掃射過來。

長風反應非常快，早在爆炸的那一刻就做好躲避，接著見到森田拿著傢伙，連忙抱起悅月對任天行叫道：「快躲開！」突然肩膀一熱，一股黏黏的東西從裡頭冒出來。

兩人瞬間倒地滾到一側的柱子後面，子彈不停從身邊掃過。

中村的手腳都被綁著，見到森田的機槍掃射過來，拚了命挪動他的大屁股，不過還是不幸被自己人掃中了幾下，趴在那裡蹭了幾下便斷氣了。

「把你們炸個稀巴爛！」森田哈哈大笑拉開引線，往前扔過去。

長風的臉色不由一變，壓著悅月趴在地上。倒是任天行比較冷靜，見到森田把手雷扔過來，果斷地舉起槍，看也不看就朝對方開三槍。

第71章

槍，殺人了

長風把槍附有靈體的事說了一遍，任天行死活不相信，卻因為無法解釋森田的死才不得不信。他按照長風教的方法咬破舌尖，把血塗在槍上，讓自己的精血與靈體融成一塊。

三槍過後，任天行頓時愣在那裡，要不是長風拉著他趴下，他還要呆愣好一會兒。

此刻，悅月輕哼一聲醒過來，幽怨地看了長風一眼，然後轉過頭去整理自己的頭髮。

長風偷偷看了一下，森田就躺在那裡，手上拿著兩隻皮鞋。他把發愣的任天行拍醒，只見對方斷斷續續地說：「槍……槍……」

「槍怎麼了？」長風不明白他指著槍是什麼意思。

「槍殺人了……」

「槍殺人？」長風很驚詫，初聽時覺得好笑，拿槍殺人是再正常不過了，難不成是槍自己會殺人？當他看到一旁被雷電擊中爆炸的地方時，立馬明白過來。

任天行說得沒錯，槍殺人了！不是拿槍的人殺人，是槍自己殺人了。

爆炸的地方有把被炸得變形的槍，那把槍才是任天行的佩槍。他現在手上的槍，正是悅月送回來的那把。這把沒有子彈的槍，居然可以殺人。

長風不由仔細回想起來，這把槍被雷劈到，之後捲進陣眼裡，再掉下來，被任天行不經意扣動扳機，陣眼上的烏雲瞬間消失得無影無蹤。

而森田手上的兩顆手雷，絕對不是說著玩，但是被任天行慣性舉槍射擊之後，對方被擊斃，手上的兩顆手雷卻變成兩隻黑色皮鞋，難怪他會愣在當場。

如此神秘的事情，足以媲美百慕達海底的金字塔了。這一次，連長風都不知道該如何解釋了。

「把手槍給我看一下。」長風接過槍，一股暖流傳到手上，把他嚇了一跳，手槍沒抓穩，掉在了地上。

他趕緊彎下身撿起來，緊張地看著這把槍。之前摸這把手槍的時候，沒有這麼怪異的感覺，難不成被閃電一劈就變質了？不對，這股暖流很不一般，有股特別的熟悉感。

長風試著閉上眼睛，運起念力，靜靜輸入到手槍裡。

「老朋友，我們又見面了！嘰咕！嘰咕！」一股聲音從裡面傳出來。

「怎麼是你？」長風驚喜道。

手槍傳來一股歡快感，好似老朋友相見。

感受到槍散發出來的情緒，長風腦海裡浮現出一個擺動著圓錐形的頭，一條長長的尾巴忽左忽右搖晃，兩隻小手放在嘴巴上對他做鬼臉。雖然彼此語言不能相通，但是通過意念，便可明白對方的心思。

原來是那塊價值八千萬石頭裡寄存的靈體，那個一直被噬魂壓制在石頭裡「嘰咕嘰咕」叫的靈體。它被長風解救之後離去，尋找其他的棲身之所，當時送走它的時候，他還送了一張引路符。

離開石頭之後，它一直找不到適合的棲身之所，也越來越受不了外面的環境，於是透過引路符找到長風，本想讓他把它帶到廟宇去，誰知道一來就發現了這把槍。槍到底有什麼特殊，它沒說明白，但是長風知道，那把槍的材質一定跟那塊石頭有很大的關係。

當閃電強大的電流劈中那把槍時，它利用閃電的力量趁機進入那把槍。怪不得烏雲會一瞬間消失不見，原來是被它吞了，裡面正好還有一些厲鬼的殘餘力量，可以補充一下能量。不用多問，森田的死一定是它的傑作。

靈體的念力告訴長風，當森田把手雷扔出來，任天行慣性扣下扳機，它便瞬間將兩個手雷與門口的兩隻皮鞋交換。這一招偷樑換柱，不由讓他想起古晶講過的一件事：五鬼搬運法！

長風稱讚它厲害的同時，也眞誠感謝了它的救命之恩。

不過，他覺得有些奇怪，這靈體好像對任天行特別感興趣，一會說這傢伙非常有趣，一會又憂心忡忡，問了一些有關任天行的事。後來他才知道，靈體首次進入自己的棲身之所時，遇到的第一個人，就會認對方爲主人。這靈體的力量這麼強，而且生性單純，配上任天行的一身正氣，那是再適合不過了。

長風把槍裡附有靈體的事說了一遍，任天行死活不敢相信，卻因爲無法解釋森田的死，最後才不得不信。

他按照長風教的方法，咬破自己的舌尖，把舌尖流出來的血塗在槍上，給靈體引靈、佑靈，讓自己的精血與靈體融成一塊。

看著森田的屍體，長風不禁感慨：「死是你自找的，召來這麼多厲鬼，破陣之後也會被厲鬼反噬，就算厲鬼都被閃電滅了，做了這麼缺德的事，遲早會遭到報應。」

悅月狐疑看了看四周，驚魂未定：「那個櫻子呢？」

「櫻子早跑了，在我請玄陽祖師上身的時候，她就偷偷跑了！」可憐的森田，連死都還不知道自己被利用了。

三個人在四周搜索了一陣，找到櫻子和森田做法的地方，旁邊的一棵樹上留著一張紙條，上面寫著：完顏長風，我會再回來找你的。

一個星期後，長風出院了，臂膀上的槍傷其實不嚴重，主要是念力消耗過多導致虛脫。今天他跟馬俊峰同一天出院，古晶、社區、十三菲、唐心還有剛子都一起來接他們。

看到唐心和剛子他們沒事，長風比誰都高興。

住院期間，他每天吃著王丫頭做的皮蛋瘦肉粥，沒想到她雖然刁蠻，做的粥卻非常美味，就連醫院的胖院長，每次都趁著喝粥的時間來詢問病情，美其名說是檢查，其實眼光都離不開那碗粥。

王婷婷也很會做人，每次都會多帶一份，長風能提前一個星期出院，也是靠這碗粥

「賄賂」出來的。

另外，悅月和任天行則在兩天前就跟他道別。

悅月說要回去美國，長風心想不知道何年何月才能再見到這大美女，不禁有點失落。不過，下一秒感受到王婷婷橫掃過來的眼光，便不敢多想了。

臨行前，他叫王婷婷給悅月送去一本講述中國道術的書，希望對她的研究有些幫助。

至於任天行和那把槍，長風在把槍還給他之前，已經在槍上做了禁止咒，防止第二個靈體或其他不明力量進入。

「從今天起，這把槍只能你拿，任何人拿都會出問題。」長風最後叮嚀道。

森田死後沒多久，一堆人來了，來的好像不是員警，而是軍方的人。

任天行向他們報告事件時，長風看到一雙晶亮的眼睛掃視每一個角落，李寶國就坐在一輛車子裡。軍方的人看到那把被雷電劈得變形的佩槍，當作寶一樣地收了起來，然後帶人清理現場。

回到古晶的別墅，長風暫時住在那裡，因爲還有很多事情沒有弄清楚。當他把事情的經過一一講述了一次，衆人聽得目瞪口呆。

古晶對長風講述的事情十分感興趣，不停發問，一個字也沒放過。

沉思了一陣，他說他同意悅月的觀點，道術佛法是一種控制神秘力量的方法，不過也只同意部分觀點而已。

眞正的道術和佛法，自身必須修練過才能使用，修爲不到家的人，法術便不管用。比如密宗的九字眞言，一定要修練過正宗的密宗口訣，還需要佛家灌頂洗禮開光才有效。

古晶說他曾經好奇研究過，爲什麼使用符咒能帶來意想不到的能力，如果是信佛的人，一定會說是佛祖賜予的力量。如今都已經二十一世紀了，就算是虔誠的佛教徒，也受過不少科學知識的教育，但就是沒人用科學去解釋這一切，因爲根本無從解釋起。

或許按照悅月的觀點，用力量平衡的說法來解釋，是一個可以考慮的研究方向。

「按照悅月的說法，我們生活在一個立體空間，到處充滿力量，這種力量與力量之間的平衡是看不到的，一旦力量失去平衡，就會導致異常現象。比如下雨、颱風和閃電，都是力量不平衡造成的。」古晶說。

提到這裡，唐心非常奇怪地說：「力量如果存在平衡，那麼是什麼樣的條件能破壞這樣的平衡呢？」

這個問題一提出，衆人啞口無言。

長風本來還擔心唐心接受不了鬼怪靈異的事，好在他除了目瞪口呆直歎神奇之外，並沒有太大的反應。如此的心態，造就了他往後成爲非常出色的心理學家。

經過一番討論，衆人推測能破壞力量平衡的條件，就是地球的自轉和公轉，因為天氣、氣候等各種變化就是這麼來的。

那麼道術和佛法，是否也是力量平衡改變的條件呢？如果這個問題的答案是肯定的，那麼道術的符咒和佛法的心訣手印，就成了操控力量的介質，而人的精神意念，就是操控介質的工具。人的精神意志越大，操控的力量也就越大。

大夥一直談到天明，意猶未盡。天亮之後，才各自散去。

第72章

三封信

老劉帶領的考古隊在這裡發現一個奇怪的寺廟，裡面出土許多寶物，其中有千年歷史的「舍利子」和「玉玲瓏」。另外，九菊派的人在鳳凰縣出現了！

長風本來還想多留兩天，但是一封信件讓他趕上最近的一班飛機。信件是喇嘛瓦爾多大師發給他的，上面寫著：長風，十年之期已到，望能兩日內速歸。

十年之期！

十年前，瓦爾多大師送他入中原學習時，約定十年之後再回去，到時候會把父親完顏渡劫留下的東西交給他。

坐上飛機，長風沒有給任何人道別。到達布達拉宮的時候，瓦爾多大師帶他進入梵天池，靜泡整整一個月，讓他洗去凡間的塵埃。

在這一個月裡，他一直文風不動，身體需要補充食物時，吃的是蓮心，喝的是泉水。從小就習慣這樣的修練，對他來說，這還算輕鬆的。

他的修行似乎更進一步了，靜坐三個星期之後，憑空看到了一幕情景，導致他不得不使出密宗的「千里一線牽」功夫，不過這是後話，暫且不提。

一個月後，長風從梵天池出來，在以前住的地方等待瓦爾多大師，那裡有一部電腦，他等得無聊，於是打開電腦，讀取電子信箱裡的三封郵件，一封是剛子的，一份是悅月的，還有一封是任天行的。

以下是三個人的信件內容，每一封信都讓他非常感慨。

剛子的郵件內容：

長風大哥啟安：

自大哥你不辭而別之後，任警官來找過你多次，說有重要事情找你，區老大和十三菲也佈下天羅地網等你回來。拜託，不要以為我說在胡說，你那丫頭為了找你，差點沒把區老大給逼死，現在他躲到外國去度假，古老和他徒弟也去了新加坡旅遊。這就苦了我和十三菲了。

看來王丫頭是離不開自己了，長風會心一笑，繼續看下去。

你走之後，我仔細調查了唐心的資料。也讓古老看過了，他一直不敢跟唐心說，原來他出生在浙江湖州，一個叫作下昂鎮的地方，那個地方一千多年來，每個朝代都有萬人坑，而唐心的出生時間正是陰年陰月陰日。

古老親自去了那裡一趟，回來之後要我轉告你，一定要勸告唐心三年內不要回去，至於發生什麼事我不清楚。

長風頓時恍然大悟，原來唐心的魂魄會被困在石頭裡，是他自身的問題。

另外，九菊派的櫻子已經被國際刑警列為甲級恐怖分子。根據線報，櫻子回國後一直沒有動靜。

看到這裡，長風心裡暗笑，櫻子佈下這麼狠毒的天雷陣，被破掉之後，不死已經很幸運了，她一定是在養傷。

不過，我已經知道九菊派的目的。記得兩年前你在念大學的時候，發生過一次陰變事件，發生那件事的前一年，櫻子曾到過北京，後來她甩開國際刑警便沒了消息，道上的人說她去過你的學校。我再深入調查，發現了一個驚天秘密，原來陰變裡的那個大佐，就是櫻子的祖父。她應該是想去超渡她祖父，不知道為什麼最後放棄了，那次陰變有可能就是她一手造成的。

山口組這次來中國的任務有兩個，一個是為了暗殺李烽，另一個是要偷走關於研究離子效能方面的最新研究成果。

九菊派這次來，表面上是為了協助山口組，其實是衝著你來，另一方面是為了帶走在兵馬俑裡發現的槍。

收到這封信記得回信，別讓王丫頭天天催我了，拜託。

祝平安！

張院士死得太離奇，他研究的離子效能到底是什麼東西？以九菊派那些人的身手，要偷一樣東西再簡單不過了，爲何還要狠心殺了他？難不成是向中國警方挑釁？長風一時想不通，只好打開下一封郵件。

第二封是悅月的郵件：完顏長豬領旨。

長風一看標題，吞口水差點讓他嗆到，天啊，這名稱太酷了。

多日不見，不知是胖是瘦，再次感謝你上次用豬一樣的身子來保護我的安全。不過，一道歸一道，你居然把我當作你的墊背，這一筆帳無論如何都要算回來。

當時森田的手雷多可怕，要不是任天行開了槍，說不定爆炸之後，他就是第一個見閻羅王的，把她壓在身子下是爲了保護她，算什麼帳啊！

言歸正傳，用一句中國話說：與君一席話，勝讀十念書。

那天晚上的經歷猶在眼前，回美國之後，經過許多推敲和討論，都得不到結果，希望完顏大哥有空能來美國作客，讓我盡東道主之情。

長風莞爾一笑，悅月回到組織肯定把那晚事情全說出來，八成沒人相信，就算相信也無從研究起，就算他眞去美國也不要讓她知道，免得被當作白老鼠。

最近百慕達的研究又有了新發展，研究團隊在百慕達附近的一個島嶼，發現一個十七世紀的箱子，打開之後發現一樣讓人想像不到的東西，裡面居然是一台十九世紀的照相機。那個箱子完全沒有被打開過，如果您有興趣，請回信。我會安排你過來一起研究有關「力量盲區」的課題，這是一件對人類非常有意義的事。

湯瑪斯教授對你也很感興趣，他研究百慕達很久了，還說他相信宇宙中存在一種神秘力量，這種力量最常出現在中國的古代。例如嫦娥奔月和宋士飛仙，就是典型的代表。

另外，他認為這股力量具有穿透空間的能力，把一個空間的東西帶到另一個空間去。如果真是這樣，一共能有幾個空間同時存在呢？

長風看著電腦，良久才吁一口氣，十七世紀的箱子裝有十九世紀的相機，這跟任天行負責的兵馬俑事件非常相似，內心不禁動搖，很想親自去一趟。

第三封郵件是任天行寫的：

長風：

見到郵件後，請來一趟湘西鳳凰縣，老劉帶領的考古隊在這裡發現一個奇怪的寺廟，裡面出土許多寶物，其中有千年歷史的「舍利子」和「玉玲瓏」。

另外，九菊派的人在鳳凰縣出現了！

王博士在新疆萬古考察一個千年古墓，也許古墓裡有你感興趣的東西，老劉目前拿著這個古墓的資料。

郵件裡附帶著幾張圖片，長風打開附件，裡面有四張圖片。

第一張是一個古墓入口，遠處是一片戈壁。

第二張是墓口石門，建在一個大岩石下面，不仔細看還看不出是一扇門。

第三張是那扇石門的特寫，門上好像有畫像，仔細一看，上頭有一道黃色痕跡，像是符咒，有人用朱砂在石門上用符咒封了起來。

那畫符的手法跟完顏一家的畫法一樣，只是年代久遠，看不很清楚。難怪任天行會說長風一定感興趣，原來指的是這個。

第四張是一個寺廟的圖片，寺廟的牆有兩個人高，但是門口卻只有半個人高，要不是那矮門上有個石匾寫著玄陽寺，還以為是個大宅院。

長風仔細看著那個門口，一個成年人如果進入寺廟，必須大幅度彎腰才能進去，這間寺廟怎麼這麼奇怪？

他吸了一口涼氣，忽然間想到一本秘史上的記載。南宋時期，一遊歷之人到南方一個小鎮，該小鎮所有房子的門，都只有半個人高。這人問為什麼，當地人回答：「此作用可防殭屍夜襲！」

難道這個寺廟也在防殭屍？長風看著信，憂心忡忡。

此時，瓦爾多大師來了，帶著長風參拜了諸佛，然後沐浴，前去見活佛。活佛把一包東西交給長風，接著二話不說叫他退下。

他於是帶著父親的東西離開西藏，坐火車往湘西的方向去。

看著窗外的景色，他想起悅月在信裡提到的事，特別是對湯瑪斯教授這個人提出的觀點，多個空間同時存在並不是沒有可能。

按照這個說法，他做了一個大膽假設。

如果把時間作為劃分空間界限，每個朝代的興起和滅亡都是一個空間，這多空間的交叉便成爲一個完整的歷史。就像火車一節連著一節，如果兩列火車並行，因爲某種原因，列車裡同個位置的物品相互交換，是否就能形成這種現象？

如果假設成立，那麼製作兵馬俑的時候，盒子裡原先裝著什麼？既然空間的東西可以相互交換，那麼製作這把現代武器的地方，應該要有兵馬俑裡的某樣東西才對。

兩年後，長風和任天行調查了關於武器製造方面的資料，終於有些發現。

一九五四年，江蘇一間武器製造廠曾經有過一件怪事。當時第一批國產的五四手槍問世之後，一共十二把手槍被運送到北京軍區試槍。飛機途徑長江上空時，儀器失靈半分鐘，引擎還熄火，雷達完全沒作用，飛機從高空往下墜落，兩分鐘後儀器恢復正常，好險沒有導致重大飛安事故。

到達北京之後，箱子內只剩下十一把槍，卻多了一塊發霉的石頭，當時負責人以爲是飛機故障導致的，所以沒有特別在意。

如今，長風踏上前往湘西的路，未來還有更多挑戰等著他。

第73章

作者有話要說

相信幾億年前，甚至更久之前，是有文明存在的，這被歷史學家稱為史前文明，而今我們解釋不了的事情，也許就是史前文明的遺物。

本書融合了恐怖、懸疑和驚悚的元素，還加入衆多現實資料。發表之後引起很多媒體和讀者的爭議，在此感謝諸位對本書的關注，並且回答以下問題：

第一：書中恐怖的靈異事件，請各位朋友當做娛樂，小說總會有些誇張甚至杜撰的成分，但主要是以娛樂爲目的。

第二：如果你身邊眞的發生與本書內容雷同的經歷，請朋友們對幾個字做好正確理解，這幾個字就是「信則有，不信則無」。我一個有故事的人，只是把故事寫出來，就這麼單純。

第三：關於兵馬俑的不解之謎，確實是存在的，並非我自己杜撰的。大家可以尋找一些關於兵馬俑的資料，比如「越王勾踐劍」、「十九把青銅劍出土」等，至今仍未有合理的解釋。

第四：關於書中涉及的道法、佛法等術語，資料全部來自佛、道和密宗等宗教的各類文體記載。不管是佛教還是道教，耶穌還是其他宗教，其實都一個精神寄託，爲心靈找個歸屬。

第五：回答《三聯週刊》、《京報》、《北京晚報》等各媒體，在電話及郵件中提出關於書中出現的科學解釋元素，「從科學角度寫懸疑小說」是否相互矛盾等問題，我在這裡說明四點：

一、從我的角度看科學定義，如今能解釋的現象都叫科學，不能解釋的歸爲靈異現象。被歸爲靈異現象的只是暫時，很可能是我們的科學研究還未達到那個高度，如同一百年前沒人相信「手機」擁有相隔千里通話的神奇能力。

二、我願意用這種方式，給各位喜歡此書的人留點想像空間。在我們身邊發生了很多事情，留意多了，自然讓無窮的想像力獲得解放，生活也會有更多的樂趣。

三、由於發現許多未解之謎，足以證明古代文明未必比現今的文明差。比如馬雅文化，他們的日曆、星體運轉理論至今讓我們瞠目結舌。又例如古樓蘭文明、波斯波利斯文明等等。

四、大家看過《明天過後》、《二〇一二》兩部災難片嗎？我相信幾億年前，甚至更久之前，是有文明存在的，這被歷史學家稱爲史前文明，而今我們解釋不了的事情，也許就是史前文明的遺物。

很簡單的例子，比如《明天過後》，冰川時代再次來臨，人類滅絕，大家的手機因此被埋葬在冰川深處。直到地球再次演化出另一個生存物種，逐漸演化出另一番文明。

他們或許會在某處發現手機，卻因爲科技發展不夠發達，那麼這部手機是否就會成爲「不解之謎」當中的一個？

•全書完

飛行城堡

151

活祭前傳：噬魂全集

作　　者　通吃小墨墨
社　　長　陳維都
藝術總監　黃聖文
編輯總監　王　凌
出 版 者　普天出版家族有限公司
新北市汐止區康寧街 169 巷 25 號 6 樓
TEL / (02) 26921935 (代表號)
FAX / (02) 26959332
E-mail：popular.press@msa.hinet.net
http://www.popu.com.tw/
郵政劃撥 19091443 陳維都帳戶
總 經 銷　旭昇圖書有限公司
新北市中和區中山路二段 352 號 2F
TEL / (02) 22451480 (代表號)
FAX / (02) 22451479
E-mail：s1686688@ms31.hinet.net
法律顧問　西華律師事務所・黃憲男律師
電腦排版　巨新電腦排版有限公司
印製裝訂　久裕印刷事業有限公司
出 版 日　2018 (民 107) 年 11 月第 1 版
ISBN◉978-986-96524-6-9　　條碼 9789869652469

國家圖書館出版品預行編目資料

活祭前傳：噬魂全集

通吃小墨墨著.一第 1 版.一：新北市,普天出版

民 107.11 面；公分. - (飛行城堡；151)

ISBN◉978-986-96524-6-9 (平裝)

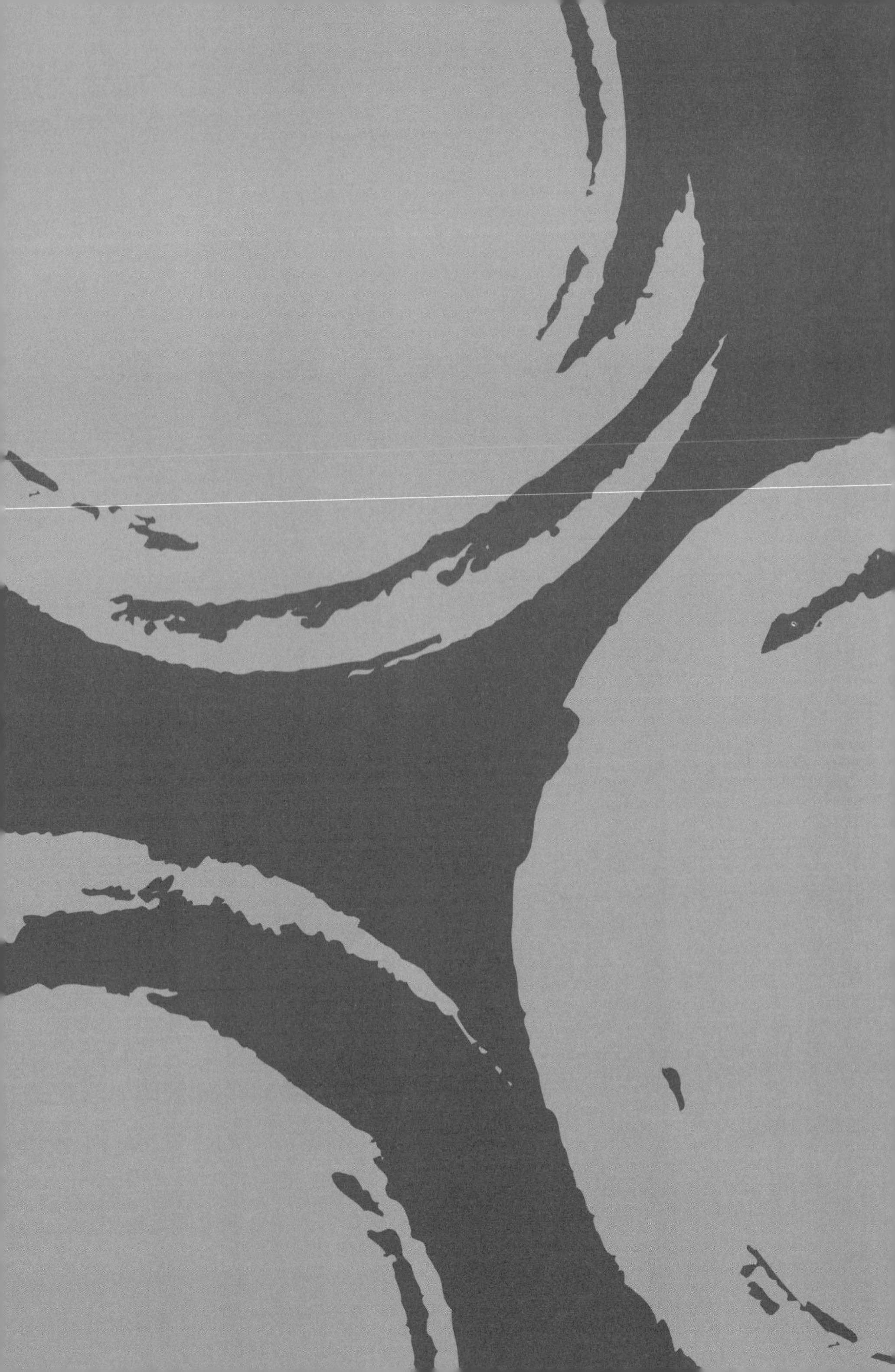

普天之下・盡是好書
普天出版家族
Popular Press Family
凌雲文創
A-Plus Creative Company